vielleicht lieber morgen

vielleicht lieber morgen

stephen chbosky

aus dem amerikanischen von kerstin winter

mtv-buch

MUSIC TELEVISION®

vgs

Deutsche Bibliothek – CIP-Einheitsaufnahme

Chbosky, Stephen:
Vielleicht lieber morgen : ein MTV-Buch / Stephen Chbosky.
Aus dem Amerikan. von Kerstin Winter. – 1. Aufl. – Köln : vgs, 2000
ISBN 3-8025-2735-6

Titel der amerikanischen Originalausgabe: the perks of being a wallflower
Original English language edition

This edition published by arrangement with the original publisher,
Pocket Books, New York.

1. Auflage 2000

Lektorat: Verena Ludorff
Produktion: Annette Hillig
Coverfoto und Umschlaggestaltung: Burghardt Sens, Köln
Satz: Greiner & Reichel, Köln
Druck: Pustet, Regensburg
Printed in Germany
ISBN 3-8025-2735-6

Für meine Familie

Teil 1

25. August 1991

Lieber Freund,
ich schreibe dir, weil sie gesagt hat, dass du ein Mensch bist, der einfach zuhört und versteht. Und weil du nicht versucht hast, auf einer Party mit einer bestimmten Person zu schlafen, obwohl du die Chance dazu gehabt hättest. Bitte versuch nicht herauszufinden, wer sie ist, denn dann könntest du darauf kommen, wer ich bin, und das will ich nicht. Die Namen der Personen, über die ich schreibe, werde ich ändern, weil ich nicht will, dass du errätst, wer ich bin. Aus demselben Grund habe ich auch keinen Absender angegeben. Dahinter steckt wirklich nichts anderes, das kannst du mir glauben.

Mir ist einfach nur wichtig zu wissen, dass es jemanden gibt, der zuhört und versteht und nicht versucht, mit allen möglichen Leuten zu schlafen, obwohl er die Chancen dazu hätte. Mir ist es wichtig zu wissen, dass es auch solche Leute gibt.

Ich glaube, dass gerade du das verstehen kannst, weil gerade du dein Leben lebst und zu schätzen weißt, was das heißt. Das hoffe ich jedenfalls, denn andere Leute bewundern dich wegen deines starken Willens und wollen mit dir befreundet sein, und beides ist so einfach.

So, das ist mein Leben. Und du sollst wissen, dass ich glücklich und traurig zugleich bin und noch immer versuche zu begreifen, wie das sein kann.

Vielleicht ist meine Familie der Grund dafür, dass ich mich so fühle, besonders nachdem mein Freund Michael letzten Frühling eines Tages nicht in die Schule kam und wir plötzlich Mr. Vaughns Stimme aus dem Lautsprecher hörten:

»Liebe Mädchen und Jungen, ich bedaure, euch mitteilen zu müssen, dass einer eurer Mitschüler gestern verstorben ist. Wir werden an diesem Freitag für Michael Dobson eine Gedenkmesse halten.«

Ich weiß nicht, wie es kommt, dass sich Gerüchte in der Schule so schnell verbreiten und warum sie oft stimmen. Vielleicht war es in der Cafeteria. Ich weiß es nicht mehr genau. Aber Dave, der mit der dicken Brille, erzählte uns, dass Michael sich umgebracht hat. Daves Mom hatte bei einer Nachbarin von Michael Bridge gespielt und dabei den Schuss gehört.

Ich kann mich nicht mehr besonders gut daran erinnern, was danach passierte, nur, dass mein großer Bruder in Mr. Vaughns Büro kam und mir gesagt hat, dass ich mit der Heulerei aufhören solle. Aber dann legte er mir den Arm um die Schulter und meinte, dass ich es besser alles rausließe, bevor Dad nach Hause käme. Wir gingen zu McDonald's, aßen Fritten, und danach zeigte er mir, wie man flippert. Er alberte sogar herum, dass er wegen mir einen Nachmittag blau machen müsse, und fragte mich, ob ich Lust hätte, ihm mit seinem Camaro zu helfen. Ich glaube, ich muss in ziemlich übler Verfassung gewesen sein, denn bis dahin hatte er mich nie helfen lassen, wenn er an seinem Camaro rumbastelte.

Es gab dann so eine Art psychologischer Beratung für die wenigen von uns, die Michael wirklich gemocht hatten. Ich glaube, sie hatten Angst, dass wir uns auch umbringen könnten oder so was, denn alle guckten sehr ernst und einer der Berater strich sich ständig über seinen Bart.

Bridget, die ziemlich durchgeknallt ist, sagte, dass sie manchmal an Selbstmord denken würde, wenn sie Werbung im Fernsehen sieht. Sie schien es ernst zu meinen, und das machte die Berater etwas nervös. Carl, der immer zu allen nett ist, meinte, dass er schon traurig wäre, sich aber niemals umbringen würde, weil es eine Sünde sei.

Der eine Psychologe befragte einen nach dem anderen und landete schließlich bei mir.

»Und was denkst du, Charlie?«

Ich fand es komisch, dass dieser Mann, den ich noch nie gesehen hatte, weil er ein »Spezialist« war, meinen Namen kannte, obwohl ich kein Namensschildchen trug.

»Also, ich denke, dass Michael ein netter Kerl war, und ich weiß nicht, warum er das gemacht hat. Zwar bin ich sehr traurig, aber ich finde es noch schlimmer, den Grund für seine Tat nicht zu kennen.«

Ich habe die Passage gerade noch mal durchgelesen und finde, das klingt gar nicht nach mir. Besonders weil ich an diesem Tag in dem Büro immer noch geheult habe. Ich hab die ganze Zeit geheult.

Der Berater sagte, dass er glaube, Michael hätte »familiäre Probleme« gehabt. Er hätte wahrscheinlich niemanden gehabt, mit dem er reden konnte, und deswegen hätte er sich vielleicht allein gefühlt und umgebracht.

Da habe ich den Berater angeschrien, dass Michael mit mir hätte reden können. Und danach habe ich nur noch mehr geheult. Er versuchte mich zu beruhigen und sagte, dass er an einen Erwachsenen wie einen Lehrer oder einen Berater gedacht habe. Doch das beruhigte mich nicht und irgendwann kam mein Bruder dann vorbei und holte mich in seinem Camaro ab.

Für den Rest des Schuljahres behandelten mich die Lehrer irgendwie anders. Sie gaben mir sogar bessere Noten, obwohl ich nicht besser geworden war. Wahrscheinlich habe ich sie alle ziemlich nervös gemacht.

Michaels Beerdigung war seltsam, weil sein Vater überhaupt nicht geweint hat. Drei Monate später hat er Michaels Mom verlassen. Das hat uns jedenfalls Dave beim Mittagessen erzählt. Manchmal muss ich daran denken. Ich frage mich, was wohl bei Michael zu

Hause beim Abendessen oder vor dem Fernseher abgelaufen ist. Michael hat keinen Brief hinterlassen oder jedenfalls haben seine Eltern uns nichts davon gesagt. Vielleicht lag es wirklich an »familiären Problemen«. Ich wünschte, ich wüsste es. Dann hätte ich wenigstens auch gewusst, warum ich ihn jetzt vermissen muss. Vielleicht hätte alles einen Sinn gemacht, wenn auch einen traurigen.

Fest steht jedenfalls, dass ich seitdem darüber nachdenke, ob ich »familiäre Probleme« habe. Aber mir scheint, dass eine Menge Leute schlechter dran sind als ich. Zum Beispiel als meine Schwester von ihrem ersten Freund wegen einer anderen sitzen gelassen worden ist und sie das ganze Wochenende nur geheult hat.

Mein Vater meinte: »Anderen Leuten geht es viel schlechter.«

Meine Mom hat nichts gesagt. Und das war's dann auch schon. Eine Woche später hat meine Schwester einen anderen Jungen kennen gelernt und wieder fröhlichere Musik aufgelegt. Mein Vater hat weiter gearbeitet und meine Mutter weiter geputzt und mein Bruder weiter an seinem Camaro rumgebastelt. Jedenfalls bis er Anfang des Sommers weggegangen ist, um aufs College zu gehen. Er spielt jetzt Football für Pennsylvania, aber er brauchte noch den Sommer, um seine Noten so weit zu verbessern, dass er überhaupt spielen durfte.

Ich glaube nicht, dass es in unserer Familie ein Lieblingskind gibt. Wir sind drei und ich bin der Jüngste. Mein Bruder ist der Älteste. Er ist ein ziemlich guter Footballspieler und vernarrt in sein Auto. Meine Schwester ist sehr hübsch und gemein zu Jungs, und sie ist die Mittlere. Ich bekomme im Moment nur gute Noten, deshalb werde ich in Ruhe gelassen.

Meine Mom heult beim Fernsehen sehr oft. Mein Vater arbeitet viel und ist ein grundanständiger Mensch. Meine Tante Helen hat früher immer gesagt, dass mein Dad viel zu stolz sei, um eine Midlife-Crisis zu kriegen. Ich verstehe erst jetzt langsam, was sie damals gemeint hat, weil mein Vater gerade vierzig geworden ist und sich nichts verändert hat.

Tante Helen war der Mensch, der mir auf der ganzen Welt am allerliebsten war. Sie war Moms Schwester. Sie hatte, als sie jung war, in der Schule nur gute Noten und sie hat mir immer Bücher geliehen. Mein Vater meinte, dass es Bücher seien, für die ich noch ein bisschen zu jung wäre, aber mir gefielen sie, also zuckte er nur die Schultern und ließ mich in Ruhe.

Tante Helen wohnte die letzten Jahre ihres Lebens bei uns, weil ihr etwas sehr Schlimmes passiert war. Niemand sagte mir damals was darüber, obwohl ich es unbedingt wissen wollte. Ungefähr mit sieben hörte ich auf zu fragen, nachdem ich einmal, wie Kinder es eben tun, immer wieder gefragt hatte, bis meine Tante furchtbar zu weinen anfing.

Mein Vater verpasste mir eine Ohrfeige und meinte: »Du verletzt die Gefühle deiner Tante!« Das wollte ich nicht, also hörte ich mit der Fragerei auf. Tante Helen sagte meinem Vater, dass er mich nie wieder in ihrer Gegenwart schlagen solle, und mein Vater antwortete, dass das hier sein Haus sei und er tun könne, was er wolle. Meine Mutter sagte nichts und meine Schwester und mein Bruder auch nicht.

Ich weiß nicht mehr viel von dem, was danach geschah, denn ich fing an zu heulen und nach einer Weile sagte mein Vater, dass meine Mutter mich in mein Zimmer bringen solle. Erst viel, viel später, als meine Mutter einmal ein paar Gläser Weißwein getrunken hatte, erzählte sie mir, was ihrer Schwester passiert war. Manche Leute sind wirklich schlimmer dran als ich. Viel schlimmer.

Ich sollte jetzt wohl schlafen gehen. Es ist schon sehr spät. Ich weiß nicht, warum ich dir ausgerechnet das jetzt erzählt habe. Der Grund, warum ich den Brief geschrieben habe, ist, dass ich ab morgen auf die High School gehen werde und richtig Angst davor habe.

Dein Charlie

7. September 1991

Lieber Freund,
ich mag die High School nicht. Die Cafeteria heißt hier »Verpflegungszentrum«, was ich ziemlich merkwürdig finde. In meinem Englischkurs für Fortgeschrittene ist ein Mädchen namens Susan. In der Middle School war sie ein echter Kumpel und immer lustig. Sie sah sich total gern Kinofilme an und ihr Bruder Frank nahm ihr Kassetten mit den Soundtracks dazu auf, die wir uns jederzeit von ihr leihen konnten. Aber in den Sommerferien hat sie die Klammer rausbekommen, ist größer und hübscher geworden und ihr Busen ist gewachsen. Jetzt benimmt sie sich ziemlich hohl, vor allem, wenn sie auf den Fluren Jungs begegnet. Schade, denn so besonders glücklich sieht sie nicht aus. Ich glaube, sie will nicht zugeben, dass sie erst in der Fortgeschrittenen-Klasse ist, und sie grüßt mich auch nicht mehr, wenn wir uns im Flur begegnen.

Susan war auch bei der Beratung, in der es um Michael ging. Sie meinte, dass Michael ihr einmal gesagt habe, dass sie das hübscheste Mädchen der Welt sei – ob mit Klammer oder ohne. Dann fragte er sie, ob sie »mit ihm gehen« wolle, was natürlich an jeder Schule eine ganz große Sache ist. Auf der High School sagt man, man »ist zusammen«. Jedenfalls haben sie sich geküsst und über Filme geredet und sie sagte, dass er ihr furchtbar fehlen würde, weil er ihr bester Freund gewesen war.

Das finde ich schon auch etwas komisch, denn normalerweise waren Jungs und Mädchen auf meiner Schule nicht »beste Freunde«. Michael und Susan schon. Vielleicht so wie ich und Tante Helen. Oh, tut mir Leid. »Tante Helen und ich.« Das ist eins von den Dingen, die ich diese Woche gelernt habe. Das und korrekte Interpunktion.

Meistens sage ich nichts und nur ein Junge namens Sean scheint mich zur Kenntnis zu nehmen. Nach Sport hat er auf mich gewartet und ziemlich unreifes Zeug gelabert, zum Beispiel dass er mir einen »Wirbel« verpassen will, was bedeutet, dass man jemanden mit dem

Kopf ins Klo steckt und dann abzieht, sodass die Haare rumgewirbelt werden. Er kam mir ziemlich unzufrieden vor und das sagte ich ihm auch. Da ist er durchgedreht und hat angefangen, auf mich einzuprügeln. Ich habe das getan, was mein Bruder mir beigebracht hat. Mein Bruder ist ein ziemlich guter Kämpfer.

»Ziel auf Knie, Hals und Augen.«

Und das hab ich gemacht. Und Sean wirklich wehgetan. Und dann habe ich angefangen zu heulen. Meine Schwester musste ihren Leistungskurs verlassen und mich nach Hause fahren. Ich wurde zwar in Mr. Smalls Büro zitiert, aber er hat mich nicht vom Unterricht ausgeschlossen oder so was, weil irgendeiner ihm erzählt hat, wer den Streit angefangen hat.

»Sean hat ihn angegriffen. Es war Notwehr!«

Und das war es auch. Ich verstehe nur nicht, warum Sean mir was wollte. Ich habe ihm doch nichts getan. Okay, ich bin sehr klein. Und ich glaube, dass Sean nicht geahnt hat, dass ich mich wehren kann. Die Wahrheit ist, dass ich ihn noch viel schlimmer hätte zurichten können. Und vielleicht hätte ich es tun sollen. Ich hätte es auch getan, wenn er später auf den Typen losgegangen wäre, der Mr. Small die Wahrheit gesagt hat, aber er hat ihn in Ruhe gelassen. Also war die Sache gegessen.

Ein paar Leute werfen mir im Flur komische Blicke zu, weil ich meinen Spind nicht beklebe. Und weil ich derjenige war, der Sean eins draufgegeben hat und danach nicht aufhören konnte zu heulen. Ich bin wahrscheinlich ziemlich gefühlsbetont.

Es ist total still bei uns, weil meine Schwester jetzt voll damit beschäftigt ist, die älteste von uns Kindern zu sein. Mein Bruder ist voll damit beschäftigt, in Pennsylvania Football zu spielen. Sein Coach hat ihm nach dem Trainingslager gesagt, dass er zunächst in der Ersatzmannschaft spielt, aber, wenn er dann richtig fit ist, zur ersten Wahl aufsteigen würde.

Mein Dad hofft, dass er es bis in die Profi-Riege schafft und für die Steelers spielen wird. Meine Mom ist einfach nur froh, dass er umsonst aufs College gehen kann, weil meine Schwester kein Football spielt und wir nicht genug Geld haben, beide aufs College zu schicken. Deswegen will sie auch, dass ich mich richtig anstrenge, damit ich ein Stipendium bekomme.

Also tu ich genau das, bis ich hier jemanden finde, mit dem ich mich anfreunden kann. Ich hatte gehofft, dass der Junge, der Mr. Small die Wahrheit gesagt hat, ein Freund werden könnte, aber ich glaube, er wollte nur fair sein.

Dein Charlie

11. September 1991

Lieber Freund,
ich habe nicht viel Zeit, weil unser Englischlehrer uns ein Buch zu lesen aufgegeben hat und ich Bücher immer lieber zweimal lese. Zufällig ist es *Wer die Nachtigall stört.* Wenn du es noch nicht gelesen hast, kann ich es nur empfehlen, es ist wirklich interessant. Der Lehrer hat uns erst ein paar Kapitel aufgegeben, aber ich kann Bücher nicht so lesen. Ich bin schon einmal halb durch.

Egal – der Grund, warum ich dir schreibe, ist, dass ich meinen Bruder im Fernsehen gesehen habe. Ich mag Sportsendungen zwar nicht sehr, aber dieses Mal war es etwas Besonderes. Meine Mutter weinte vor Rührung, mein Vater legte ihr den Arm um die Schultern und meine Schwester lächelte, was schon komisch ist, weil sie und mein Bruder sich immer streiten, wenn er zu Hause ist.

Aber mein Bruder war im Fernsehen und bisher war das das Highlight der zwei Wochen, die ich jetzt auf der High School bin. Er fehlt mir sehr, was auch komisch ist, weil wir nie viel miteinander geredet haben, als er noch hier war. Das tun wir übrigens immer noch nicht, um ehrlich zu sein.

Ich würde dir gerne seine Position verraten, aber wie ich schon sagte, würde ich lieber anonym bleiben. Ich hoffe, dass du das verstehst.

Dein Charlie

16. September 1991

Lieber Freund,
ich habe *Wer die Nachtigall stört* ausgelesen, und es ist zu meinem absoluten Lieblingsbuch geworden, aber eigentlich denke ich das immer, bis ich das Nächste lese. Mein Englischlehrer hat mir gesagt, ich soll ihn Bill nennen, wenn wir uns außerhalb der Stunde sehen, und er hat mir ein anderes Buch zu lesen gegeben. Er sagt, dass ich ein Gefühl für Bücher und Sprache habe, und meint, dass ich einen Aufsatz über *Wer die Nachtigall stört* schreiben soll.

Ich habe das meiner Mom erzählt und sie fragte, warum Bill mir keinen von den weiterführenden Englischkursen empfohlen habe, und ich hab ihr erklärt, dass Bill meinte, das wären im Grunde genommen dieselben Kurse, nur mit komplizierteren Werken, und dass mir das nichts bringen würde. Mom meinte, dass sie davon nicht überzeugt sei und ihn beim nächsten Elternsprechtag danach fragen wolle. Dann hat sie mich gebeten, ihr beim Geschirrspülen zu helfen, was ich auch getan habe.

Eigentlich hasse ich Spülen. Ich esse lieber mit den Fingern und von Papptellern, aber meine Schwester sagt, dass das der Umwelt schadet. Sie gehört zum Earth Day Club der High School und genau da lernt sie auch immer die Jungs kennen. Sie sind alle sehr nett zu ihr, was ich eigentlich nicht verstehe, aber vielleicht liegt es daran, dass sie so hübsch ist. Sie benimmt sich nämlich wirklich gemein ihnen gegenüber.

Einer der Jungs hatte es anfangs besonders schwer bei ihr. Ich glaube, er wird die Geschichte bereuen, wenn er später mal auf sein Leben zurückblickt. Er nimmt immer Kassetten für meine Schwester auf, die unter einem bestimmten Motto stehen. Eine hieß »Herbstblätter«. Darauf waren viele Lieder von den Smiths. Er hatte sogar das Cover selbst bemalt. Nachdem das Video, das er ausgeliehen hatte, zu Ende und er nach Hause gegangen war, gab meine Schwester mir das Band.

»Willst du das haben, Charlie?«

Ich nahm es gerne, aber ich fand es eigentlich nicht in Ordnung, weil er es ja für sie gemacht hat. Trotzdem hörte ich es. Und ich fand es toll. Er hatte ein Lied mit dem Titel »Asleep« aufgenommen, das du dir anhören solltest. Ich erzählte meiner Schwester davon. Und eine Woche später bedankte sie sich bei mir, weil dieser Junge sie nach der Kassette gefragt und sie ihm wiederholt hatte, was ich über den Song »Asleep« gesagt habe. Der Junge war ziemlich gerührt, weil das Lied ihr so viel bedeutete. Ich hoffe, ich kann daraus schließen, dass ich mal gut mit Mädchen umgehen kann, wenn es so weit ist.

Na ja, ich sollte wohl beim Thema bleiben. Das sagt mir mein Lehrer Bill jedenfalls immer, weil ich schreibe, wie ich spreche. Wahrscheinlich will er deshalb, dass ich den Aufsatz über *Wer die Nachtigall stört* schreibe.

Dieser Junge, der in meine Schwester verknallt ist, benimmt sich meinen Eltern gegenüber immer ausgesprochen höflich. Deswegen mag meine Mutter ihn auch sehr. Mein Vater meint, dass er ein Weichei sei. Ich glaube, dass meine Schwester deswegen so mit ihm umspringt.

An einem Abend war sie richtig ekelhaft zu ihm. Sie fragte ihn, warum er sich nicht gegen den Schlägertypen aus seiner Klasse gewehrt habe, als er fünfzehn war oder so. Um ehrlich zu sein, habe ich nicht genau zugehört, worüber sie stritten, weil ich den Film, den er mitgebracht hatte, geguckt habe. Sie streiten sich immer, also dachte ich, dass der Film mal eine nette Abwechslung wäre. Aber das stimmte leider auch nicht, denn es handelte sich bloß um eine schwache Fortsetzung.

Jedenfalls fing er an zu weinen, nachdem sie ungefähr vier Filmszenen lang auf ihm rumgehackt hatte. Er weinte richtig heftig. Irgendwann drehte ich mich um und meine Schwester zeigte auf mich.

»Mensch, sogar Charlie hat sich gegen den Typen gewehrt, der ihn schikanieren wollte!«

Und da wurde der Kerl ganz rot im Gesicht. Er hat mich angesehen, dann hat er sie angesehen. Und plötzlich richtet er sich auf und schlägt ihr voll ins Gesicht. Und zwar richtig fest. Ich konnte ihn bloß anstarren, weil ich es einfach nicht fassen konnte. Er ist einfach nicht der Typ, der jemanden schlägt. Ich meine, er war ein netter Kerl, der meiner Schwester Kassetten mit selbst bemalten Covern geschenkt hat, bis er plötzlich aufhört zu heulen und zuschlägt!

Noch komischer aber war, dass meine Schwester nichts gemacht hat. Sie sah ihn einfach nur an. Es war wirklich komisch. Meine Schwester rastet aus, wenn man die falsche Thunfisch-Sorte isst, und da kommt so ein Kerl und schlägt sie und sie sitzt einfach nur da und sagt nichts. Und dann wurde sie plötzlich sehr nett. Sie bat mich zu gehen, was ich dann auch getan habe. Als der Junge weg war, erzählte sie mir, dass sie jetzt »zusammen sind«, und meinte, ich solle Mom und Dad nichts von dem sagen, was passiert war.

Sieht so aus, als hätte er sich letztendlich doch gegen seinen Peiniger gewehrt. Irgendwie logisch.

Am Wochenende verbrachte meine Schwester viel Zeit mit diesem Jungen. Und sie lachten viel mehr, als sie es bisher getan hatten. Am Freitagabend hatte ich eine Weile in meinem neuen Buch gelesen, aber dann war mein Hirn irgendwann nicht mehr aufnahmefähig, also wollte ich ein bisschen fernsehen. Ich mache die Tür zum Freizeitkeller auf und sehe meine Schwester und den Jungen.

Beide waren nackt und er lag auf ihr. Ihr eines Bein hing über die Couchlehne. Als sie mich sah, zischte sie mir zu: »Raus, du Schwein!«

Also ging ich wieder. Am nächsten Tag guckten wir alle das Footballspiel mit meinem Bruder und der Junge war auch dabei. Ich weiß nicht genau, wann er am Abend zuvor gegangen war. Jedenfalls hielten sie Händchen und taten, als wäre nichts gewesen. Der Junge sagte irgendwas in der Art, dass das High School-Team nicht mehr dasselbe sei, seit mein Bruder seinen Abschluss habe, und mein Vater dankte ihm. Und als der Junge weg war, sagte mein Vater, dass er ein anständiger junger Mann werden würde, der sich benehmen könne. Meine Mom sagte nichts. Und meine Schwester sah mich nur an, damit ich auch wirklich meinen Mund hielt.

»Ja.« Das war alles, was meine Schwester von sich geben konnte. Und ich dachte an den Jungen, der zu Hause seine Hausaufgaben machte und an meine nackte Schwester dachte. Ich dachte daran, wie sie beim Footballspiel Händchen hielten und gar nicht auf das Spiel achteten. Und ich dachte an den Jungen, wie er bei einer Party ins Gebüsch kotzte. Und an meine Schwester, die das alles so hinnahm.

Und mir taten beide ziemlich Leid.

Dein Charlie

18. September 1991

Lieber Freund,
ich habe dir, glaube ich, nie geschrieben, dass ich im Handwerkskurs bin, oder? Also, ich bin im Handwerkskurs und es ist neben Bills Englisch für Fortgeschrittene mein Lieblingsfach. Ich habe gestern Abend den Aufsatz über *Wer die Nachtigall stört* geschrieben und ihn heute Morgen Bill gegeben. Er will morgen in der Pause mit mir darüber reden.

Aber was ich eigentlich sagen wollte, ist, dass wir im Handwerkskurs einen Typen haben, der »Nichts« genannt wird. Kein Witz – er heißt »Nichts«. Und er ist wirklich witzig. »Nichts« hat seinen Namen in der Middle School verpasst gekriegt. Ich glaube, er ist jetzt in der letzten Jahrgangsstufe. Seine Klassenkameraden damals riefen ihn statt Patrick, wie er wirklich heißt, immer Patty und irgendwann hat er ihnen dann gesagt: »Hört mal, entweder ihr nennt mich Patrick oder gar nichts.«

Also fingen sie an, ihn »Nichts« zu nennen. Irgendwie ist der Name hängen geblieben. Damals war er neu in der Schule, weil sein Vater eine andere Frau aus diesem Schulbezirk geheiratet hatte und sie dann hierher gezogen sind. Ich denke, ich lass das mit den Anführungszeichen um den Namen, weil es irgendwie stört und mich beim Schreiben behindert. Ich hoffe, du hast deswegen keine Probleme, meine Sätze zu verstehen. Ich versuche klar zu unterscheiden, wenn es nötig wird.

Also, dieser Nichts hat neulich im Handwerkskurs unseren Lehrer, Mr. Callahan, imitiert. Er hat sich sogar mit einem Schminkstift Koteletten angemalt! Sehr lustig! Als Mr. Callahan Nichts dabei erwischt hat, musste sogar er lachen, weil Nichts das überhaupt nicht gemein oder gehässig gemeint hat. Es war einfach total komisch. Du hättest es wirklich miterleben sollen, weil ich nicht mehr so gelacht habe, seit mein Bruder nicht mehr bei uns wohnt. Mein Bruder hat mir immer Polenwitze erzählt, was man ja nicht soll, ich weiß, aber ich habe mir einfach immer das Polnische weggedacht und dann über die Witze gelacht.

Oh, übrigens hat meine Schwester nach dem »Herbstblätter«-Tape gefragt. Sie wollte es zurück. Sie hört es jetzt dauernd.

Dein Charlie

29. September 1991

Lieber Freund,
in den letzten zwei Wochen ist viel passiert. Vieles ist gut, aber vieles auch schlecht. Ich weiß wirklich nicht, warum so was immer wieder passiert.

Zuerst mal hat Bill mir für meinen Aufsatz zu *Wer die Nachtigall stört* nur ein C gegeben. Er sagt, ich reihe meine Sätze aneinander. Ich versuche jetzt auch, das zu vermeiden. Außerdem sagte er, ich müsste Wörter wie »korpulent« oder »Voreingenommenheit« benutzen, wie ich sie in der Englischstunde lerne. Ich würde es ja auch tun, aber ich denke eigentlich nicht, dass sie in diesem Zusammenhang passen.

Ehrlich gesagt weiß ich gar nicht, in welchem Zusammenhang sie passend sind. Ich meine ja gar nicht, dass man sie nicht kennen soll – das sollte man auf jeden Fall. Aber ich habe noch nie jemanden diese Wörter gebrauchen hören, einschließlich der Lehrer. Wo also ist der Sinn darin, wenn man Wörter benutzt, die niemand sonst kennt oder zumindest nicht vernünftig gebrauchen kann? Das verstehe ich einfach nicht.

Genauso geht es mir bei gewissen Filmstars, die ich mir nur schwer angucken kann. Manche müssen mindestens eine Million Dollar haben und trotzdem machen sie immer noch diese schlechten Filme. Sie kämpfen gegen das Böse, sie schreien die Bullen an, sie geben Interviews für Zeitschriften. Jedes Mal wenn ich eine bestimmte Schauspielerin auf dem Cover einer Zeitschrift sehe, tut sie mir irgendwie unheimlich Leid, weil niemand sie ernst nimmt und sie trotzdem dauernd interviewt wird. Und in diesen Interviews steht immer das Gleiche.

Es geht los mit dem, was sie in irgendeinem Restaurant gerade isst. »Eine Weile genießt XXX schweigend ihren Salat mit gebratenen Putenbruststreifen. Dann beginnt sie, leise über ihre neue Liebe zu sprechen.« Und auf den Titelseiten steht immer: »Das Exklusiv-Interview! XXX über Ruhm, Liebe und ihre neue LP/Rolle/Show.«

Ich finde es ja nett, dass Stars Interviews geben, damit wir glauben, dass sie genau wie wir sind, aber ehrlich gesagt habe ich langsam das Gefühl, dass das eine ganz fette Lüge ist. Das Problem ist nur, dass ich nicht weiß, wer lügt. Und ich weiß auch nicht, wieso sich diese Zeitschriften so gut verkaufen. Auch nicht, wieso die Frauen beim

Zahnarzt so wild darauf sind. Neulich war ich beim Zahnarzt und hörte, wie zwei Frauen sich unterhielten.

»Hast du den Film gesehen?« Sie zeigt aufs Cover.

»Ja. Ich war mit Harold drin.«

»Und? Wie fandest du ihn?«

»*Sie* ist einfach umwerfend!«

»Das stimmt.«

»Oh, ich habe mir das Rezept besorgt, von dem wir neulich sprachen.«

»Das fettarme?«

»Genau.«

»Hast du morgen kurz Zeit?«

»Nein, leider nicht. Aber Harold kann es doch an Mike faxen.«

»Ja, gut.«

Dann fingen die beiden Frauen an, über diese Schauspielerin zu reden, von der ich eben erzählt habe. Beide waren sich einig.

»Es ist eine Schande.«

»Hast du das Interview in *Haushalt und Familie* gelesen?«

»Meinst du das vor ein paar Monaten?«

»Hm-hm.«

»Eine Schande.«

»Hast du das in der *Cosmopolitan* gelesen?«

»Nein.«

»Mein Gott, das war praktisch dasselbe Interview.«

»Ich begreife einfach nicht, warum man diese Seiten an sie verschwendet.«

Die Tatsache, dass eine der Frauen meine Mom war, machte mich besonders traurig, denn meine Mutter ist schön. Und immer auf Diät. Manchmal sagt mein Vater ihr, dass sie schön ist, aber sie hört ihm gar nicht zu. Mein Vater ist übrigens ein guter Ehemann. Er ist nur sehr pragmatisch.

Nach dem Zahnarzt fuhr ich mit meiner Mutter zum Friedhof, wo eine Menge ihrer Verwandten begraben sind. Mein Vater geht nicht gerne auf den Friedhof, weil er sich davor gruselt. Aber mir macht es nichts aus, weil Tante Helen auch da begraben ist. Meine Mutter war immer die Hübsche, heißt es, meine Tante die Andere. Das Schöne war, dass meine Tante nie eine Diät gemacht hat. Und sie war »korpulent«. Hey, ich hab's eingebaut!

Meine Tante hat uns Kindern immer erlaubt, aufzubleiben und *Saturday Night Live* zu gucken, wenn sie auf uns aufgepasst hat oder später, als sie schon bei uns wohnte und meine Eltern zu irgendwelchen Bekannten gegangen sind, um sich bei Spieleabenden zu betrinken. Ich weiß noch, als ich ganz klein war, ging ich immer als Erster ins Bett, während mein Bruder und meine Schwester und Tante Helen noch *Live Boat* und *Fantasy Island* guckten. Ich konnte einfach nicht wach bleiben, als ich so klein war, aber ich wünschte, ich hätte es gekonnt, weil mein Bruder und meine Schwester immer noch manchmal von diesen Abenden reden. Vielleicht ist es schade, dass das nur noch Erinnerungen sind. Aber vielleicht ist es auch nicht schade. Und vielleicht geht es nur um die Tatsache, dass wir, besonders ich, Tante Helen so lieb hatten, und das war eben die Zeit, die wir mit ihr verbringen konnten.

Ich will dich jetzt nicht mit meinen TV-Serien-Erinnerungen langweilen, sondern nur von einer besonderen erzählen, weil ich finde, dass sie irgendwie zum Thema passt und eine Sache ist, mit der jeder in gewisser Hinsicht was anfangen kann. Und da ich dich nicht kenne, denke ich mir, dass es nicht schaden kann, wenn ich über etwas schreibe, das du auch nachvollziehen kannst.

Unsere Familie saß zusammen vor dem Fernseher und sah sich die letzte Folge von *M*A*S*H* an und ich werde das nie vergessen, obwohl ich damals noch sehr klein war. Meine Mom hat geheult. Meine Schwester hat geheult. Mein Bruder hat sich total zusammengerissen, damit er nicht heulen musste. Und Dad ging kurz vor Schluss raus, um sich ein Brot zu machen. Also, ich weiß nicht mehr genau, worum es in der Folge ging, weil ich noch so klein war, aber mein Vater geht sonst höchstens in den Werbepausen raus, um sich ein Brot zu machen, und eigentlich schickt er dann immer Mom. Ich bin in die Küche gegangen und sah, wie mein Vater sich ein Brot schmierte … und heulte. Er hat sogar noch schlimmer geheult als meine Mom. Ich konnte es kaum glauben. Als er mit dem Brot fertig war, räumte er die Sachen zurück in den Kühlschrank, wischte sich die Augen und sah mich.

Dann kam er zu mir, klopfte mir auf die Schulter und meinte: »Das bleibt unser kleines Geheimnis, okay, Kumpel?«

»Okay«, sagte ich.

Und Dad hob mich mit dem freien Arm hoch und trug mich in das Zimmer, in dem unser Fernseher stand, und setzte mich auf seinen Schoß, wo ich mir den Rest der Folge ansah. Als sie vorbei war, hob er mich hoch, machte den Fernseher aus und drehte sich um.

Und mein Vater sagte: »Das war eine fantastische Serie.«

Und meine Mutter meinte: »Die beste.«

Und meine Schwester fragte: »Wie lange ist sie denn jetzt gelaufen?«

Und mein Bruder sagte: »Neun Jahre, du Dumpfbacke.«

Und meine Schwester antwortete: »Selber Dumpfbacke.«

Und mein Vater sagte: »Hört auf, ihr beiden.«

Und meine Mom sagte: »Hört auf euren Vater.«

Und mein Bruder sagte nichts mehr.

Und meine Schwester auch nicht.

Und Jahre später fand ich heraus, dass mein Bruder sich geirrt hatte.

Ich ging in die Bibliothek, um die Daten der Serie nachzuschlagen, und fand raus, dass die Folge, die wir gesehen hatten, die war, die in der ganzen Seriengeschichte die höchste Einschaltquote hatte, was mir irgendwie komisch vorkam, weil ich immer das Gefühl gehabt hatte, dass es eine Sache zwischen uns fünf gewesen sei.

Weißt du, viele Leute an meiner Schule hassen ihre Eltern. Manche kriegen Prügel. Manche führen ein richtiges Scheißleben und kommen da nicht mehr raus. Manche sind wie Trophäen für die Eltern, die sie dann in der Nachbarschaft rumzeigen können wie Pokale oder Medaillen. Und manche wollen einfach bloß in Frieden saufen.

Aber auch wenn ich meine Eltern überhaupt nicht verstehe und sie mir manchmal total Leid tun, liebe ich sie doch furchtbar. Meine Mom fährt auf den Friedhof, weil sie die Gräber von Leuten besuchen will, die sie geliebt hat. Mein Vater hat bei einer Folge von *M*A*S*H* geheult und mir ein Geheimnis anvertraut und mich »Kumpel« genannt.

Übrigens habe ich nur ein Loch, aber auch wenn mein Zahnarzt immer wieder betont, wie wichtig es ist, kann ich mich einfach nicht überwinden, Zahnseide zu benutzen.

Dein Charlie

6. Oktober 1991

Lieber Freund,
ich schäme mich ziemlich. Ich bin neulich zum High School-Footballspiel gegangen und weiß nicht genau, warum. In der Middle School sind Michael und ich öfter hingegangen, obwohl wir nicht zu den angesagten Leuten gehörten. Aber es war kein schlechter Zeitvertreib für einen Freitag, wenn man keine Lust auf Fernsehen hatte. Manchmal trafen wir Susan und dann hielten Michael und sie Händchen.

Aber diesmal bin ich allein gegangen, denn Michael ist nicht mehr da, Susan hängt mit anderen Jungs rum, Bridget spinnt immer noch, Carl ist auf eine katholische Schule geschickt worden und Dave mit der dicken Brille ist weggezogen. Ich hab mir die Leute angesehen, hab mir überlegt, wer wegen wem und wer nur einfach so da war und dann sah ich den Jungen, von dem ich dir schon geschrieben habe. Erinnerst du dich an Nichts? Nichts war da und er war einer von den wenigen Nicht-Erwachsenen, die sich tatsächlich das Spiel anguckten. Und ich meine wirklich angucken. Die ganze Zeit brüllte er den Spielern Kommentare zu.

»Mach schon, Brad!« So heißt unser Quarterback.

Normalerweise bin ich ja ziemlich schüchtern. Aber Nichts kam mir vor wie einer, dem man bei einem Footballspiel getrost Hallo sagen kann, selbst wenn man drei Jahre jünger und nicht besonders cool ist.

»Hey, du bist doch in meinem Handwerkskurs!« Er ist wirklich ein netter Kerl.

»Ich bin Charlie«, sagte ich nicht allzu schüchtern.

»Und ich bin Patrick. Und das ist Sam.« Er zeigte auf ein hübsches Mädchen neben ihm. Und sie winkte mir zu.

»Hi, Charlie.« Sam hatte ein sehr nettes Lächeln.

Beide meinten, ich solle mich setzen, und sie schienen es ernst zu meinen, also setzte ich mich. Ich hörte zu, wie Nichts herumbrüllte und das Spiel analysierte, und kam zu dem Schluss, dass er jemand war, der sich mit Football auskannte. Er kannte sich mit Football genauso gut aus wie mein Bruder. Vielleicht sollte ich Nichts jetzt lieber Patrick nennen, weil er sich mir so vorgestellt hat und Sam ihn auch so nennt.

Übrigens hat Sam braunes Haar und sehr, sehr schöne grüne Augen. Ein unaufdringliches Grün. Ich hätte dir das schon eher gesagt, aber im künstlichen Licht des Stadions sah alles wie verwaschen aus. Erst als wir zum Big Boy gingen und Sam und Patrick anfingen, eine Kippe nach der anderen zu rauchen, konnte ich sie mir genau ansehen. Das Nette im Big Boy war die Tatsache, dass Patrick und Sam nicht über irgendwelche Sachen redeten, die nur Eingeweihte kannten, sodass ich wie ein Blödmann daneben gesessen hätte. Nein, überhaupt nicht. Sie stellten mir Fragen.

»Wie alt bist du, Charlie?«

»Fünfzehn.«

»Was willst du später mal machen?«

»Weiß ich noch nicht.«

»Was ist deine Lieblingsband?«

»Ich glaube, die Smiths, weil ich den Song ›Asleep‹ so toll finde, aber eigentlich kann ich das nicht so sagen, weil ich sonst nicht viel von ihnen kenne.«

»Was ist dein Lieblingsfilm?«

»Weiß ich nicht. Ich glaube, ich hab keinen.«

»Und dein Lieblingsbuch?«

»*Diesseits des Paradieses* von F. Scott Fitzgerald.«

»Und warum?«

»Weil es das Letzte ist, das ich gelesen habe.«

Da mussten beide lachen, weil sie wussten, dass ich es ernst gemeint hatte und nicht gewollt witzig. Danach sagten sie mir, was sie am liebsten hatten, und dann sagten wir eine ganze Zeit nichts mehr. Ich aß eine Kürbispastete, weil die Kellnerin gesagt hatte, dass es das Angebot der Saison sei, und sie rauchten weiter.

Ich guckte mir die beiden an und fand, dass sie sehr glücklich wirkten. Und zwar auf eine schöne Art. Und obwohl ich Sam sehr hübsch und wirklich nett fand und sie das erste Mädchen ist, mit dem ich wirklich gern ein Date haben würde, wenn ich erst mal Auto fahren kann, machte es mir gar nichts aus, dass sie einen Freund hatte. Vor allem nicht, weil er ein so netter Kerl wie Patrick war.

»Wie lange seid ihr schon zusammen?«, fragte ich.

Plötzlich lachten die beiden los. Und zwar ausgiebig.

»Was ist denn so komisch?«, fragte ich.

»Wir sind Geschwister«, meinte Patrick und konnte gar nicht aufhören zu lachen.

»Aber ihr seht euch gar nicht ähnlich.«

Und dann erklärte Sam mir, dass sie auch eigentlich Stiefgeschwister seien, weil Patricks Vater Sams Mutter geheiratet hat. Ich war total froh, das zu hören, weil ich wirklich gerne irgendwann ein Date mit Sam haben würde. Sie ist echt nett.

Trotzdem schäme ich mich, weil ich in der Nacht einen abgedrehten Traum hatte. Sam und ich waren zusammen. Wir beide waren nackt. Und ihr eines Bein hing über der Couchlehne. Und dann wachte ich auf. Und ich hab mich noch nie in meinem Leben so gut gefühlt. Aber ich fühlte mich auch ziemlich mies, weil ich Sam ohne sie zu fragen nackt gesehen hatte. Ich denke, ich sollte es Sam erzählen, und ich kann wirklich nur hoffen, dass es uns nicht davon abhalten wird, unsere eigenen Insiderwitze zu entwickeln. Ich hätte wirklich gerne wieder einen Freund. Noch viel mehr als ein Date.

Dein Charlie

14. Oktober 1991

Lieber Freund,
weißt du, was »Masturbieren« heißt? Wahrscheinlich schon, da du ja älter bist als ich, aber falls nicht, erklär ich's dir. Masturbieren ist, wenn man sein Geschlechtsteil reibt, bis man einen Orgasmus kriegt. Wow!

Ist dir mal aufgefallen, dass in Filmen und Fernsehserien immer von Kaffeepausen geredet wird? Ich finde, sie sollten eine Masturbationspause machen, aber wahrscheinlich würde das die Produktivität senken.

Schon gut, ich wollte nur originell sein. Ich meinte es nicht wirklich so. Ich wollte dich bloß zum Lachen bringen. Aber das mit dem »Wow!« hab ich schon so gemeint.

Ich hab Sam erzählt, dass ich geträumt habe, sie und ich lägen nackt auf dem Sofa, und dann hab ich zu heulen angefangen. Und weißt du, was sie gemacht hat? Sie hat gelacht! Aber nicht auf gemeine Art. Ein richtig nettes, herzliches Lachen. Und dann sagte sie, dass sie mich süß fände. Und dass es ganz okay sei, wenn ich von ihr träumen würde. Ich hörte also auf zu heulen. Dann fragte Sam, ob ich sie hübsch fände, und ich sagte, nicht nur hübsch, sondern ganz toll. Darauf sah sie mir ganz tief in die Augen.

»Du weißt doch, dass du zu jung für mich bist, Charlie? Das weißt du doch?«

»Ja, weiß ich.«

»Ich will nicht, dass du deine Zeit damit verschwendest, auf *diese* Art an mich zu denken.«

»Mach ich nicht. Ich hab nur geträumt.«

Dann nahm sie mich in den Arm und drückte mich, und das kam mir zuerst komisch vor, weil das in meiner Familie kaum einer tut, außer Tante Helen damals. Nach einem Moment aber konnte ich ihr Parfüm riechen und spürte ihren Körper an meinem. Und ich machte mich los.

»Sam, ich denke auf *diese* Art an dich.«

Sie sah mich nur an und schüttelte den Kopf. Dann legte sie mir einen Arm um die Schultern und ging mit mir durch den Flur. Wir trafen Patrick draußen, weil sie manchmal keine Lust haben, in die Kurse zu gehen. Sie rauchen lieber.

»Charlie ist charlie-esk in mich verknallt, Patrick.«

»Oh. Ehrlich?«

»Ich geb mir Mühe, es nicht zu sein«, sagte ich entgegenkommend, worüber sie beide lachen mussten.

Patrick sagte Sam, dass sie bitte gehen solle, was sie auch tat, und dann erklärte er mir ein paar Sachen in Bezug auf Mädchen, damit ich weiß, wie man mit ihnen umgehen muss, und damit ich nicht auf *diese* Art an Sam denke.

»Charlie, hat dir mal jemand erklärt, wie das so läuft?«

»Ich glaube nicht.«

»Pass auf. Es gibt ein paar Regeln, die man befolgt, und zwar nicht, weil man will, sondern weil man muss. Verstehst du?«

»Ich glaube ja.«

»Okay. Nimm zum Beispiel Mädchen. Sie richten sich nach ihren Müttern, nach Zeitschriften und allem Möglichen, wenn es darum geht, wie man mit Jungs umgeht.«

Ich dachte an die Mütter, die Zeitschriften und an alles Mögliche, und der Gedanke machte mich nervös, besonders, wenn das alles Mögliche auch Fernsehen bedeutete.

»Ich meine, es ist nicht wie im Kino, wo die Mädels sich 'n Arschloch anlachen und das ganz toll finden. So einfach ist das nicht. Sie mögen immer die Kerle, die ihnen einen Sinn geben.«

»Einen Sinn?«

»Genau. Weißt du, Mädchen wollen in Jungs eine Herausforderung sehen. So haben sie eine Aufgabe. Was würde deine Mutter tun, wenn sie dich nicht mehr bemuttern und dich nerven könnte, dass du dein Zimmer aufräumen sollst? Und was würdest du tun, wenn sie dich nicht mehr bemuttert und nervt, damit du dein Zimmer aufräumst? Jeder braucht eine Mutter. Und eine Mutter weiß das. Das gibt ihr das Gefühl, zu etwas nütze zu sein. Kapiert?«

»Ja«, sagte ich, obwohl es nicht stimmte. Trotzdem hatte ich immerhin genug kapiert, um »Ja« zu sagen, ohne zu lügen.

»Es gibt Mädchen, die ernsthaft glauben, dass sie Jungs ändern könnten. Aber das Komische daran ist, dass sie sich tödlich langweilen, wenn sie das tatsächlich geschafft haben. Denn dann haben sie ja keine Herausforderung mehr. Du musst den Mädels einfach ein bisschen Zeit geben, das ist alles. Manche begreifen es sofort, manche später. Manche nie. Ich würde mir darüber nicht so viele Sorgen machen.«

Aber ich schätze, ich mache mir eine Menge Sorgen. Seitdem er mir das erzählt hat, mache ich mir Sorgen darüber. Ich seh mir die Leute an, die Händchen halten, und frage mich, was da so alles dahinter steckt. Auf Schulpartys sitze ich im Hintergrund, wippe mit dem Fuß und überlege, wie viele Paare wohl auf »ihr Lied« tanzen. Ich sehe die Mädchen im Flur die Jacken von den Jungs tragen und denke in diesem Zusammenhang über das Besitzen nach. Und ich frage mich, ob die Leute wirklich glücklich sind. Ich hoffe, sie sind es. Ich kann es wirklich nur hoffen.

Bill beobachtete mich, wie ich Leute beobachtete, und fragte mich nach Kursende, was ich gedacht habe. Ich sagte es ihm und er nickte und machte bestätigende Geräusche. Als ich fertig war, setzte er das Gesicht für ernste Gespräche auf.

»Denkst du immer so viel nach, Charlie?«

»Ist das falsch?« Vielleicht würde mir endlich mal jemand die Wahrheit sagen.

»Nicht unbedingt. Aber manche Leute benutzen ihre Gedankenwelt, um nicht am wirklichen Leben teilzunehmen.«

»Ist das falsch?«

»Ja.«

»Ich denke, ich nehme schon teil. Glauben Sie das denn nicht?«

»Tja, tanzt du auf den Schulfesten?«

»Ich kann nicht besonders gut tanzen.«

»Verabredest du dich mit Mädchen?«

»Na ja, ich hab kein Auto und selbst wenn, dann dürfte ich nicht fahren, weil ich erst fünfzehn bin, und außerdem hab ich noch kein Mädchen getroffen, das ich wirklich mag, außer Sam, aber ich bin zu jung für sie und sie müsste dauernd fahren, was ja irgendwie doof wäre.«

Bill lächelte und stellte mir noch ein paar Fragen. Langsam kam er auf »familiäre Probleme« zu sprechen. Ich erzählte ihm von dem Typen mit den Kassetten, der meine Schwester geschlagen hat, weil meine Schwester mir ja nur gesagt hatte, dass ich es nicht Mom oder Dad erzählen sollte, aber Bill konnte es ja wohl wissen. Er sah mich sehr, sehr ernst an, als ich ihm das erzählt hatte, und sagte mir dann etwas, das ich wohl so schnell nicht vergessen werde.

»Charlie, wir nehmen die Liebe an, die wir zu verdienen glauben!«

Ich stand einfach nur da und sagte nichts. Bill klopfte mir auf die Schulter und gab mir ein neues Buch. Dann meinte er, dass schon alles in Ordnung kommen würde.

Normalerweise gehe ich zu Fuß nach Hause, weil ich dann das Gefühl habe, ich hätte es mir verdient. Ich meine, ich will eines Tages meinen Kindern sagen können, dass ich wie meine Großeltern »damals« zur Schule *gegangen* bin. Es ist schon komisch, dass ich jetzt schon an so was denke, obwohl ich noch nicht mal ein Date hatte, aber mir kommt es richtig vor. Ich brauche normalerweise eine Stunde, wenn ich zu Fuß gehe und nicht den Bus nehme, aber das ist die Sache wert, wenn das Wetter so schön ist wie heute.

Als ich schließlich nach Hause kam, saß meine Schwester auf einem Stuhl. Meine Mom und mein Dad standen vor ihr. Und ich wusste, dass Bill zu Hause angerufen und ihnen alles erzählt hatte. Ich fühlte mich schrecklich. Es war alles meine Schuld.

Meine Schwester heulte. Mein Vater war es, der die ganze Zeit redete. Er sagte, dass meine Schwester den Jungen, der sie geschlagen hattc, nicht mehr sehen dürfe und dass er heute Abend mit den Eltern reden würde. Meine Schwester meinte, dass es ihre Schuld gewesen sei, weil sie ihn provoziert habe, aber mein Vater meinte, dass das keine Entschuldigung sei.

»Aber ich liebe ihn!« Ich hab meine Schwester noch nie so heulen sehen.

»Nein, das tust du nicht.«

»Ich hasse dich.«

»Nein, das tust du nicht!« Mein Vater kann manchmal sehr ruhig und gelassen sein.

»Er ist alles, was ich habe!«

»Sag so was nie wieder über irgendjemanden! Nicht einmal über mich!« Das war meine Mutter.

Meine Mom mischt sich nur selten ein, und eine Sache steht in unserer Familie fest: Wenn meine Mutter tatsächlich etwas sagt, dann kriegt sie auch ihren Willen. Genauso war es jetzt. Meine Schwester hörte sofort auf zu heulen.

Danach gab mein Vater meiner Schwester einen Kuss auf die Stirn, was er nur ganz selten tut. Dann ging er und stieg in sein Auto und fuhr weg. Wahrscheinlich fuhr er nun zu den Eltern von dem Jungen, um mit ihnen zu reden. Und sie taten mir Leid. Seine Eltern, meine ich. Weil mein Vater nie einen Streit verliert. Wirklich nie.

Meine Mom ging in die Küche, um meiner Schwester ihr Lieblingsessen zu machen, und meine Schwester guckte mich an.

»Ich hasse dich.«

Sie sagte das ganz anders, als sie es zu meinem Vater gesagt hatte. Diesmal meinte sie es ernst. Sie meinte es wirklich ernst.

»Ich hab dich lieb«, war alles, was ich darauf sagen konnte.

»Du bist total verrückt, weißt du? Du bist schon immer verrückt gewesen. Jeder sagt das. Immer schon.«

»Ich geb mir Mühe, es nicht zu sein.«

Dann drehte ich mich um und ging in mein Zimmer und schloss meine Tür und steckte den Kopf unters Kissen und überließ es der Stille, meine Gedanken zu ordnen.

Ach, übrigens, ich nehme an, dass du dir wegen Dad bestimmt so deine Gedanken machst. Hat er uns geschlagen, als wir klein waren, oder tut er es jetzt sogar noch? Wahrscheinlich bist du genauso neugierig wie Bill, denn er hat danach gefragt, als ich ihm von meiner Schwester und dem Jungen erzählt habe. Also, falls du dich das fragst: Nein, hat er nicht! Er hat meinen Bruder und meine Schwester nie angefasst. Und das einzige Mal, dass er mir eine Ohrfeige gegeben hat, war, als ich meine Tante Helen zum Weinen gebracht habe. Und als wir uns alle wieder beruhigt hatten, fiel mein Vater vor mir auf die Knie und sagte mir, dass sein Stiefvater ihn früher dauernd geschlagen hätte und dass er damals auf dem College, als meine Mom mit meinem großen Bruder schwanger gewesen war, beschlossen hat, dass er seine Kinder nie, nie schlagen würde. Und dass er sich jetzt hundeelend fühlen würde, weil er es doch getan hat. Und dass er es nie wieder tun würde. Und das hat er auch nicht.

Er ist nur manchmal ziemlich streng.

Dein Charlie

15. Oktober 1991

Lieber Freund,
ich glaube, ich habe in meinem letzten Brief vergessen zu sagen, dass es Patrick war, der mir das mit der Selbstbefriedigung erklärt hat. Ich glaube, ich habe auch vergessen zu sagen, wie oft ich es jetzt mache, und das ist ganz schön oft. Ich gucke mir dabei aber keine Bilder an. Ich mache einfach die Augen zu und träume von einer unbekannten Frau. Und versuche, mich dabei nicht so sehr zu schämen. Ich denke dabei nie an Sam. Nie. Und das ist sehr wichtig für mich, weil ich so glücklich war, als sie »charlie-esk« gesagt hat, denn es klang für mich sehr vertraulich – nach etwas, das nur Eingeweihte verstehen.

Letztens hatte ich nachts ein so schlechtes Gewissen, dass ich Gott versprochen habe, es nie wieder zu tun. Ich nahm also meine Decke, aber die tat irgendwann weh, dann nahm ich mein Kissen, aber das tat auch irgendwann weh. Also machte ich es schließlich wieder ganz normal. Ich bin nicht sehr religiös erzogen worden, aber ich glaube trotzdem an Gott. Ich habe ihm nur keinen Namen gegeben, wenn du weißt, was ich meine. Ich hoffe bloß, dass ich ihn jetzt nicht enttäuscht habe.

Übrigens hat mein Vater tatsächlich ein ernstes Gespräch mit den Eltern des Jungen gehabt. Die Mutter muss sehr sauer gewesen sein und den Jungen angeschrien haben. Der Vater war ganz still. Und mein Dad ist auch nicht zu persönlich geworden. Er hat ihnen nicht gesagt, dass sie in der Erziehung total versagt hätten oder so ähnlich.

Als mein Vater wieder zu Hause war, hab ich ihn nach familiären Problemen bei dem Jungen gefragt. Und ob er glaube, dass die Eltern ihn schlagen. Er meinte, ich solle mich um meine eigenen Angelegenheiten kümmern. Weil er es weder wüsste noch wissen wolle. Er fände es sowieso unwichtig.

»Nicht jeder hat eine tragische Kindheit, Charlie. Und selbst wenn, ist das keine Entschuldigung.«

Mehr sagte er nicht. Und dann ging er fernsehen.

Meine Schwester ist immer noch sauer auf mich, aber mein Dad sagt, dass ich das Richtige getan habe. Das hoffe ich, aber manchmal bin ich mir nicht sicher.

Dein Charlie

28. Oktober 1991

Lieber Freund,
tut mir Leid, dass ich so lange nicht mehr geschrieben habe, aber ich hab versucht »teilzunehmen«, wie Bill gesagt hat. Ist schon komisch, aber manchmal lese ich ein Buch und denke, dass ich einer von denen in der Geschichte bin. Und wenn ich Briefe schreibe, dann denke ich noch zwei Tage darüber nach, was ich beim Schreiben herausgefunden habe. Ich weiß nicht, ob das gut oder schlecht ist. Jedenfalls versuche ich teilzunehmen.

Das Buch, das Bill mir gegeben hat, war übrigens *Peter Pan* von J. M. Barrie. Ich weiß schon, was du denkst. Der Zeichentrick-Peter Pan mit den verlorenen Jungen. Aber das richtige Buch ist viel, viel besser. Es geht um einen Jungen, der nicht erwachsen werden will, und als Wendy erwachsen wird, da fühlt er sich von ihr verraten. Jedenfalls hab ich das so verstanden. Ich glaube, dass Bill mir das Buch geliehen hat, damit ich daraus was lerne.

Das Gute daran war jedenfalls, dass das Buch so eine Art Fantasy-Roman ist und ich daher nicht so tun konnte, als wäre ich selbst Teil der Geschichte. Auf die Art und Weise konnte ich an der realen Welt teilnehmen und trotzdem lesen.

Was das Teilnehmen angeht, versuche ich jetzt, zu den Veranstaltungen zu gehen, die von der Schule aus organisiert werden. Es ist zu spät, um Clubs oder so was beizutreten, aber ich mache das, was noch möglich ist. Zum Beispiel das Homecoming-Footballspiel und der Homecoming-Ball, auch wenn ich kein Mädchen hab, das mit mir dahin geht.

Ich kann mir nicht vorstellen, dass ich jemals zu einem Homecoming-Spiel heimkehren werde, wenn ich erst mal hier weg bin, aber es hat Spaß gemacht, so zu tun als ob. Ich entdeckte Sam und Patrick, die wie immer auf der nicht überdachten Tribüne saßen, und tat so, als hätte ich sie seit Jahren nicht gesehen, obwohl wir uns erst am Nachmittag getroffen hatten.

»Patrick, bist du das? Und Sam ... meine Güte, ist das lange her. Wer wird wohl gewinnen? Gott, das College ist echt anstrengend. Am Wochenende muss ich siebenundzwanzig Bücher lesen und meine Freundin will, dass ich ihr Schilder für den Protestmarsch am Dienstag male. Damit die Bürokraten endlich begreifen, dass wir ernst zu nehmen sind. Dad kämpft immer noch mit seinem Tennisarm und meine Mutter trainiert pausenlos dafür. Ach, lass uns mal wieder treffen, ja? Ich würd gern noch ein bisschen bleiben, aber ich muss meine Schwester von ihrem Workshop ›Gefühlswelten‹ abholen. Sie macht echte Fortschritte. War schön, euch zu sehen.«

Und dann ging ich. Ich ging runter und kaufte drei Portionen Nachos und eine Cola Light für Sam. Dann ging ich wieder rauf, gab den beiden die Nachos und Sam ihre Cola. Und Sam lächelte. Das Tolle an Sam ist, dass sie mich nicht für verrückt hält, wenn ich mir irgendwas ausdenke. Patrick eigentlich auch nicht, aber er war voll und ganz auf das Spiel konzentriert und brüllte Brad, dem Quarterback, dauernd etwas zu.

Irgendwann erzählte Sam mir, dass sie nachher noch auf eine Party zu Freunden wollten. Und sie fragte mich, ob ich mitwolle. Ich sagte ja, weil ich noch nie auf einer Party gewesen bin. Ich hab nur schon mal eine bei uns zu Hause mitgekriegt.

Meine Eltern waren nach Ohio gefahren, um dabei zu sein, wie ein entfernter Cousin heiratete oder beerdigt wurde. Ich weiß nicht mehr, was es war. Mein Bruder sollte auf das Haus aufpassen. Damals war er sechzehn und nutzte die Gelegenheit, um eine große Fete mit Bier und allem zu veranstalten. Ich sollte in meinem Zimmer bleiben, was okay war, weil das der Raum war, wo alle ihre Jacken hingelegt hatten, und es machte Spaß, die vielen Taschen zu durchwühlen. Ab und zu kam ein betrunkener Junge oder ein Mädchen rein, um nachzusehen, ob man hier in Ruhe rummachen konnte, aber wenn sie mich sahen, gingen sie gleich wieder. Das heißt, bis auf das eine Pärchen.

Diese zwei, von denen ich später erfuhr, dass beide ziemlich beliebt und außerdem ineinander verliebt waren, torkelten rein und fragten, ob sie das Zimmer für eine Weile haben könnten. Ich meinte, dass meine Geschwister mir gesagt hätten, ich solle hier bleiben, aber sie meinten, dass ihnen das nichts ausmachen würde. Also sagte ich ja und sie machten die Tür zu und fingen an, sich zu küssen. Sich richtig heftig zu küssen. Nach ein paar Minuten wanderte die Hand des Jungen unter ihr T-Shirt und sie fing an zu protestieren.

»Hör auf, Dave.«

»Was?«

»Der Kleine ist doch noch da.«

»Ist doch egal.«

Also machte er weiter und kümmerte sich nicht darum, dass sie immer wieder nein sagte. Nach ein paar Minuten hörte sie auf, sich zu beschweren, und er zog ihr das T-Shirt aus. Darunter hatte sie einen weißen BH mit Spitze an. Ehrlich gesagt wusste ich jetzt nicht mehr so recht, was ich tun sollte. Ziemlich bald zog er ihr den BH aus und küsste ihre Brüste. Und dann schob er ihr eine Hand in die Hose und sie fing an zu stöhnen. Ich glaube, beide waren wirklich ziemlich betrunken. Dann wollte er ihr die Hose ausziehen, aber sie fing furchtbar an zu weinen und so machte er seine auf. Und zog sie mit Unterhose bis auf die Knie runter.

»Bitte, Dave. Nicht.«

Aber der Junge sagte ihr, wie gut sie aussehen würde und solche Sachen, und sie griff mit beiden Händen nach seinem Penis und fing an, ihn zu reiben. Ich wünschte, ich könnte das irgendwie netter beschreiben, ohne Wörter wie Penis zu benutzen, aber andererseits war es so, wie es war.

Nach einer Weile drückte der Junge den Kopf des Mädchens runter und sie fing an, seinen Penis zu küssen. Sie weinte immer noch. Schließlich hörte sie damit auf, weil er ihr den Penis in den Mund steckte, und ich glaube nicht, dass man so noch weinen kann. Ich konnte schließlich nicht mehr hinsehen, weil mir langsam schlecht wurde, aber es ging trotzdem weiter. Sie machten noch andere Dinge, wobei das Mädchen immer wieder nein sagte, und irgendwann hielt ich mir die Ohren zu, aber ich konnte sie immer noch nein sagen hören.

Schließlich kam meine Schwester rein, um mir eine Schüssel mit Chips zu bringen, und der Junge und das Mädchen hörten auf. Meine Schwester war total verlegen, aber nicht so verlegen wie das Mädchen. Der Junge sah irgendwie selbstgefällig aus. Er sagte nicht viel. Als sie weg waren, sah meine Schwester mich an.

»Wussten die, dass du hier drin bist?«

»Ja. Sie haben mich gefragt, ob sie das Zimmer nehmen könnten.«

»Warum hast du ihnen denn nicht gesagt, dass sie aufhören sollen?«

»Ich hab nicht gewusst, was sie da machen.«

»Du bist doch pervers«, war das Letzte, was meine Schwester sagte, bevor sie mitsamt den Chips wieder rausging.

Ich erzählte Sam und Patrick davon und beide sagten eine ganze Zeit gar nichts. Sam meinte dann, dass sie auch mal mit Dave zusammen gewesen sei, bevor sie angefangen habe, Punk zu hören, und Patrick sagte, dass er von der Party gehört habe. Das überraschte mich nicht, weil sie zu einer Art Legende geworden ist. Jedenfalls bekomme ich so was immer zu hören, wenn ich jemandem sage, wer mein Bruder ist.

Als die Polizei kam, fanden sie meinen Bruder schlafend auf dem Dach. Keiner weiß, wie er da raufgekommen ist. Meine Schwester ließ sich im Bügelzimmer von irgendeinem Typen aus der Abschlussklasse befummeln. Sie war damals im ersten High School-Jahr. Eine Menge Eltern kamen zu uns, um ihre Kinder abzuholen, und viele von den Mädchen heulten und kotzten. Die meisten Jungs waren zu dem Zeitpunkt schon abgehauen. Mein Bruder bekam richtig Ärger und meine Schwester musste ein »ernstes Gespräch« über sich ergehen lassen. Damit war die Sache gegessen.

Der Junge, Dave, ist jetzt im letzten Jahr. Er spielt im Footballteam mit und fing gegen Ende des Spiels einen Touchdown, den Brad geworfen hatte. Unsere Schule gewann schließlich das Spiel und alle Leute drehten durch, weil wir Sieger waren. Aber ich konnte nur noch an die Party denken. Eine ganze Weile dachte ich schweigend darüber nach, dann sah ich zu Sam hinüber.

»Er hat sie vergewaltigt, oder?«

Sie nickte nur. Ich konnte nicht sagen, ob sie traurig war oder einfach nur mehr wusste als ich.

»Wir müssten es doch jemandem erzählen, oder?«

Diesmal schüttelte Sam den Kopf. Dann erklärte sie mir, dass man auf der High School eine Menge Dinge machen muss, um sich zu beweisen, insbesondere, wenn man zu »den Coolen« gehört und auch noch mit jemandem zusammen ist.

Am nächsten Tag sah ich die beiden auf dem Homecoming-Ball zusammen tanzen. Dave und das Mädchen. Und ich war total sauer. Ich war richtig erschrocken, wie wütend ich war. Am liebsten wäre ich zu Dave hingegangen und hätte ihm eine verpasst. Und ich glaube, ich hätte es auch getan, aber Sam sah mich und legte mir einen Arm um die Schultern. Sie beruhigte mich und ich glaube, ich bin froh, dass sie es getan hat. Denn ich denke, ich wäre immer nur wütender geworden, wenn ich auf ihn eingeschlagen hätte, und bestimmt hätte sich das Mädchen dann eingemischt, weil sie ihn liebt. Und das hätte mich, glaube ich, nur noch wütender gemacht.

Also beschloss ich, das Nächstbeste zu tun, und ließ die Luft aus Daves Reifen. Sam wusste, welches sein Auto war.

Am Freitagabend nach dem Footballspiel hatte ich ein bestimmtes Gefühl, dass ich nicht besser beschreiben kann als mit »warm«, obwohl das Wort nicht ausreicht. Sam und Patrick nahmen mich zur Party mit und ich saß in der Mitte der Sitzbank von Sams Pick-up. Sam liebt ihren Pick-up, weil er sie, glaube ich, an ihren Dad erinnert. Das Gefühl, von dem ich eben geschrieben habe, kam auf, als Sam sagte, Patrick solle einen guten Radiosender suchen. Aber er landete immer bei Werbung. Und immer wieder Werbung. Und bei einem richtig schlechten Song über Liebe, bei dem mal wieder ein »Baby« vorkam. Und noch mehr Werbung. Aber schließlich kam er zu einem fantastischen Lied über einen Jungen und wir hörten alle gebannt zu.

Sam klopfte mit der Hand auf das Lenkrad. Patrick hielt einen Arm aus dem Fenster und bewegte ihn wellenförmig. Und ich saß einfach zwischen ihnen. Als das Lied zu Ende war, sagte ich was.

»Ich fühle mich unendlich.«

Und Sam und Patrick schauten mich an, als hätte ich das Tollste gesagt, was sie je gehört hatten. Weil das Lied wirklich super war und weil wir alle sehr aufmerksam zugehört hatten. Fünf Minuten eines Lebens waren wirklich und wahrhaftig gelebt worden, und wir fühlten uns auf eine schöne Art und Weise jung. Ich habe mir deswegen die Platte gekauft und ich würde dir ja auch gerne sagen, was es war, aber ehrlich gesagt ist es einfach nicht dasselbe, wenn man nicht zwischen zwei netten Leuten in einem Pick-up sitzt, zu seiner ersten Party fährt und es zu regnen anfängt.

Dann kamen wir zu dem Haus, wo die Party stattfand, und Patrick machte ein Klopfzeichen. Das Zeichen ohne Geräusch zu beschreiben wäre zu schwer. Die Tür öffnete sich einen Spalt und ein Typ mit krausen Haaren guckte heraus.

»Patrick bekannt als Patty bekannt als Nichts?«

»Bob.«

Die Tür ging ganz auf und die beiden umarmten sich. Dann umarmten Sam und Bob sich. Und Sam sagte:

»Das ist unser Freund Charlie.«

Und du wirst es nicht glauben – Bob umarmte *mich*! Als wir unsere Jacken aufhängten, sagte Sam mir, dass Bob »breit wie ein verficktes französisches Bett« sei. Ich musste das einfach zitieren, auch wenn ein Schimpfwort drin ist.

Die Party fand im Keller statt. Der Raum war ziemlich verqualmt und die Leute alle ein gutes Stück älter als ich. Zwei Mädchen zeigten sich gegenseitig ihre Tattoos und die gepiercten Bauchnabel. Ich glaube, sie waren aus der letzten Jahrgangsstufe.

Ein Typ namens Fritz Sowieso futterte ein Twinkie nach dem anderen. Seine Freundin erzählte ihm die ganze Zeit irgendwas über die Rechte der Frauen und er sagte immer nur: »Ich weiß, Baby.«

Sam und Patrick fingen wieder an zu rauchen. Bob ging hoch, als es klingelte. Als er zurückkam, brachte er Milwaukee's Best-Bier für alle und zwei neue Gäste mit. Einmal Maggie, die unbedingt ins Bad musste, und Brad, der Quarterback vom High School-Footballteam. Wirklich wahr!

Ich weiß auch nicht, warum ich das so aufregend finde, aber wenn man jemanden immer nur im Flur vorbeigehen oder auf dem Spielfeld sieht, dann ist es ganz schön, wenn man feststellt, dass er ein echter Mensch ist.

Alle waren sehr nett zu mir und stellten Fragen. Wahrscheinlich, weil ich der Jüngste war und niemand wollte, dass ich mir fehl am Platz vorkommen würde, besonders nachdem ich das Bier abgelehnt hatte. Ich habe mal mit meinem Bruder ein Bier getrunken, als ich zwölf war, und es schmeckt mir einfach nicht. Mehr steckt gar nicht dahinter.

Einige Leute wollten wissen, in welcher Stufe ich bin und was ich mal machen will, wenn ich die Schule hinter mir habe.

»Ich bin im ersten Jahr und ich weiß es noch nicht.«

Ich sah mich um und stellte fest, dass Sam und Patrick mit Brad verschwunden waren. In diesem Moment reichte Bob etwas zu essen rum.

»Willst du ein Brownie?«

»Ja, gerne.«

Ich war ziemlich hungrig, weil ich nach Footballspielen normalerweise mit Sam und Patrick ins Big Boy gehe und wahrscheinlich schon daran gewöhnt bin. Ich aß den Kuchen und er schmeckte irgendwie seltsam, aber es blieb ein Brownie, also mochte ich ihn auch. Trotzdem war etwas anders damit, und da du älter bist als ich, kannst du dir wahrscheinlich schon denken, was.

Nach dreißig Minuten wich der Raum vor mir zurück. Ich redete gerade mit einem der Mädchen mit dem gepiercten Bauchnabel und sie wirkte plötzlich auf mich, als sähe ich sie in einem Film. Ich fing an zu blinzeln und sah mich um und die Musik schwappte wie Wasser auf mich ein.

Sam kam wieder runter und als sie mich entdeckte, wandte sie sich an Bob.

»Sag mal, geht's dir noch gut?«

»Och, komm, Sam. Es gefällt ihm. Frag ihn doch.«

»Wie fühlst du dich, Charlie?«

»Leicht.«

»Siehst du?« Bob guckte ein bisschen nervös aus der Wäsche, was mit Paranoia zu tun hatte, wie man mir später erklärte.

Sam setzte sich neben mich und nahm meine Hand, die sich kalt anfühlte.

»Siehst du was, Charlie?«

»Licht.«

»Geht es dir gut?«

»Hm.«

»Hast du Durst?«

»Hm.«

»Was möchtest du denn trinken?«

»'n Milchshake.«

Und alle in dem Partyraum prusteten los. Außer Sam.

»Der ist breit.«

»Hast du Hunger, Charlie?«

»Hm.«

»Was möchtest du denn essen?«

»'n Milchshake.«

Ich glaube kaum, dass sie mehr gelacht hätten, wenn ich was wirklich Komisches gesagt hätte. Dann nahm Sam meine Hand und zog mich auf dem wackligen Boden hoch.

»Komm. Wir besorgen dir einen Milchshake.«

Im Rausgehen drehte Sam sich zu Bob um.

»Du bist ein echtes Arschloch.«

Aber Bob lachte bloß. Und dann lachte Sam auch endlich. Und ich war zufrieden, dass alle anscheinend so gut drauf waren.

Sam und ich gingen in die Küche, wo sie das Licht anknipste. Wow! Es war so hell, ich konnte es nicht fassen. Es war so, als wenn man tagsüber ins Kino geht und dann rauskommt und gar nicht begreifen kann, dass es immer noch hell ist. Sam suchte sich Eis und Milch und einen Mixbecher zusammen. Ich fragte sie, wo das Badezimmer sei, und sie deutete um die Ecke, als wäre sie hier zu Hause. Ich glaube, sie und Patrick waren oft bei Bob, als der noch in der High School war.

Als ich zum Badezimmer ging, hörte ich ein Geräusch aus dem Zimmer, wo wir unsere Jacken gelassen hatten. Ich machte die Tür auf und sah, wie Patrick Brad küsste. Es war ein ziemlich verstohlener Kuss. Sie hörten mich und drehten sich um.

»Bist du das, Charlie?«

»Sam macht mir einen Milchshake.«

»Wer ist der Kerl?« Brad sah mich ziemlich nervös an, aber nicht auf die Art, wie Bob nervös war.

»Ein Freund von mir. Entspann dich.«

Patrick brachte mich wieder auf den Flur und schloss die Tür. Er legte mir die Hände auf die Schultern und sah mir direkt in die Augen.

»Brad will nicht, dass jemand davon erfährt.«

»Wieso nicht?«

»Weil er Angst hat.«

»Warum?«

»Weil er … he, sag mal. Bist du breit?«

»Die da unten haben das jedenfalls gesagt. Sam macht mir einen Milchshake.«

Patrick gab sich Mühe, nicht zu lachen.

»Hör zu, Charlie. Brad will nicht, dass es jemand erfährt. Du versprichst mir jetzt, dass du niemandem was sagst. Das bleibt unser kleines Geheimnis. Okay?«

»Okay.«

»Danke.«

Dann drehte Patrick sich um und ging wieder ins Zimmer zurück. Ich hörte gedämpfte Stimmen und Brad schien ziemlich von der Rolle zu sein, aber es war ja nicht meine Sache, also ging ich in die Küche zurück.

Ich muss sagen, dass das der beste Milchshake war, den ich je getrunken habe. Er war so lecker, dass es kaum auszuhalten war.

Bevor wir nach Hause gingen, spielte Sam mir ein paar von ihren Lieblingssongs vor. Einer hieß »Blackbird«, der andere »MLK«. Ich erwähne die Titel nur deshalb, weil die Lieder auch noch toll waren, als ich sie später nüchtern gehört habe.

Noch eine interessante Sache passierte, bevor wir gingen. Patrick kam wieder runter. Ich glaube, Brad war schon gegangen. Und Patrick lächelte. Und Bob machte Witze von wegen, dass Patrick in den Quarterback verknallt sei. Und Patrick lächelte noch mehr. Ich glaube, ich hab Patrick noch nie so viel lächeln sehen. Dann zeigte er auf mich und sagte etwas zu Bob.

»Ein feiner Kerl, was?«

Bob nickte. Dann sagte Patrick etwas, das ich wohl nie vergessen werde.

»Charlie ist ein Mauerblümchen – er blüht im Verborgenen.«

Und Bob nickte heftig. Und alle anderen nickten auch. Und ich wurde langsam nervös, und zwar bobmäßig, aber Patrick verhinderte, dass ich zu nervös wurde. Er setzte sich neben mich.

»Du siehst Sachen. Du behältst sie für dich. Und du verstehst sie.«

Ich habe nicht gewusst, dass andere Leute über mich nachdenken. Ich habe auch nicht gewusst, dass andere Leute mich beobachten. Ich saß auf meiner ersten echten Party auf dem Boden zwischen Sam und Patrick und mir fiel ein, dass Sam mich Bob gegenüber als ihren Freund vorgestellt hatte. Und mir fiel ein, dass Patrick dasselbe Brad gegenüber getan hatte. Und ich fing an zu heulen. Und keiner im Raum guckte irgendwie komisch, weil ich es tat. Und dann fing ich richtig an zu heulen.

Bob hob sein Glas und forderte die anderen auf, das auch zu tun. »Auf Charlie.«

Und die ganze Gruppe sagte: »Auf Charlie.«

Ich weiß nicht, warum sie das taten, aber es bedeutete mir sehr, sehr viel. Besonders wegen Sam. Ganz besonders wegen ihr.

Ich würde dir noch mehr von dem Homecoming-Ball erzählen, aber wenn ich jetzt darüber nachdenke, war das Beste an der Sache immer noch, dass ich die Luft aus Daves Reifen gelassen habe. Ich versuchte zu tanzen, wie Bill mir empfohlen hatte, aber normalerweise sind die Songs, die ich mag, nicht besonders tanzbar, also hab ich es nicht oft versucht. Sam sah in ihrem Kleid wirklich toll aus, aber ich habe mir Mühe gegeben, das nicht zu bemerken, weil ich nicht auf diese Art an sie denken will.

Mir ist aufgefallen, dass Brad und Patrick sich auf dem Ball kein einziges Mal unterhalten haben, weil Brad die ganze Zeit mit einem Cheerleader namens Nancy, seiner Freundin, getanzt hat. Und mir ist auch aufgefallen, dass meine Schwester, obwohl ein anderer Junge sie von zu Hause abgeholt hatte, mit dem Jungen tanzte, mit dem sie nichts mehr zu tun haben sollte.

Nach dem Ball fuhren wir mit Sams Pick-up nach Hause. Diesmal saß Patrick am Steuer. Als wir uns dem Fort Pitt Tunnel näherten, bat Sam Patrick, rechts ranzufahren. Ich hatte keine Ahnung, was nun abging. Sam kletterte in ihrem Ballkleid hinten auf die Ladefläche des Pick-up, sagte Patrick, dass er losfahren solle, und Patrick lächelte auf eine besondere Art und Weise. Ich glaube, die beiden haben das schon öfter gemacht.

Na ja, jedenfalls gab Patrick richtig Gas und kurz bevor wir in den Tunnel kamen, stand Sam auf und der Wind verwandelte ihr Kleid in Ozeanwellen. Als wir in den Tunnel fuhren, wurden alle Geräusche von einem Vakuum aufgesogen und durch einen Song aus dem Kassettenrekorder abgelöst. Eine tolles Stück namens »Landslide«. Als wir wieder aus dem Tunnel herauskamen, stieß Sam einen Schrei aus und da lag sie vor uns: die Stadt. Lichter überall, dass man nur staunen konnte. Sam setzte sich hin und lachte. Patrick fing an zu lachen. Und ich fing auch an zu lachen.

Ich schwöre, in diesem Moment waren wir unendlich.

Dein Charlie

Teil 2

7. November 1991

Lieber Freund,
heute war einer dieser Tage, an denen es mir nichts ausmacht, zur Schule zu gehen, weil das Wetter so schön ist. Der Himmel war voller weißer Wolken und die Luft fühlte sich an wie ein warmes Bad. Ich glaube, ich habe mich noch nie so sauber gefühlt. Als ich nach Hause kam, sollte ich den Rasen mähen, um mein Taschengeld aufzubessern, und es störte mich überhaupt nicht. Ich lauschte einfach der Musik, atmete den Tag ein und dachte an Momente. Momente, in denen ich in der Nachbarschaft rumspaziert bin und die Häuser und Gärten und Bäume angesehen habe und damit zufrieden war.

Ich weiß nichts über Zen oder die Dinge, die bei Chinesen oder Indianern zur Religion gehören, aber eines der Mädchen mit den Tattoos und den gepiercten Bauchnabeln von der Party ist seit Juli Buddhistin. Sie redet über kaum was anderes, außer vielleicht darüber, wie teuer Zigaretten sind. Ich treffe sie manchmal beim Mittagessen, wenn sie mit Patrick und Sam eine raucht. Sie heißt Mary Elizabeth.

Mary Elizabeth hat mir erzählt, dass Zen bedeutet, dass man mit der ganzen Welt verbunden ist. Man ist Teil der Bäume, des Grases und Teil der Hunde. So was in der Richtung. Sie hat mir auch erklärt, auf welche Art ihr Tattoo das symbolisiert, aber ich hab's vergessen.

Jedenfalls schließe ich daraus, dass Zen so ein Tag wie dieser ist, wenn man nämlich Teil der Luft ist und sich an Momente erinnert.

Ich weiß noch, dass die Kinder immer ein bestimmtes Spiel spielten. Man nimmt einen Ball oder so was und einer hat ihn zu Anfang. Dann versuchen alle anderen Kinder, ihm den Ball abzunehmen, und der, der ihn als Nächstes hat, läuft los, während die anderen Kinder wiederum versuchen, ihm den Ball abzunehmen. Manchmal ging so ein Spiel stundenlang. Ich habe nie so recht begriffen, was das Ganze sollte, aber mein Bruder war ganz wild darauf. Er hatte allerdings viel mehr Spaß daran, dem anderen den Ball abzunehmen, als selbst loszulaufen. Das Spiel wurde »smear the queer«[1] genannt und ich habe erst jetzt begriffen, was das eigentlich bedeuten soll.

Patrick hat mir die Story von ihm und Brad erzählt und jetzt verstehe ich auch, warum Patrick nicht böse geworden ist, als Brad auf dem Ball mit einem Mädchen getanzt hat. Vor ein paar Jahren feierten Brad und Patrick mit den anderen aus der coolen Clique eine Party. Patrick war tatsächlich schon cool, bevor Sam ihm ein paar gute Platten kaufte.

Patrick und Brad waren beide ziemlich betrunken. Allerdings meinte Patrick, dass Brad weniger blau war, als er vorgab. Jedenfalls saßen sie mit einem Mädchen namens Heather im Keller und als sie aufs Klo wollte, blieben Brad und Patrick allein zurück. Patrick meinte, es war zwar aufregend, aber auch ein bisschen peinlich.

»Du bist doch auch in Mr. Brosnahans Kurs, oder?«

»Warst du schon mal auf einer Pink Floyd Laser Light Show?«

»Bier auf Wein, das lass sein.«

Als ihnen kein Small Talk mehr einfiel, schauten sie sich einfach nur an. Und schließlich wälzten sie sich direkt da unten im Keller herum. Patrick meinte, beide hätten das Gefühl gehabt, dass ihnen eine zentnerschwere Last von den Schultern genommen worden sei.

1 »smear the queer« = sinngemäß: den einseifen, der anders ist. »Queer« bedeutet umgangssprachlich aber auch »schwul«.

Am nächsten Montag in der Schule sagte Brad aber was ganz anderes.

»Mann, ich war so breit, ich kann mich an nichts erinnern.«

Er erzählte das jedem, der auf der Party war. Er sagte es denselben Leuten mehrmals. Er sagte es sogar Patrick. Niemand hatte gesehen, wie die beiden miteinander rummachten, aber Brad erzählte trotzdem jedem, wie betrunken er war. Am Freitag gingen sie wieder auf eine Party. Dieses Mal kifften die beiden sich richtig zu, obwohl Patrick wieder meinte, Brad wäre gar nicht so unglaublich breit gewesen, wie er tat. Jedenfalls machten sie schließlich wieder miteinander rum. Und am Montag in der Schule sagte Brad wieder denselben Satz.

»Mann, ich war so breit, ich kann mich an nichts erinnern.«

Und so ging das sieben Monate.

Irgendwann war der Punkt erreicht, an dem Brad schon vor der Schule blau oder bekifft war. Nicht, dass sie in der Schule miteinander rumgemacht hätten – das taten sie nur an den Freitagen. Aber Patrick meinte, Brad konnte ihn nicht mal ansehen, wenn sie sich im Flur trafen, geschweige denn mit ihm reden. Für Patrick war das ziemlich hart, denn er mochte Brad sehr.

Als der Sommer kam, musste Brad sich keine Gedanken mehr über Schule oder so was machen und er trank und rauchte plötzlich noch viel mehr. Dann gab es bei Sam und Patrick zu Hause eine große Party, bei der die normaleren, also weniger coolen Leute eingeladen waren. Als Brad auftauchte, erzeugte er ziemlichen Aufruhr, weil er zu den Coolen gehörte, aber Patrick verriet nicht, warum Brad zu seiner Party gekommen war. Als die meisten Leute weg waren, gingen Patrick und Brad in Patricks Zimmer.

In der Nacht haben sie zum ersten Mal miteinander geschlafen.

Ich will nicht ins Detail gehen, weil die Sache ja doch zu intim ist, aber ich verrate dir, dass Brad die Rolle der Frau in Bezug auf wo man was reinsteckt einnahm. Ich finde, es ist wichtig, dass du das weißt. Als sie fertig waren, fing Brad ganz furchtbar an zu weinen. Er hatte viel getrunken und war auch ziemlich bekifft.

Patrick konnte tun, was er wollte, Brad heulte immer weiter. Er ließ sich auch nicht von Patrick in den Arm nehmen, was ich sehr traurig finde, denn wenn ich mal mit jemandem schlafe, dann möchte ich ihn auch in den Arm nehmen.

Schließlich zog Patrick ihm bloß die Hose hoch und sagte:

»Tu doch einfach so, als seist du ohnmächtig geworden.«

Patrick zog sich an und ging ums Haus herum, damit er aus einer anderen Richtung in den Partyraum zurückkehren konnte und niemand darauf kommen würde, dass er in seinem Zimmer gewesen war. Auch er hatte ziemlich geheult, und er nahm sich vor, jedem, der ihn darauf ansprechen sollte, zu sagen, dass er zu viel Gras geraucht habe. Als er sich schließlich einigermaßen erholt hatte, kehrte er zu den anderen zurück. Er tat, als wäre er völlig breit, und ging zu Sam. »Hast du Brad gesehen?« Sam sah den Blick in Patricks Augen. Dann wandte sie sich an die Leute im Raum.

»Hat jemand Brad gesehen?«

Das hatte keiner und so machten sich ein paar Leute auf die Suche nach ihm. Sie fanden ihn schließlich in Patricks Zimmer ... schlafend.

Patrick rief dann Brads Eltern an, weil er sich echte Sorgen um ihn machte. Er erzählte ihnen aber nicht, was los war, sondern sagte nur, dass es Brad wirklich schlecht ginge und er abgeholt werden müsse. Brads Eltern kamen und Brads Vater und ein paar andere Jungs von der Party trugen ihn zum Wagen.

Patrick weiß bis heute nicht, ob Brad wirklich geschlafen hat, aber wenn nicht, dann hat er wirklich gut gespielt. Brads Eltern schickten ihn danach auf Entzug, weil Brads Vater nicht wollte, dass sein Sohn sich die Chance auf ein Football-Stipendium verderben würde. Patrick sah Brad den ganzen Sommer nicht mehr.

Brads Eltern haben nie rausgefunden, warum ihr Sohn sich ständig zugedröhnt hat. Und die anderen auch nicht. Nur wenige wissen wirklich Bescheid.

Als die Schule wieder anfing, ging Brad Patrick meistens aus dem

Weg. Bis vor kurzem ließ er sich nicht mal mehr auf denselben Partys wie Patrick blicken. Und dann, vor etwa einem Monat, warf Brad nachts Steine an Patricks Fenster. Nun sehen sie sich nachts auf Golfplätzen und auf Partys wie denen von Bob, wo die Leute den Mund halten können und solche Sachen verstehen.

Ich fragte Patrick, ob er traurig sei, weil er diese Sache geheim halten muss, aber er meinte nur, er sei froh, dass Brad sich nicht mehr betrinken muss, um mit ihm zu schlafen.

Dein Charlie

8. November 1991

Lieber Freund,
für meinen Aufsatz zu *Peter Pan* habe ich zum ersten Mal in meinem Englischkurs ein B bekommen! Um ehrlich zu sein, weiß ich gar nicht, was ich bei diesem Aufsatz anders gemacht habe. Aber Bill meinte, dass sich mein Gefühl für Sprache ebenso wie der Satzbau verbessert habe. Ich finde es toll, dass man sich verbessern kann, ohne was davon zu merken. Übrigens gibt Bill mir in meinen Zeugnissen und in den Briefen an meine Eltern immer A's. Die Noten für meine Aufsätze sind nur für ihn und mich.

Ich habe überlegt, dass ich vielleicht später, wenn ich die Schule hinter mir habe, weiter schreiben könnte. Ich weiß bloß noch nicht, was.

Zuerst dachte ich, ich könnte vielleicht für Zeitschriften schreiben, sodass ich nicht mehr solche Artikel lesen muss, wie ich sie dir schon mal beschrieben habe. »XXX tupft sich das Honig-Senf-Dressing von den Lippen und wird plötzlich ganz ernst. Mit leiser Stimme beschreibt sie, wie ihr die heilende Kraft der Edelsteine über den Bruch mit ihrem dritten Mann hinweggeholfen hat.« Aber wahrscheinlich wäre ich ein ziemlich miserabler Reporter, denn ich kann mir nicht vorstellen, vor dem Tisch eines Politikers oder Filmstars zu sitzen und ihm Fragen zu stellen. Ich würde ihn wohl nur um ein Autogramm für meine Mutter oder so bitten und dann wahrscheinlich rausgeschmissen werden. Also dachte ich, dass ich vielleicht für eine Tageszeitung schreiben könnte, weil ich da ganz normale Leute befragen könnte, aber meine Schwester meint, dass das, was in den Zeitungen steht, immer gelogen ist. Ich weiß ehrlich gesagt nicht, ob sie Recht hat, also werde ich wohl abwarten müssen, bis ich älter bin.

Ich habe übrigens schon angefangen, für ein Schüler-Fanmagazin zu arbeiten. Es heißt *Punk Rocky* und berichtet über Punk und die *Rocky Horror Picture Show.* Ich schreibe allerdings nicht dafür, sondern helfe nur aus.

Mary Elizabeth leitet das Magazin, genau wie sie auch die Aufführungen der *Rocky Horror Picture Show* leitet. Weißt du, was ich an Mary Elizabeth so interessant finde? Sie hat einen gepiercten Bauchnabel und ein buddhistisches Tattoo und will mit ihrer Frisur provozieren, aber wenn sie für irgendwas die Verantwortung übernommen hat, dann benimmt sie sich wie mein Vater, wenn der nach einem »langen Tag« nach Hause kommt. Sie ist in der letzten Jahrgangsstufe und meinte einmal zu mir, dass meine Schwester eine arrogante Zicke sei, die Jungs absichtlich heiß macht, auch wenn sie gar nichts von ihnen will. Ich habe ihr geantwortet, dass sie so was nie wieder über meine Schwester sagen soll.

Von all den Sachen, die ich dieses Jahr gemacht habe, gefällt mir, glaube ich, die *Rocky Horror Picture Show* am besten. Halloween war ich mit Patrick und Sam im Theater, um mir die Show anzusehen. Es ist wirklich spaßig, weil alle Leute sich wie die Schauspieler im Film verkleiden und alles vor der Leinwand mitmachen. Außerdem wird an den richtigen Stellen immer mitgebrüllt. Wahrscheinlich weißt du das ja schon, aber ich dachte, ich beschreibe es dir trotzdem mal, für den Fall, dass du doch noch nichts davon gehört hast.

Patrick spielt »Frank 'N Furter« und Sam »Janet«. Es fällt mir schwer, den Film zu gucken, weil Sam als Janet in ihrer Unterwäsche rumläuft. Ich gebe mir ja wirklich Mühe, nicht auf diese Art an sie zu denken, aber es wird immer schwieriger.

Wenn ich ehrlich bin, liebe ich Sam. Aber nicht so wie im Kino. Manchmal schau ich sie an und denke einfach, dass sie das tollste und netteste Mädchen auf der ganzen Welt ist. Außerdem ist sie lustig und ziemlich klug. Ich habe ihr ein Gedicht geschrieben, nachdem ich sie bei der *Rocky Horror Picture Show* gesehen habe, aber ich habe es ihr nicht gezeigt, weil es mir dann doch zu peinlich war. Ich würde es dir aufschreiben, aber ich denke, das wäre Sam gegenüber nicht richtig.

Das Problem ist bloß, dass Sam mit einem Jungen namens Craig zusammen ist.

Craig ist älter als mein Bruder. Er könnte sogar schon einundzwanzig sein, weil er Rotwein trinkt. Craig spielt den »Rocky« in der Show. Patrick meint, Craig sei »rattenscharf«. Ich weiß wirklich nicht, woher Patrick immer diese Ausdrücke hat.

Aber ich denke, er hat Recht. Craig ist rattenscharf. Außerdem ist er sehr kreativ. Um hier aufs Kunstinstitut zu gehen, verdient er sich sein Geld als Model für JCPenney-Kataloge und so was. Er fotografiert auch gerne und ich habe Fotos von ihm gesehen, die wirklich gut sind – er hat ein fantastisches Foto von Sam gemacht. Es ist eigentlich unmöglich zu beschreiben, wie fantastisch es ist, aber ich versuch's.

Wenn du dir den Song »Asleep« anhörst und an die Tage mit dem schönen Wetter denkst, an denen man sich an Momente erinnert, wenn du an die schönsten Augen denkst, die du je gesehen hast, und weinen musst und genau die eine Person dich im Arm hält, ich glaube, dann kannst du dieses Foto sehen.

Ich will nicht, dass Sam auf Craig steht.

Jetzt denkst du bestimmt, ich bin eifersüchtig auf ihn, aber das stimmt nicht. Ehrlich nicht. Es ist nur so, dass Craig ihr gar nicht richtig zuhört, wenn sie was erzählt. Ich will damit nicht sagen, dass er ein schlechter Mensch ist oder so, denn das ist er nicht. Er guckt nur immer so geistesabwesend.

Weißt du, es ist so, wie wenn er Sam fotografiert, und das Foto ist wunderschön. Und er denkt, dass das Foto deswegen wunderschön ist, weil er es gemacht hat. Wenn ich es machen würde, wüsste ich, dass das Foto nur aus einem einzigen Grund wunderschön werden kann – und zwar, weil Sam das Motiv ist.

Ich finde es nicht gut, wenn ein Junge ein Mädchen ansieht und meint, dass die Art und Weise, wie er es ansieht, besser ist als das Mädchen in Wirklichkeit. Und ich finde es überhaupt nicht gut, wenn ein Junge ein Mädchen nur durch die Kamera aufrichtig ansieht. Es ist schade, dass Sam sich selbst besser gefällt, nur weil ein älterer Junge sie so sieht.

Ich habe meine Schwester gefragt und sie meint, dass Sam ein geringes Selbstwertgefühl habe. Außerdem meinte sie, dass Sam im zweiten Jahr der High School einen ziemlich schlechten Ruf hatte. Laut meiner Schwester wurde sie »Blasebalg« genannt. Ich hoffe, du weißt, was das heißt, weil ich dir das im Zusammenhang mit Sam wirklich nicht beschreiben kann.

Ich liebe Sam und es tut sehr weh.

Ich habe meine Schwester auch nach dem Jungen auf dem Ball gefragt. Sie wollte mir nichts sagen, bis ich geschworen habe, es niemandem – nicht einmal Bill – zu erzählen. Dann meinte sie, dass sie den Jungen heimlich trifft, seit mein Vater es ihr verboten hat. Sie sagt, sie denkt dauernd an ihn, wenn sie nicht zusammen sind. Und dass sie wahrscheinlich heiraten würden, wenn beide mit dem College fertig seien und er sein Jurastudium abgeschlossen habe.

Sie meinte, ich solle mir keine Sorgen machen, weil er sie seit damals kein einziges Mal mehr geschlagen hat. Und sie meint, er wird es auch nicht mehr tun. Sie hat nicht mehr als das gesagt, obwohl sie ziemlich viel geredet hat.

Es war nett, an dem Abend mit meiner Schwester zu plaudern, weil sie meistens nicht mit mir reden will. Ich war ziemlich überrascht, dass sie mir das alles gesagt hat, aber es lag wahrscheinlich daran, dass sie die Sache ja geheim halten muss und froh war, es endlich mal loswerden zu können.

Aber auch wenn sie mir gesagt hat, dass ich mir keine Sorgen machen soll, tu ich's trotzdem. Sie ist immerhin meine Schwester.

Dein Charlie

12. November 1991

Lieber Freund,
ich liebe Twinkies, und ich erzähle dir das deshalb, weil wir uns alle darüber Gedanken machen sollten, warum wir gerne leben. Der Biolehrer Mr. Z. hat uns von einem Experiment mit einer Ratte oder einer Maus erzählt, die man auf eine Seite in einen Käfig gesetzt hat. Auf die andere Seite wurde etwas zu essen gelegt. Die Ratte oder Maus ging rüber und futterte das Essen weg. Dann setzte man die Ratte oder Maus wieder zurück auf die andere Seite und ließ Strom durch den Boden fließen, über den sie gehen musste, um an das Futter zu kommen. Das machte man eine Weile und stellte fest, dass die Ratte oder Maus ab einer bestimmten Voltzahl nicht mehr rüberging. Dann wurde das Experiment wiederholt, aber diesmal wurde das Futter durch irgendwas ersetzt, das der Ratte oder Maus ein Hochgefühl verschaffte. Ich weiß nicht, was einer Ratte oder Maus ein Hochgefühl verschafft, aber ich nehme an, dass es eine Art Ratten- oder Mäuse-Droge sein muss. Jedenfalls fanden die Wissenschaftler raus, dass die Ratte oder Maus viel mehr Volt in Kauf nahm, um an ihr Vergnügen zu kommen. Viel mehr als für das Futter.

Ich weiß nicht so recht, wie das zu deuten ist, aber ich finde es interessant.

Dein Charlie

15. November 1991

Lieber Freund,
langsam wird es hier richtig kalt und frostig. Das schöne Herbstwetter ist so gut wie vorbei. Das Gute daran ist aber, dass wir bald Ferien haben und mein Bruder nach Hause kommen wird. Vielleicht sogar schon zu Thanksgiving. Ich hoffe es jedenfalls für meine Mom.

Mein Bruder hat jetzt schon seit Wochen nicht mehr angerufen, und Mom redet trotzdem nur noch über seine Noten, seine Schlafgewohnheiten und das, was er isst, und Dad sagt immer dasselbe.

»Ihm wird schon nichts passieren.«

Ich persönlich stelle mir gern vor, dass mein Bruder so ein typisches College-Erlebnis wie im Film hat. Aber ich meine nicht diese Filme über Brüderschaften, sondern eher die in Richtung Liebeskomödie, in denen der Junge ein cleveres Mädchen trifft, das Sweatshirts trägt und Kakao trinkt. Sie reden über Bücher und Gott und die Welt und küssen sich im Regen. Ich glaube, dass ihm so was sehr gut tun würde, besonders wenn das Mädchen eine unkonventionelle Schönheit ist. Ich finde, das sind die interessantesten Mädchen. Ich für meinen Teil finde »Supermodels« beängstigend. Ich weiß nicht, warum.

Mein Bruder dagegen hat sein Zimmer mit Postern von Supermodels, Bierwerbung, Autos und solchen Sachen zugehängt. Wahrscheinlich sieht sein Zimmer im College ähnlich aus wie zu Hause, obwohl ich denke, dass dort der Fußboden dreckiger ist. Mein Bruder hat es immer gehasst, sein Bett zu machen, aber sein Kleiderschrank war sehr ordentlich.

Das Problem ist, dass mein Bruder nicht viel sagt, wenn er dann doch zu Hause anruft. Er redet ein bisschen über seine Kurse, hauptsächlich aber über Football. Das Team ist ziemlich populär, weil sie sehr gut sind und ein paar echt tolle Spieler haben. Mein Bruder meint, dass einer von den Jungs irgendwann wahrscheinlich Millionär sein wird, aber er sei »dumm wie ein Pfosten«. Das scheint mir schon ziemlich dumm.

Mein Bruder hat uns die Story erzählt, wie das ganze Team in der Umkleide saß und sich darüber unterhielt, was jeder machen musste, um in die College-Mannschaft zu kommen. Dann kamen sie schließlich auf den Eignungstest zu sprechen.

Der Typ meinte: »Ich hatte 710.«

Mein Bruder fragte: »In Mathe oder mündlich?«

Und der Typ meinte: »Häh?«

Und das ganze Team grölte vor Lachen.

Ich wäre immer gern in so einem Team gewesen. Ich weiß nicht genau, warum, aber ich fand immer, dass es schön sein muss, wenn man so »ruhmreiche Tage« hat. Dann könnte ich später meinen Kindern und Golfkumpels davon erzählen. Na ja, vielleicht sollte ich den Leuten ja auch über *Punk Rocky* oder den Spaziergang von der Schule nach Hause erzählen. Vielleicht sind das meine »ruhmreichen Tage« und ich merke es nicht mal, weil kein Ball darin vorkommt.

Ich habe als kleines Kind Ball gespielt und ich war sogar sehr gut, aber das Problem war, dass es mich zu aggressiv machte, sodass die Ärzte schließlich meiner Mutter sagten, ich solle es sein lassen.

Mein Vater hatte auch mal ruhmreiche Tage. Ich habe Bilder von ihm gesehen, als er jung war. Ich weiß nicht, wie ich es anders ausdrücken soll: Er war ein sehr attraktiver Mann. Er sah auf den Fotos aus, wie alle auf alten Fotos aussehen – sehr robust und sehr jung und viel glücklicher als man selbst.

Meine Mutter sieht auf alten Bildern immer schön aus. Eigentlich sieht sie darauf sogar schöner aus als jedes Mädchen, das ich kenne, mit Ausnahme vielleicht von Sam. Manchmal sehe ich mir meine Eltern an und frage mich, was wohl passiert ist, dass sie so geworden sind, wie sie jetzt sind. Und ich frage mich, was wohl aus meiner Schwester wird, wenn ihr Freund das Jurastudium abgeschlossen hat. Und wie das Gesicht meines Bruders auf einer Football-Sammelkarte aussieht oder wie es aussehen wird, wenn es nie auf einer Sammelkarte erscheint. Mein Dad hat auf dem College zwei Jahre lang Baseball gespielt, musste aber aufhören, als meine Mutter mit meinem Bruder schwanger war. Er hat dann angefangen, im Büro zu arbeiten. Und ich weiß ehrlich gesagt nicht genau, was mein Dad macht.

Manchmal erzählt er uns eine Geschichte. Eine tolle Geschichte. Es war damals, als mein Vater noch auf der High School war, und es ging um die Baseball-Landesmeisterschaft. Es war im allerletzten Spielabschnitt und ein Läufer war an der Reihe. Das Team meines Vaters war einen Punkt im Rückstand. Mein Vater war jünger als die anderen in der Mannschaft, weil er erst im zweiten Jahr war, und ich glaube, das Team dachte, dass er das Spiel verderben würde. Mein Vater stand enorm unter Druck und hatte ziemliche Angst. Aber nach ein paar Würfen fing er an, sich »heimisch« zu fühlen, wie er sagte. Als der Pitcher den nächsten Ball warf, wusste er genau, wo der aufkommen würde. Er schlug den Ball härter zurück, als er je einen Ball geschlagen hatte, schaffte einen Homerun und Dads Team gewann die Meisterschaft. Das Beste an der Geschichte ist, dass sie jedes Mal gleich bleibt, wenn mein Vater sie erzählt. Er ist kein Typ, der übertreibt.

Manchmal denke ich an all das, wenn ich mit Patrick und Sam bei einem Footballspiel bin. Ich schaue aufs Feld und sehe den Typen, der gerade einen Touchdown geschafft hat. Ich muss daran denken, dass dies jetzt die ruhmreichen Tage für diesen Jungen sind, und dieser Moment wird irgendwann auch eine Geschichte sein, denn all die Leute, die Touchdowns und Homeruns geschafft haben, werden irgendwann Väter von Kindern sein. Und wenn die Kinder sich dann die Fotos ihrer Eltern im Schuljahrbuch ansehen, werden sie denken, dass ihr Dad robust und gut aussah und irgendwie viel glücklicher wirkt, als er es jetzt ist.

Hoffentlich vergesse ich nicht, meinen Kindern zu erklären, dass sie genauso glücklich sind, wie ich auf den Fotos von damals wirken werde. Und ich hoffe, dass sie es mir glauben.

Dein Charlie

18. November 1991

Lieber Freund,
mein Bruder hat gestern endlich angerufen und er kann nicht zu Thanksgiving nach Hause kommen, weil er wegen des Footballs in der Schule hinterherhinkt. Meine Mom war so getroffen, dass sie mit mir Klamotten kaufen gegangen ist.

Wahrscheinlich denkst du, dass ich mit dem, was jetzt kommt, übertreibe, aber ich schwöre dir, dass das nicht stimmt. Von dem Moment an, in dem wir ins Auto stiegen, bis wir wieder nach Hause kamen, hat meine Mutter nicht aufgehört zu reden. Nicht ein einziges Mal. Nicht einmal, als ich in der Umkleide war, um eine Hose anzuprobieren.

Sie stand vor der Kabine und grübelte laut. Jeder konnte hören, was sie dachte. Zuerst hieß es, dass mein Dad darauf hätte bestehen müssen, dass mein Bruder wenigstens für einen Nachmittag nach Hause kommt. Dann meinte sie, dass meine Schwester langsam anfangen sollte, sich mehr Gedanken über ihre Zukunft zu machen, und sich sicherheitshalber an anderen Colleges bewerben sollte, nur für den Fall, dass es bei den »guten« nicht klappte. Und dann sagte sie, dass Grau mir stehen würde.

Ich verstehe gut, wie meine Mutter denkt. Wirklich.

Zum Beispiel gingen wir einmal, als ich klein war, in einen Supermarkt. Mein Bruder und meine Schwester zankten sich über irgendwas und ich saß im Einkaufswagen. Meine Mutter war so aufgebracht, dass sie den Wagen sehr schnell durch die Gänge schob und ich mich fühlte, als würde ich in einem U-Boot sitzen.

Gestern war es ähnlich, nur dass ich heute nicht mehr in einem Einkaufswagen sitze.

Als ich Sam und Patrick heute in der Schule traf, meinten beide, dass meine Mutter einen guten Geschmack bei Klamotten habe. Ich erzählte das meiner Mutter, als ich nach Hause kam, und sie lächelte. Sie fragte mich, ob ich Sam und Patrick irgendwann mal zum Abendessen einladen wolle – irgendwann nach den Ferien, da die Ferien meine Mutter immer ziemlich nervös machen. Ich rief Sam und Patrick an und sie sagten ja.

Ich bin schon jetzt ganz aufgeregt.

Es ist schon lange her, dass ich einen Freund zum Essen bei uns hatte. Es war Michael letztes Jahr, und wir aßen Tacos. Das Beste aber war, dass Michael über Nacht bei mir blieb und zum Schlafen sind wir kaum gekommen. Die meiste Zeit redeten wir über Mädchen, Filme und Musik. Besonders gut kann ich mich noch daran erinnern, dass wir irgendwann durch die Nachbarschaft spazierten. Meine Eltern schliefen schon. Michael guckte in jedes Fenster. Es war dunkel und still.

»Findest du die Leute nett?«, fragte er.

Ich sagte: »Die Andersons? Och ja. Die sind schon alt.«

»Und was ist mit denen hier?«

»Na ja, Mrs. Lambert mag es nicht, wenn Bälle in ihrem Vorgarten landen.«

»Und was ist mit denen da?«

»Mrs. Tanner besucht seit drei Monaten ihre Mutter. Mr. Tanner sitzt die ganze Zeit hinten auf der Veranda und hört sich im Radio Baseballspiele an. Ich weiß eigentlich nicht, ob sie nett sind, weil sie keine Kinder haben.«

»Ist sie krank?«

»Ist wer krank?«

»Mrs. Tanners Mutter.«

»Ich glaube nicht. Meine Mutter hat nichts gesagt und sie weiß so was.«

Michael nickte. »Dann lassen sie sich scheiden.«

»Glaubst du?«

»Hm.«

Wir gingen einfach immer weiter. Michael hatte manchmal Phasen, in denen er schweigend neben einem herging. Übrigens sind Michaels Eltern inzwischen geschieden. Meine Mutter hat das gehört und sie sagt, dass nur siebzig Prozent der Ehen halten, wenn sie ein Kind verloren haben. Ich glaube, sie hat das in einer Zeitschrift gelesen.

Dein Charlie

25. November 1991

Lieber Freund,
verbringst du deine Ferien gerne mit deiner Familie? Ich meine jetzt nicht nur mit deinen Eltern, sondern auch mit deinen Onkeln, Tanten, Cousins und Cousinen. Also, ich finde es schön und dafür gibt es mehrere Gründe:

Erstens finde ich es faszinierend, dass sich alle sehr lieben, aber keiner den anderen richtig gern hat. Zweitens, dass es immer dieselben Streitereien gibt.

Es geht normalerweise los, wenn der Vater meiner Mutter (mein Opa) seinen dritten Schnaps getrunken hat. Dann fängt er nämlich an, sich zu beschweren. Er beklagt sich meistens darüber, dass immer mehr Schwarze in sein altes Viertel ziehen, was meine Schwester sofort auf die Palme bringt. Wozu mein Opa dann sagt, dass sie keine Ahnung hat, wovon er spricht, weil sie in der Vorstadt wohnt. Dann beschwert er sich darüber, dass ihn niemand im Altenheim besuchen kommt. Und schließlich fängt er an, alle Familiengeheimnisse auszuplaudern, zum Beispiel wie Cousin Soundso die Kellnerin vom Big Boy »gevögelt« hat. Ich sollte wohl noch hinzufügen, dass mein Opa schlecht hört, also sagt er das alles ziemlich laut.

Meine Schwester versucht immer, sich mit ihm zu streiten, aber muss irgendwann aufgeben. Mein Opa ist definitiv sturer als sie. Meine Mutter hilft normalerweise ihrer Tante, das Essen zu machen, das laut meinem Opa immer »zu trocken« gerät, auch wenn es sich um Suppe handelt. Und dann fängt die Tante an zu heulen und schließt sich im Badezimmer ein.

In dem Haus meiner Großtante gibt es nur ein Badezimmer, was ab dem Zeitpunkt zum Problem wird, wenn meinen Cousins wegen des ganzen Biers die Blase drückt. Sie stehen dann gekrümmt mit zusammengepressten Beinen vor der Klotür und flehen meine Großtante an rauszukommen. Und immer wenn es ihnen fast gelungen ist, fängt mein Opa wieder an, laut über meine Großtante herzuziehen, und die ganze Prozedur geht von vorne los. Mit der Ausnahme des einen Familienfestes, als er direkt nach dem Abendessen in Ohnmacht fiel, mussten meine Cousins bisher immer in die Büsche gehen. Wenn man aus dem Fenster guckt, kann man sie beobachten und es sieht immer so aus, als wären sie auf einem ihrer Jagdausflüge. Leid tun mir nur meine Cousinen und meine Tanten, weil die Büsche für sie keine gute Alternative sind, besonders wenn es kalt ist.

Ich sollte wohl erwähnen, dass mein Vater immer nur schweigend rumsitzt und trinkt. Er trinkt normalerweise nie viel, aber wenn er mit der Familie meiner Mutter zusammen sein muss, »füllt er sich ab«, wie mein Cousin Tommy es zu nennen pflegt. Ich glaube, mein Vater würde eigentlich lieber bei seiner Familie in Ohio sein, denn dann müsste er sich nicht mit meinem Opa abgeben. Er mag meinen Großvater nicht besonders, aber sagt nie etwas deswegen. Nicht mal, wenn wir nach Hause fahren. Er denkt wohl, dass es ihm nicht zusteht.

Wenn der Abend schließlich zu Ende geht, ist mein Großvater normalerweise zu betrunken, um noch irgendwas anzurichten. Mein Dad, mein Bruder und meine Cousins tragen ihn hinaus zu dem Auto von der Person, die am wenigsten sauer auf ihn ist. Mein Job ist es immer, ihnen auf dem Weg zum Auto die Türen aufzuhalten. Mein Opa ist sehr dick.

Ich weiß noch, wie mein Bruder ihn einmal ins Altenheim zurückgefahren hat und ich mitgefahren bin. Mein Bruder hat sich immer mit meinem Opa verstanden. Er ist selten wütend auf ihn, es sei denn, mein Großvater sagt etwas Gemeines über meine Mutter oder meine Schwester oder macht in der Öffentlichkeit eine peinliche Szene. Ich weiß noch, dass es an diesem Abend stark schneite. Draußen war es sehr still und friedlich. Und mein Großvater beruhigte sich ein bisschen und fing an, ganz anders als sonst zu reden.

Er erzählte uns, dass er mit sechzehn von der Schule abgehen musste, weil sein Vater gestorben war und jemand die Familie ernähren musste. Er erzählte uns von der Zeit, in der er dreimal pro Tag zur Mühle ging, um nachzufragen, ob es Arbeit für ihn gäbe. Und er erzählte uns, wie kalt es war. Und was für einen Hunger er hatte, weil er immer dafür gesorgt hat, dass die Familie zuerst satt wurde. Dinge, die wir nicht verstehen würden, weil wir ein solches Glück hätten. Dann erzählte er uns von seinen Töchtern, von meiner Mom und Tante Helen.

»Ich weiß, wie eure Mutter über mich denkt. Und Helen auch. Einmal … ging ich zur Mühle … keine Arbeit, gar nichts … ich kam um zwei Uhr morgens nach Hause … völlig fertig … eure Großmutter zeigte mir die Zeugnisse der Mädchen … alles nur C's … obwohl die beiden richtig kluge Kinder waren. Also ging ich in ihr Zimmer und prügelte 'n bisschen Verstand in sie rein … und als ich fertig war und beide heulten, hielt ich nur die Zeugnisse hoch und sagte … ›Das wird nie wieder passieren‹. Sie spricht heute noch davon … eure Mutter … aber wisst ihr, was … es ist nie wieder passiert … sind aufs College gegangen … alle beide. Wünschte nur, ich hätt's selbst bezahlen können … Das hab ich mir immer gewünscht … wünschte, Helen hätte das verstanden. Ich glaube, eure Mutter hat es im Grunde verstanden … sie ist eine gute Frau … ihr solltet stolz auf sie sein.«

Als ich meiner Mutter das erzählte, schaute sie mich nur ganz traurig an, weil er ihr diese Dinge niemals selbst gesagt hat. Nie. Nicht mal, als er sie zum Altar geführt hat.

Aber dieses Thanksgiving war anders. Das lag an dem Footballspiel mit meinem Bruder, das wir auf Video mitgebracht hatten. Die ganze Familie versammelte sich vor dem Fernseher, selbst meine Großtanten, die sich sonst nie Football ansehen. Ich werd nie vergessen, was für Gesichter sie machten, als mein Bruder aufs Feld gelaufen kam. Einer meiner Cousins arbeitet in einer Tankstelle. Mein anderer ist seit zwei Jahren arbeitsunfähig, weil er sich die Hand verletzt hat. Und der dritte will seit ungefähr sieben Jahren wieder zurück aufs College gehen. Und mein Dad hat mal gesagt, dass sie alle neidisch auf meinen Bruder sind, weil der weiß, was er will, und auch was dafür tut.

Aber in dem Moment war von alldem nichts zu sehen. Die ganze Familie war stolz. An einer Stelle machte mein Bruder einen besonders genialen Spielzug und alles jubelte, obwohl einige von uns das Spiel ja schon kannten. Ich sah zu meinem Vater hinüber und er lächelte. Ich sah zu meiner Mom und sie lächelte, obwohl sie wie immer Angst hatte, dass meinem Bruder was passiert. Was eigentlich unsinnig war, weil es sich ja nur um die Aufzeichnung eines alten Spiels handelte und sie genau wusste, dass ihm nichts passieren würde. Meine Großtanten und meine Cousinen und Cousins und die Kinder lächelten auch. Sogar meine Schwester. Es gab nur zwei Leute, die nicht lächelten. Mein Opa und ich.

Mein Opa weinte.

Er weinte heimlich und lautlos und ich glaube, nur ich habe es bemerkt. Ich musste daran denken, wie er damals in das Zimmer meiner Mutter gegangen ist und sie wegen der schlechten Noten verprügelt hat. Und ich glaube, er weinte in diesem Moment vielleicht wegen meines Bruders. Oder meiner Schwester. Oder meinetwegen. Weil er dafür hatte sorgen wollen, dass er der Letzte gewesen war, der in der Mühle arbeiten musste.

Ich weiß nicht, ob das gut oder schlecht ist. Ich weiß nicht, ob es wichtiger ist, dass ein Kind glücklich ist oder dass es aufs College geht. Ich weiß nicht, ob es wichtiger ist, seiner Tochter nahe zu stehen oder dafür zu sorgen, dass sie es einmal besser im Leben hat. Ich weiß es einfach nicht. Ich sagte nichts und beobachtete ihn.

Als das Spiel vorbei war und wir gegessen hatten, sagte jeder, für was er dankbar war. Vieles hatte mit meinem Bruder, der Familie, den Kindern oder Gott zu tun. Als ich an der Reihe war, musste ich eine Weile nachdenken. Es war das erste Mal, dass ich mit all den Erwachsenen an einem Tisch saß, da mein Bruder nicht hier war, um seinen Platz einzunehmen.

»Ich bin dankbar, dass mein Bruder im Fernsehen Football gespielt hat, sodass es keinen Streit gegeben hat.«

Die meisten Leute am Tisch guckten betreten. Manche sauer. Mein Vater sah aus, als wäre er meiner Meinung, aber er sagte nichts, vielleicht weil es nicht um seine Familie ging. Meine Mom guckte immer nervös zu meinem Großvater rüber. Nur eine Person am Tisch sagte etwas. Es war meine Großtante, die sich normalerweise immer im Bad einschließt.

»Amen.«

Und irgendwie war es damit in Ordnung.

Als wir uns alle zum Aufbruch fertig machten, ging ich zu meinem Großvater, umarmte ihn und gab ihm einen Kuss auf die Wange. Er wischte sich die Wange mit der Hand ab und sah mich wütend an. Er mag es nicht, wenn die Jungs aus der Familie ihn anfassen. Aber ich bin trotzdem froh, dass ich es getan habe, denn ich weiß nicht, ob er nicht bald stirbt. Bei Tante Helen hab ich das nämlich nicht getan.

Dein Charlie

7. Dezember 1991

Lieber Freund,
hast du schon mal von einer Sache gehört, die man »Secret Santa« nennt? Dabei tut sich eine Gruppe von Freunden zusammen, jeder zieht einen Namen aus einem Hut, und dann muss man einen Hau-

fen Geschenke für denjenigen kaufen, dessen Namen man gezogen hat. Die Geschenke werden heimlich in den Spind gelegt, wenn der Betreffende gerade nicht da ist. Und am Ende gibt es eine große Party, bei der alle sich zu erkennen geben und die letzten Geschenke überreicht werden.

Sam hat das mit ein paar Freundinnen vor drei Jahren angefangen. Inzwischen ist es schon eine Art Tradition geworden. Und meistens ist die Party am Ende die beste im ganzen Jahr. Sie findet am Abend nach unserem letzten Schultag statt.

Ich weiß nicht, wer mich gezogen hat. Ich habe Patrick.

Ich bin echt froh, dass ich Patrick gezogen habe, obwohl ich mir Sam gewünscht hätte. Aber ich habe Patrick schon ein paar Wochen nicht mehr gesehen, weil er viel mit Brad zusammen ist, und ich finde, mir Gedanken über Geschenke für ihn zu machen ist eine schöne Art, an ihn zu denken.

Das erste Geschenk wird eine Kassette werden. Ich bin sicher, dass das genau das Richtige ist. Ich habe mir schon die Songs rausgesucht und sogar ein Thema gefunden. Ich nenne das Band »Ein Winter«. Allerdings werde ich das Cover nicht selbst bemalen. Auf der ersten Seite sind eine Menge Songs von den Village People und Blondie, weil ich weiß, dass Patrick auf die Musik steht. Außerdem habe ich *Smells like Teen Spirit* von Nirvana aufgenommen, weil Sam und Patrick das beide super finden. Aber die zweite Seite finde ich am besten. Darauf habe ich winterliche Lieder aufgenommen.

Und zwar die:

Asleep von den Smiths
Vapour Trail von Ride
Scarborough Fair von Simon & Garfunkel
A Whiter Shade of Pale von Procol Harum
Time of No Reply von Nick Drake
Dear Prudence von den Beatles
G*ypsy* von Suzanne Vega

Nighs in White Satin von den Moody Blues
Daydream von den Smashing Pumpkins
Dusk von Genesis (noch bevor Phil Collins dabei war!)
MLK von U2
Blackbird von den Beatles
Landslide von Fleetwood Mac

Und schließlich …

Asleep von den Smiths (noch mal!)

Ich hab den ganzen Abend daran gearbeitet und ich hoffe, dass es Patrick genauso gut gefällt wie mir. Besonders die zweite Seite. Ich hoffe, dass es genau die Art von Musik ist, die er hört, wenn er allein Auto fährt und traurig ist und das Gefühl braucht, irgendwo hinzuzugehören. Ich hoffe sehr, dass die Kassette so was für ihn sein kann.

Als ich das Tape schließlich fertig in meiner Hand hielt, hatte ich ein ganz erhebendes Gefühl. Ich hielt Erinnerungen und Gefühle, Trauer und Glück in meiner Hand. Alles das in meiner Hand! Und ich musste daran denken, wie viele Leute diese Songs lieben. Und wie viele Leute mit diesen Liedern traurig waren. Und wie viele Leute mit den Liedern einfach Spaß gehabt haben. Wie viel Bedeutung da drin steckt. Ich glaube, dass es ein fantastisches Gefühl sein muss, eins dieser Lieder geschrieben zu haben. Ich wäre enorm stolz, wenn eins davon meines gewesen wäre. Ich hoffe, dass die Leute, die diese Songs geschrieben haben, glücklich sind. Ich hoffe, sie haben das Gefühl, etwas geleistet zu haben. Ich wünsche mir das, weil sie mich mit den Liedern glücklich gemacht haben. Und ich bin ja nicht der Einzige.

Ich kann's kaum erwarten, meinen Führerschein zu kriegen. Es dauert nicht mehr lange.

Übrigens habe ich dir lange nichts mehr von Bill geschrieben. Aber es gibt auch nicht viel mehr zu erzählen, als dass er mir weiterhin Bücher gibt, die er anderen nicht gibt, und ich sie lese und Aufsätze darüber schreibe. Im letzten Monat habe ich *Der große Gatsby* und *In diesem Land* gelesen. Langsam erkenne ich, dass alle Bücher, die er mir zu lesen gibt, in eine bestimmte Richtung gehen. Und genau wie mit der Kassette ist es ein erhebendes Gefühl, sie in der Hand zu halten. Es sind alles Lieblingsbücher. Allesamt.

Dein Charlie

11. Dezember 1991

Lieber Freund,
Patrick war völlig begeistert von der Kassette! Allerdings denke ich, dass er weiß, wer sein Secret Santa ist, denn wahrscheinlich würde nur ich so ein Band aufnehmen. Außerdem kennt er ja meine Handschrift. Zu blöd, dass ich nicht vorher über solche Sachen nachdenke. Jetzt ist es zu spät. Ich hätte die Kassette als Letztes schenken sollen.

Übrigens ist mir eingefallen, was ich als zweites Geschenk nehmen werde – »Kühlschrankpoesie«. Kennst du das? Falls nicht, erkläre ich es dir. Du schreibst ganz viele Wörter auf ein Blatt aus einem dünnen magnetischen Metall und schneidest sie einzeln aus. Dann pappst du sie auf deinen Kühlschrank und kannst dichten, während du dir ein Butterbrot machst. Es macht echt Spaß.

Das Geschenk, das ich von meinem Secret Santa bekommen habe, war nichts Besonderes. Das finde ich etwas traurig. Ich wette, dass Mary Elizabeth mein heimlicher Weihnachtsmann ist, denn nur sie würde auf die Idee kommen, mir Socken zu schenken.

Dein Charlie

19. Dezember 1991

Lieber Freund,
ich habe danach noch eine Second-Hand-Hose bekommen. Dann eine Krawatte, ein weißes Hemd, Schuhe und einen alten Gürtel. Ich schätze, dass mein letztes Geschenk auf der Party ein Jackett sein wird, denn das ist das Letzte, was noch fehlt. Ich habe einen getippten Zettel gekriegt, auf dem steht, dass ich alles, was ich bekommen habe, zu der Party anziehen soll. Das Gute ist, dass Patrick sich sehr über meine Geschenke gefreut hat. Geschenk Nummer drei waren Wasserfarben und Papier. Ich wusste, dass Patrick sich darüber freuen würde, obwohl er wahrscheinlich niemals malen wird. Nummer vier waren eine Mundharmonika und ein Buch darüber, wie man sie spielt. Wahrscheinlich ist es damit dasselbe wie mit den Wasserfarben, aber ich finde, dass jeder Mensch Wasserfarben, magnetische Poesie und eine Mundharmonika haben sollte.

Das letzte Geschenk vor der Party ist ein Buch mit dem Titel *The Mayor of Castro Street*. Es geht um einen Mann namens Harvey Milk, der in San Francisco eine führende Persönlichkeit in der Schwulenbewegung war. Als Patrick mir gesagt hatte, dass er schwul ist, ging ich in die Bibliothek, um mich ein wenig schlau zu machen, denn ehrlich gesagt wusste ich kaum was darüber. Ich fand eine Rezension eines Dokumentarfilms über Harvey Milk. Und als ich den Film nirgendwo bekam, suchte ich einfach unter dem Namen Harvey Milk und schließlich fiel mir dieses Buch in die Hände.

Ich hab es noch nicht selbst gelesen, aber der Klappentext hörte sich gut an. Ich hoffe, dass er etwas damit anfangen kann. Ich kann kaum erwarten, bis ich ihm auf der Party mein letztes Geschenk geben kann. Übrigens habe ich alle Prüfungen in diesem Halbjahr geschafft. Es war ziemlich viel Lernerei und ich hätte dir auch davon geschrieben, aber irgendwie schienen mir all die anderen Dinge viel interessanter.

Dein Charlie

21. Dezember 1991

Lieber Freund,
Wow. Wow. Ich beschreibe dir die Szene, wenn du willst. Wir alle sitzen im Haus von Sam und Patrick, das ich bisher noch nie gesehen habe. Sehr luxuriös. Sehr sauber. Und wir verschenken alle unsere letzten Geschenke. Die Außenbeleuchtung ist an und es schneit und alles sieht wie verzaubert aus. Als wären wir irgendwo anders. Irgendwo, wo es schöner ist.

Ich habe die Eltern von Sam und Patrick kennen gelernt. Sie waren unheimlich nett. Sams Mom ist sehr hübsch und kann gut Witze erzählen. Sam hat mir gesagt, dass sie früher einmal geschauspielert hat. Patricks Dad ist sehr groß und hat einen kräftigen Händedruck. Außerdem kocht er sehr gut. Bei den meisten Eltern fühlt man sich irgendwie unbehaglich, wenn man ihnen gegenübersteht, aber nicht bei denen von Sam und Patrick. Sie waren während des ganzen Abendessens nett und als wir fertig waren, gingen sie, damit wir unsere Party feiern konnten. Sie kamen nicht mal kurz rein, um nach uns zu sehen oder so. Nicht ein einziges Mal. Sie ließen uns einfach so tun, als wäre das unser Haus. Also beschlossen wir, die Party im »Billardzimmer« zu feiern, wo es zwar keinen Billardtisch gibt, wohl aber einen tollen Teppich.

Als ich verriet, dass ich Patricks geheimer Weihnachtsmann war, lachten alle, weil jeder es gewusst hatte, und Patrick legte sich richtig ins Zeug, um den Überraschten zu mimen, was sehr lieb von ihm war. Dann wollten alle wissen, was mein letztes Geschenk war, und ich sagte, dass es sich um ein Gedicht handelte. Michael hatte es mal für mich abgeschrieben. Seitdem habe ich es bestimmt tausendmal gelesen, weil ich nicht weiß, wer es geschrieben hat. Ich weiß nicht, ob es je in irgendeinem Buch abgedruckt gewesen ist oder in einer Schule behandelt wurde. Und ich weiß auch nicht, wie alt die Person war, die es geschrieben hat. Aber ich weiß, dass ich ihn oder sie gerne kennen lernen würde. Ich will wissen, dass es der Person gut geht.

Also meinten alle, ich solle aufstehen und das Gedicht vorlesen. Und es war mir auch gar nicht unangenehm, weil wir alle versuchten, uns wie Erwachsene zu benehmen und außerdem Brandy tranken. Und mir war warm. Mir ist immer noch ein bisschen warm, aber ich muss es dir trotzdem erzählen. Ich stand also auf und bevor ich anfing, bat ich alle, es mir zu sagen, falls sie wüssten, von wem dieses Gedicht stammt.

Als das Gedicht zu Ende war, waren alle ganz still. Eine traurige, aber keine bedrückte Stille. Es war eher so, dass jeder den anderen ansah und begriff, dass er da war. Sam und Patrick sahen mich an. Und ich sie. Und ich glaube, sie wussten Bescheid. Nicht über etwas Bestimmtes. Sie wussten einfach Bescheid. Und ich finde, das ist schon mehr, als man von einem Freund verlangen kann.

Dann legte Patrick die zweite Seite der Kassette auf, die ich für ihn aufgenommen hatte, und schenkte jedem Brandy nach. Ich schätze, wir wirkten alle etwas albern damit, aber wir fühlten uns nicht so.

Während das Band lief, stand Mary Elizabeth auf. Aber sie hielt kein Jackett in der Hand, und es stellte sich heraus, dass sie überhaupt nicht mein »Secret Santa« war. Sie hatte das andere Mädchen mit dem Tattoo und dem gepiercten Bauchnabel beschenkt, das Alice heißt. Jetzt schenkte sie ihr einen schwarzen Nagellack, auf den Alice schon länger ein Auge geworfen hatte. Und Alice freute sich sehr. Und ich saß da und schaute mich um. Suchte nach der Anzugjacke. Hatte keine Ahnung, wer sie mir wohl gleich geben würde.

Als Nächstes stand Sam auf und schenkte Bob eine handgemachte indianische Marihuana-Pfeife, was ich sehr passend fand.

Weitere Geschenke wurden ausgetauscht, die Leute umarmten sich. Schließlich war es vorbei. Nur noch Patrick war übrig. Er stand auf und ging in die Küche.

»Will jemand Chips?«

Alle wollten. Er kam mit drei Packungen Pringles und einer Anzugjacke zurück. Damit kam er zu mir. Und sagte, dass alle großen Schriftsteller Anzüge getragen hätten.

Also zog ich sie an, obwohl ich das Gefühl hatte, dass es mir eigentlich nicht zustand, da ich ja nur Aufsätze für Bill schrieb, aber es war so ein nettes Geschenk und alle klatschten Beifall. Sam und Patrick waren sich einig, dass mir die Jacke sehr gut stand. Mary Elizabeth lächelte. Und ich fand zum ersten Mal in meinem Leben, dass ich gut aussah. Weißt du, was ich meine? Dieses schöne Gefühl, wenn du in den Spiegel guckst und deine Haare zum ersten Mal in deinem Leben richtig liegen? Eigentlich finde ich, dass man nicht so viel Wert auf Gewicht, Muskeln oder Haare legen sollte, aber wenn es passiert, dann tut es gut. Richtig gut.

Auch der restliche Abend war etwas ganz Besonderes. Da viele der Leute mit ihren Eltern nach Florida, Indiana oder sonstwo hinfuhren, beschenkten wir auch noch die, deren Namen wir nicht gezogen hatten.

Bob schenkte Patrick ein paar Gramm Gras, die er sogar in Geschenkpapier eingepackt hatte. Mary Elizabeth schenkte Sam Ohrringe. Alice auch. Und Sam schenkte den beiden ebenfalls Ohrringe. Ich glaube, das ist irgendwie so eine private Frauengeschichte. Ich muss zugeben, dass ich ein bisschen traurig war, weil mir niemand außer Sam und Patrick etwas geschenkt hat, aber andererseits kennen wir uns ja auch noch nicht besonders gut, also ist es ja kein Wunder. Trotzdem fand ich es ein bisschen schade.

Und dann war ich an der Reihe. Ich schenkte Bob »Pustefix«, dieses Röhrchen mit Seifenlauge, weil ich fand, dass es zu seiner Persönlichkeit passte. Und ich glaube, ich hatte Recht.

»Das ist zu viel«, war alles, was er sagte.

Den restlichen Abend über blies er Seifenblasen an die Decke.

Als Nächstes kam Alice. Ich schenkte ihr ein Buch von Anne Rice, weil sie immer von der Autorin spricht. Sie guckte mich an, als ob sie nicht fassen könne, dass ich wusste, wie sehr sie Anne Rice mag. Na ja, wahrscheinlich merkt sie selbst nicht, wie oft sie darüber spricht und wie viel ich mitbekomme. Auf jeden Fall freute sie sich. Dann war Mary Elizabeth dran. Ich hatte ihr vierzig Dollar in einen

Briefumschlag gesteckt. Auf der Karte stand ganz einfach: »Damit die nächste Ausgabe von *Punk Rocky* in Farbe erscheint.«

Sie sah mich ganz komisch an. Und plötzlich starrten mich alle außer Sam und Patrick komisch an. Vielleicht hatten sie jetzt ein schlechtes Gewissen, weil niemand daran gedacht hatte, auch für mich ein Geschenk mitzubringen. Das hätten sie aber gar nicht haben müssen, denn es geht ja letztendlich nicht um die Geschenke. Jedenfalls bedankte Mary Elizabeth sich, lächelte kurz und schaute wieder weg.

Zuletzt kam Sam. Ich hatte schon lange über ein Geschenk für sie nachgedacht. Ich glaube, ich habe schon darüber nachgedacht, als ich sie zum ersten Mal richtig gesehen habe. Nicht als ich sie zum ersten Mal sah oder traf, sondern *wirklich* sah, wenn du weißt, was ich meine. An dem Geschenk hing eine Karte.

Die Karte erklärte Sam, dass ich das Geschenk, das sie nun bekam, ursprünglich von meiner Tante Helen bekommen hatte. Es war eine alte Single von den Beatles – »Something«. Als ich klein war, hörte ich sie sehr, sehr oft und dachte dabei darüber nach, wie es wohl sein würde, wenn ich erwachsen wäre. Ich stand am meinem Fenster, sah mein Spiegelbild und die Bäume dahinter und hörte mir stundenlang das Lied an. Damals beschloss ich, wenn ich jemals jemanden kennen lernen würde, der so schön wie dieser Song wäre, dann würde ich ihm die Single schenken. Und ich meine nicht äußerlich schön. Ich meine schön in jeder Hinsicht. Also schenkte ich sie Sam.

Sam sah mich ganz sanft an. Und drückte mich fest an sich. Und ich machte die Augen zu und wollte nichts anderes mehr spüren als ihre Arme. Sie küsste mich auf die Wange und flüsterte mir ins Ohr.

»Ich liebe dich.«

Natürlich wusste ich, dass sie das rein platonisch gemeint hatte. Aber das war mir egal, weil es erst das dritte Mal war, dass ich es seit dem Tod meiner Tante Helen gehört hatte. Die anderen beiden Male hatte meine Mom es mir gesagt.

Danach konnte ich gar nicht glauben, dass Sam noch ein Geschenk für mich hatte, weil ich dachte, das »Ich liebe dich« sei es gewesen. Aber sie *hatte* noch etwas anderes für mich. Und zum ersten Mal in meinem Leben musste ich wegen so etwas Schönem nicht weinen, sondern lächeln. Wahrscheinlich hatten Sam und Patrick sich abgesprochen, denn ihre Geschenke passten zusammen. Sie nahm mich mit in ihr Zimmer und führte mich vor ihre Kommode, auf der etwas stand, das mit einem Kissenbezug verhüllt war. Sie nahm den Bezug ab, und da stand ich nun in meinem alten Anzug und starrte auf die alte Schreibmaschine mit dem neuen Farbband. Ein Blatt Papier war in die Maschine eingespannt.

Und Sam tippte: »Schreib irgendwann mal über mich.« Und ich tippte mitten in ihrem Zimmer eine Antwort.

»Das werde ich.«

Und ich fand es schön, dass dies die erste Worte waren, die ich auf meiner neuen alten Schreibmaschine – mein Geschenk von Sam – getippt hatte. Wir saßen eine Weile einfach nur schweigend da und sie lächelte. Und dann ging ich wieder zu der Schreibmaschine und tippte etwas.

»Ich liebe dich auch.«

Sam schaute auf das Papier, dann zu mir.

»Charlie ... hast du schon mal ein Mädchen geküsst?«

Ich schüttelte den Kopf. Es war ganz still.

»Nicht mal, als du klein warst?«

Ich schüttelte wieder den Kopf. Und sie sah mich sehr traurig an.

Dann erzählte sie mir von ihrem ersten Kuss. Sie erzählte mir, dass sie ihn von einem Freund ihres Dads gekriegt hat. Sie war damals sieben. Und sie hat es niemandem außer Mary Elizabeth und vor einem Jahr auch noch Patrick erzählt. Dann fing sie an zu weinen. Und sie sagte etwas, dass ich nicht vergessen werde – nie.

»Ich weiß, dass du weißt, wie sehr ich Craig mag. Und ich weiß auch, dass ich dir gesagt habe, du sollst nicht auf diese Art an mich denken. Und ich weiß, dass wir nicht auf diese Art zusammen sein können. Aber ich will, dass du all das für einen Moment vergisst, okay?«

»Okay.«

»Ich möchte einfach, dass dein erster Kuss von jemandem kommt, der dich liebt. Okay?«

»Okay.«

Sie weinte jetzt ziemlich heftig. Und ich auch, denn ich kann einfach nicht anders, wenn ich jemanden so sehr weinen sehe.

»Es ist mir einfach wichtig. Okay?«

»Okay.«

Und dann küsste sie mich. Es war ein Kuss, von dem ich meinen Freunden niemals so einfach erzählen könnte. Ein Kuss, der mir klarmachte, dass ich noch nie zuvor in meinem Leben so glücklich war.

Auf einem gelben Stück Papier, grün liniert,
schrieb er ein Gedicht
Und er nannte es »Chops«
denn das war der Name seines Hundes
Und nur darum ging es.
Und sein Lehrer gab ihm eine Eins
und einen goldenen Stern
Und seine Mutter klebte es an die Küchentür
und las es seinen Tanten vor
Das war das Jahr, als alle Kinder
mit Father Tracy in den Zoo fuhren
Und sie sangen mit ihm im Bus
Und seine Schwester kam auf die Welt
mit winzigen Zehennägeln und kahl
Und seine Eltern küssten sich oft
Und das Mädchen um die Ecke schickte ihm
eine Valentinskarte mit vielen »X«-en
und er fragte seinen Vater, was die »X«-e bedeuteten
Und sein Vater brachte ihn am Abend ins Bett
Und war immer da, um das zu tun.

Auf einem weißen Stück Papier, blau liniert,
schrieb er ein Gedicht
Und er nannte es »Herbst«
denn es war gerade Herbst
Und nur darum ging es
Und sein Lehrer gab ihm eine Eins
und sagte, er solle präziser schreiben
Und seine Mutter klebte es nicht an die Küchentür
denn die war frisch gestrichen
Und die anderen sagten ihm,
dass Father Tracy Zigaretten rauchte
Und sie in der Kirche fallen ließ
Und manchmal brannten sie Löcher in die Bänke
Das war das Jahr, als seine Schwester eine Brille bekam,
mit dicken Gläsern und schwarzem Gestell
Und das Mädchen um die Ecke lachte ihn aus,
als er mit ihr auf den Weihnachtsmann warten wollte
Und die anderen sagten ihm,
warum seine Eltern sich oft küssten
Und sein Vater brachte ihn abends nicht mehr ins Bett
Und sein Vater wurde wütend,
als er ihn weinend darum bat

Auf einem Blatt aus seinem Notizbuch
schrieb er ein Gedicht
Und er nannte es »Unschuld: Eine Frage«,
denn das war die Frage, die seine Freundin betraf
Und sein Lehrer gab ihm eine Eins
und sah ihn lange und seltsam an
Und seine Mutter klebte es nicht an die Küchentür,
denn er zeigte es ihr nicht
Das war das Jahr, als Father Tracy starb
Und er vergaß, wie das Glaubensbekenntnis ging

Und er erwischte seine Schwester,
wie sie hinterm Haus herumknutschte
Und seine Eltern küssten sich nicht mehr
und schwiegen sich an
Und das Mädchen um die Ecke trug zu viel Make-up
sodass er husten musste, wenn er sie küsste,
aber er tat es trotzdem,
weil es das war, was man halt tat
Und um drei Uhr morgens brachte er sich ins Bett,
während sein Vater nebenan schnarchte

Auf einem Stück brauner Papiertüte
versuchte er sich an einem Gedicht
Und er nannte es »Absolut nichts«,
denn nur darum ging es wirklich
Und er verpasste sich eine Eins
und einen Schnitt in jedes Handgelenk
Und er klebte es an die Badezimmertür,
denn er glaubte nicht, dass er es noch
bis zur Küche schaffen würde

Das war das Gedicht, das ich für Patrick vorgelesen hatte. Keiner wusste, wer es geschrieben hatte, aber Bob meinte, dass er es schon mal gehört hatte, und er hatte auch gehört, dass es der Abschiedsbrief eines Jungen sein sollte, der sich umgebracht hat. Ich hoffe nur, dass das nicht stimmt, weil ich dann nicht weiß, ob mir das Ende gefällt.

Dein Charlie

23. Dezember 1991

Lieber Freund,
Sam und Patrick sind gestern mit ihren Eltern zum Grand Canyon gefahren. Es ist nicht ganz so schlimm für mich, weil ich noch immer Sams Kuss spüren kann. Es fühlt sich friedlich und gut an. Ich habe sogar überlegt, ob ich meinen Mund nicht mehr waschen soll, wie sie es im Fernsehen immer tun, aber das würde dann vielleicht doch übertriebene Ausmaße annehmen. Also bin ich heute einfach nur in der Nachbarschaft rumgelaufen. Ich habe mir sogar meinen alten Schlitten und den alten Schal rausgeholt. Beides hat irgendwie was von Geborgenheit.

Ich ging zu dem Hügel, wo wir früher immer Schlitten gefahren sind. Es waren viele kleine Kinder da. Ich guckte ihnen eine Weile zu. Wie sie mit den Schlitten über Hindernisse flogen und Rennen fuhren. Und ich musste daran denken, dass all die Kleinen irgendwann erwachsen sein würden. Und all die Kleinen tun irgendwann die Dinge, die wir auch tun. Und alle werden irgendwann jemanden küssen. Aber im Moment reicht ihnen Schlittenfahren. Ich fände es gut, wenn Schlittenfahren immer genug sein könnte, aber so ist das eben nicht.

Ich bin echt froh, dass bald Weihnachten ist und ich Geburtstag habe, weil das bedeutet, dass beides bald vorbei ist, denn ich merke schon wieder, dass ich auf diesen Ort zusteuere, an dem ich schon mal war. Nachdem meine Tante Helen gestorben war, war ich da zum ersten Mal. Es wurde so schlimm, dass meine Mom mich zu einem Arzt brachte und ich in der Schule eine Stufe zurückgehen musste. Aber jetzt versuche ich, nicht so viel daran zu denken, weil das alles nur noch schlimmer macht.

Es ist so, wie wenn man längere Zeit in den Spiegel guckt und dabei seinen Namen sagt. Irgendwann ist man an dem Punkt angelangt, an dem einem beides ganz unwirklich erscheint. So ähnlich ist das bei mir, aber ich brauche keine Stunde vor dem Spiegel dazu. Es passiert sehr schnell und dann entgleitet mir irgendwie alles. Ich mache einfach die Augen auf und sehe nichts. Und dann atme ich immer schneller und versuche angestrengt, irgendwas zu sehen, aber es geht nicht. Es passiert nicht dauernd, aber wenn, macht es mir Angst.

Heute Morgen wäre es fast passiert, aber dann dachte ich an Sams Kuss und es ging vorbei.

Eigentlich sollte ich gar nicht so viel darüber schreiben, denn es macht mich furchtbar nervös. Ich muss dann zu viel nachdenken. Und ich will ja schließlich am Leben teilnehmen. Es ist nur so schwer, weil Sam und Patrick im Grand Canyon sind.

Morgen gehe ich mit meiner Mutter Weihnachtsgeschenke kaufen. Und dann feiern wir meinen Geburtstag. Ich weiß gar nicht, ob ich dir gesagt habe, dass ich am 24. Dezember geboren wurde. Es ist schon komisch, wenn man an diesem Tag Geburtstag hat. Danach feiern wir mit Dads Familie Weihnachten und mein Bruder kommt für ein paar Tage nach Hause. Anschließend mache ich irgendwann meine Fahrprüfung, also habe ich eine Menge vor, bis Sam und Patrick wieder zurückkommen.

Heute Abend habe ich zuerst mit meiner Schwester ferngesehen, aber sie wollte die Weihnachts-Specials, die auf den verschiedenen Sendern liefen, nicht sehen, also ging ich irgendwann rauf, um zu lesen.

Bill hat mir für die Ferien ein Buch gegeben. Es heißt *Der Fänger im Roggen*. Es war Bills Lieblingsbuch, als er in meinem Alter war. Er meint, es sei eins von den Büchern, bei denen man jeden Satz geradezu in sich aufsaugt.

Ich habe die ersten zwanzig Seiten gelesen. Ich weiß noch nicht, was ich davon halten soll, aber es kommt mir so vor, als ob es auch noch zu unserer Zeit passt. Ich hoffe, dass Sam und Patrick zu meinem Geburtstag anrufen. Mir würde es dann wirklich besser gehen.

Dein Charlie

25. Dezember 1991

Lieber Freund,
ich sitze hier in Dads altem Zimmer in Ohio. Alle anderen sind noch unten. Ich fühle mich nicht besonders gut. Ich hab keine Ahnung, was mit mir los ist, aber es macht mir langsam Angst. Ich wünschte, wir würden wieder nach Hause fahren, aber wir bleiben immer über Nacht. Ich möchte Mom nichts sagen, weil sie sich dann Sorgen macht. Ich würde es ja Sam und Patrick erzählen, aber sie haben gestern nicht angerufen. Und wir sind heute Morgen direkt nach dem Auspacken der Geschenke losgefahren. Vielleicht haben sie heute Nachmittag angerufen. Ich hoffe nicht, denn ich war ja nicht da. Ich hoffe, es ist okay, wenn ich dir das schreibe. Ich weiß einfach nicht, was ich sonst tun soll. Ich werde immer so traurig, wenn das passiert, und ich wünschte, Michael wäre da. Und ich wünschte, meine Tante Helen wäre da. Ich vermisse meine Tante Helen. Das Buch zu lesen hilft mir auch nicht. Ich weiß auch nicht. Ich denke einfach zu schnell. Viel zu schnell. Wie heute Abend zum Beispiel.

Wir alle haben *Ist das Leben nicht schön?* gesehen, was ein toller Film ist. Und ich konnte bloß daran denken, wieso sie diesen Film nur nicht über Onkel Billy gemacht haben. Dieser George Bailey ist ein wichtiger Mann in seiner Stadt. Durch ihn sind ein Haufen Leute aus den Slums herausgekommen. Er hat eine Stadt gerettet und obwohl er Abenteuer erleben wollte, ist er geblieben und hat seine Träume dem Wohl der Allgemeinheit geopfert. Dann kommt ein Punkt, an dem er eben deswegen verzweifelt ist und sich umbringen will. Für seine Familie ist gesorgt, weil er eine Lebensversicherung hat. Und dann kommt ein Engel vom Himmel und zeigt ihm, wie das Leben sein würde, wenn er nie geboren worden wäre. Wie schlecht es der Stadt ginge. Und dass seine Frau eine »alte Jungfer« geblieben wäre. Und meine Schwester gab dieses Jahr nicht mal einen Kommentar über diesen altmodischen Kram ab. Sonst sagt sie jedes Mal, dass Mary immerhin arbeiten kann und dass eine Frau nicht einfach wertlos ist, nur weil sie keinen Ehemann hat. Aber dieses Jahr nicht. Ich weiß auch nicht, warum. Vielleicht hängt es mit ihrem geheimen Freund zusammen. Oder mit dem, was im Auto passiert ist, als wir auf dem Weg zu unserer Großmutter waren. Ich hätte mir nur gewünscht, dass dieser Film von Onkel Billy handeln würde, weil der viel trank und fett war und all sein Geld verloren hat. Ich hätte mir gewünscht, dass der Engel vom Himmel runtergekommen wäre und uns gezeigt hätte, dass auch Onkel Billys Leben einen Sinn gehabt hat. Ich glaube, dass ich mich dann besser fühlen würde.

Es fing gestern an. Ich mag meinen Geburtstag nicht. Überhaupt nicht. Ich war mit meiner Mutter und meiner Schwester einkaufen und meine Mutter war wegen der Parkplatzprobleme und der langen Warteschlangen schlecht gelaunt. Und meine Schwester war schlecht gelaunt, weil sie ihrem geheimen Freund kein Geschenk kaufen konnte, weil unsere Mom es sehen würde. Und weil sie deswegen später noch mal los musste. Und ich fühlte mich seltsam. Richtig komisch, weil ich durch all die Läden lief und nicht wusste, was ich meinem Vater schenken sollte. Ich wusste genau, was ich Sam und Patrick schenken wollte, aber ich hatte keine Ahnung, was mein eigener Vater sich wünschen könnte. Mein Bruder freut sich über Poster von Mädchen und Bierdosen. Meine Schwester über einen Gutschein für den Friseur. Meine Mutter mag alte Filme und Pflanzen. Mein Vater mag nur Golf und das kann man nicht im Winter spielen, außer in Florida, und da leben wir nicht. Baseball spielt er nicht mehr. Er will nicht mal daran erinnert werden, es sei denn, er erzählt uns seine Geschichten. Ich hätte gern gewusst, was er sich wünscht, weil ich ihn lieb habe. Und ich kenne ihn gar nicht. Und er spricht über solche Sachen nicht gerne.

»Warum tust du dich nicht mit deiner Schwester zusammen und kaufst ihm den Pullover?«

»Das will ich nicht. Ich will ihm alleine was kaufen. Was für Musik mag er denn?«

Mein Vater hört nicht mehr viel Musik, und das, was er mag, hat er schon.

»Was für Bücher liest er denn?«

Mein Vater liest nicht mehr viel, weil er auf dem Weg zur Arbeit Bücher auf Kassette hört, und die bekommt er umsonst aus der Bibliothek.

Was für Filme? Was überhaupt?

Meine Schwester beschloss, den Pullover allein zu kaufen. Und sie wurde langsam wütend auf mich, weil sie Zeit brauchte, um später noch mal zurückzukommen und ein Geschenk für ihren Freund zu kaufen.

»Mann, Charlie, dann kauf ihm doch einfach Golfbälle!«

»Aber das ist doch ein Sommersport.«

»Mom, würdest du ihm bitte sagen, dass er endlich was kaufen soll?«

»Charlie. Beruhig dich. Ist schon okay.«

Ich war so traurig. Und ich hatte keine Ahnung, was los war. Mom gab sich Mühe, besonders nett zu sein, denn wenn ich so bin wie gestern, ist sie diejenige, die immer versucht, alles in den Griff zu kriegen.

»Tut mir Leid, Mom.«

»Nein, das braucht es nicht. Du willst deinem Vater etwas Schönes schenken. Das ist gut so.«

»Mom!« Meine Schwester wurde immer wütender.

Meine Mutter sah sie nicht mal an.

»Charlie, du kannst Dad kaufen, was immer du willst. Es wird ihm gefallen, das weiß ich. Jetzt beruhig dich. Es ist alles okay.«

Meine Mutter führte mich in vier verschiedene Läden. In jedem ließ sich meine Schwester einfach nur auf den nächstbesten Stuhl fallen und stöhnte. Und dann fand ich endlich, was ich brauchte. In einem Video-Shop. Es gab eine Videokassette von der letzten Episode von *M*A*S*H,* und zwar ohne Werbung. Und da fühlte ich mich schon viel besser. Dann fing ich an, Mom von dem Abend zu erzählen, an dem wir alle zusammen die Folge gesehen hatten.

»Sie erinnert sich daran, Charlie. Sie war dabei. Und jetzt lasst uns endlich gehen!«

Meine Mom sagte zu meiner Schwester, dass sie sich um ihren eigenen Kram kümmern solle, und hörte zu, wie ich die Geschichte erzählte, die sie schon kannte, wobei ich die Sache mit Dad in der Küche ausließ, weil das unser kleines Geheimnis war. Meine Mutter sagte mir am Schluss sogar, wie gut ich Geschichten erzählen könne. Ich liebe meine Mom. Und dann sagte ich ihr, wie lieb ich sie habe. Und sie sagte mir, dass sie mich auch lieb habe. Und für eine Weile war alles wieder in Ordnung.

Dann saßen wir am Abendbrottisch und warteten auf meinen Vater, der meinen Bruder vom Flughafen abholen wollte. Sie kamen und kamen nicht, und meine Mutter fing an, sich Sorgen zu machen, weil es draußen stark schneite. Meine Schwester sollte zu Hause bleiben, weil meine Mutter beim Abendessen Hilfe brauchte. Sie wollte, dass es etwas ganz Besonderes wurde, weil mein Bruder nach Hause kam und ich Geburtstag hatte. Aber meine Schwester wollte nur los, um ihrem Freund ein Geschenk zu kaufen. Sie war extrem mies gelaunt. Sie benahm sich wie eines der biestigen Gören aus den 80er-Jahre-Filmen und meine Mutter sagte nach jedem Satz »junge Dame«. Schließlich rief mein Vater an und sagte, dass das Flugzeug meines Bruders wegen des Schnees Verspätung habe. Ich hörte nur das, was meine Mutter sagte.

»Aber es ist Charlies Geburtstagsessen … Ich erwarte gar nicht von dir, dass du etwas dagegen unternimmst … hat er es verpasst? Ich frage ja nur … keiner sagt, dass es deine Schuld ist … nein … ich kann es nicht warm halten … es wird trocken … was … aber es ist sein Lieblings- … und was, bitteschön, soll ich ihnen vorsetzen? … Natürlich haben sie Hunger … du bist schon eine Stunde zu spät … du hättest immerhin anrufen können …«

Ich weiß nicht, wie lange meine Mom am Telefon war, denn ich wollte nicht am Tisch sitzen bleiben und zuhören. Ich ging in mein Zimmer und las. Ich hatte sowieso keinen Hunger mehr. Ich wollte nur irgendwo sein, wo es ruhig und friedlich war. Nach einer Weile kam meine Mutter in mein Zimmer und sagte mir, dass Dad noch mal angerufen habe und dass sie in einer halben Stunde zu Hause sein müssten. Sie fragte mich, ob irgendwas nicht stimme, und ich wusste, dass sie nicht wegen meiner Schwester fragte und auch nicht deswegen, weil sie und Dad am Telefon gestritten hatten, denn so was kommt halt hin und wieder mal vor. Sie hatte einfach bemerkt, dass ich heute ziemlich traurig wirkte, und konnte sich nicht vorstellen, dass es daran lag, dass meine Freunde weggefahren waren, denn gestern hatte ich ganz normal auf sie gewirkt, als ich vom Schlittenfahren nach Hause gekommen war.

»Ist es wegen Tante Helen?«

Es war die Art, wie sie das sagte, die bei mir das Gefühl auslöste.

»Bitte, Charlie, tu dir das nicht an.«

Aber ich tat es mir an. So, wie ich es jedes Jahr zu meinem Geburtstag tue.

»Es tut mir Leid.«

Meine Mom ließ nicht zu, dass ich darüber redete. Sie weiß, dass ich irgendwann nicht mehr zuhöre und anfange, heftig zu atmen. Sie legte mir eine Hand auf den Mund und wischte mir die Augen. Ich beruhigte mich schließlich genug, dass ich wieder runtergehen konnte. Und ich beruhigte mich genug, um mich zu freuen, als mein Bruder nach Hause kam. Und als wir endlich zu Abend aßen, war es auch gar nicht zu trocken. Nachher gingen wir raus, um die Lichter anzuzünden, was in unserer Nachbarschaft jedes Jahr gemacht wird. Die Leute füllen braune Papiertüten mit Sand und stellen sie alle in eine Reihe an die Straße. Dann stecken wir in jede Tüte eine Kerze und wenn die angezündet werden, verwandelt sich die Straße in eine »Landebahn« für den Weihnachtsmann. Mir gefällt diese Sitte sehr gut, denn es sieht nicht nur schön aus, sondern lenkt mich auch immer gut von meinem Geburtstag ab.

Dann bekam ich meine Geschenke. Meine Schwester war zwar noch sauer auf mich, schenkte mir aber trotzdem eine Smiths-LP. Mein Bruder gab mir ein Poster von seinem Footballteam, auf dem alle unterschrieben hatten. Und mein Vater schenkte mir Platten, die er auf Anweisung meiner Schwester gekauft hatte. Und meine Mutter gab mir ein paar von den Büchern, die sie als Kind am liebsten gelesen hat. Eins davon ist *Der Fänger im Roggen.*

Ich habe Bills Ausgabe weggelegt und lieber in Moms weitergelesen. Und es hat mich gar nicht ständig an meinen Geburtstag erinnert. Ich dachte eigentlich nur daran, dass ich so bald wie möglich meine Fahrprüfung machen sollte. Was ein Gedanke ist, über den man wirklich gut nachdenken kann. Und dann dachte ich an die Fahrstunden, die ich im letzten Halbjahr genommen habe.

Mr. Smith, der ziemlich klein ist und komisch riecht, erlaubte uns kein einziges Mal, während der Fahrt das Radio anzuschalten. Außer mir waren noch zwei aus dem zweiten Jahr dabei, ein Junge und ein Mädchen. Wenn ich dran war, saßen sie immer hinten auf der Rückbank und streichelten sich gegenseitig heimlich das Bein. Ich wünschte, ich könnte viele witzige Storys aus der Fahrschule erzählen. Klar, wir mussten uns diese Lehrfilme über Unfälle auf dem Highway ansehen, klar, es kamen auch Polizisten zu uns, die mit uns redeten. Und natürlich hat es auch Spaß gemacht, fahren zu lernen, aber meine Eltern meinten, dass ich erst dann fahren solle, wenn es absolut nötig werden würde, weil die Versicherung so teuer ist. Und ich könnte Sam nicht fragen, ob ich ihren Pick-up fahren darf. Das könnte ich einfach nicht.

Das waren so die Gedanken, die mich in der Nacht nach meinem Geburtstag einigermaßen beruhigten.

Am nächsten Morgen ließ sich Weihnachten ganz gut an. Dad freute sich über das Video von *M*A*S*H*, worüber ich unheimlich froh war, besonders als er mir seine Version von dem Abend, an dem wir die Folge gesehen hatten, erzählte. Er ließ die Sache in der Küche aus, zwinkerte mir aber zu, sodass ich wusste, dass er sich daran erinnerte. Sogar die zweistündige Fahrt nach Ohio war die erste halbe Stunde noch ganz okay, obwohl ich hinten in der Mitte auf dem Hubbel sitzen musste, weil mein Vater meinen Bruder über das College ausfragte und mein Bruder die ganze Zeit erzählte. Er ist mit einem Mädchen zusammen, die Cheerleader ist und bei den Spielen Flick-Flack macht. Sie heißt Kelly. Mein Vater wollte mehr über sie wissen. Meine Schwester meinte, dass Cheerleading total dämlich und sexistisch sei, und mein Bruder sagte, sie solle die Klappe halten. Kelly macht ihren Magister in Philosophie. Ich fragte meinen Bruder, ob sie eine unkonventionelle Schönheit sei.

»Nein, sie sieht absolut scharf aus.«

Und meine Schwester fing an, darüber zu reden, dass das Aussehen einer Frau nicht das Wichtigste sei. Ich stimmte ihr zu, aber mein Bruder meinte, meine Schwester sei doch nur eine »blöde Lesbe«. Meine Mutter sagte meinem Bruder, dass er in meiner Gegenwart nicht solche Worte aussprechen solle, was schon komisch war, wenn man bedenkt, dass ich wahrscheinlich der Einzige in der Familie mit einem schwulen Freund bin. Vielleicht auch nicht, aber jedenfalls mit einem, der kein Geheimnis daraus macht. Ich weiß es nicht. Jedenfalls wollte mein Vater wissen, wie mein Bruder Kelly kennen gelernt habe.

Mein Bruder lernte Kelly in einem Restaurant in Pennsylvania kennen, das »Ye Old College Inn« oder so heißt. Angeblich haben sie da einen berühmten Nachtisch. Jedenfalls war Kelly mit anderen Mädchen aus ihrer Schwesternschaft da und wollte gerade gehen, als sie ein Buch direkt vor meinem Bruder fallen ließ und weiterging. Mein Bruder meint, dass sie es mit Absicht hat fallen lassen, auch wenn sie es abstreitet. Die Bäume standen in voller Blüte, als er sie vor der Videothek einholte. So hat er es uns jedenfalls beschrieben. Danach spielten sie den ganzen Nachmittag alte Videospiele wie Donkey Kong und fühlten sich nostalgisch, was allgemein ein wunderschön melancholisches Gefühl sein muss. Ich fragte meinen Bruder, ob Kelly Kakao trank.

»Sag mal, bist du high?«

Wieder sagte meine Mutter, dass meine Bruder in meiner Anwesenheit nicht so reden solle, was wieder ziemlich komisch war, weil ich wahrscheinlich als Einziger in unserer Familie schon mal high gewesen bin. Oder mein Bruder vielleicht auch. Ich weiß nicht. Meine Schwester aber bestimmt nicht. Andererseits – vielleicht ist meine komplette Familie schon mal high gewesen und es redet nur niemand darüber.

Meine Schwester ließ sich die nächsten zehn Minuten darüber aus, wie unmöglich sie das System der Burschen- und Schwesternschaften findet. Die Leute würden dort total schikaniert und es seien schon welche gestorben, sagte sie. Dann erzählte sie, dass sie gehört habe, es gäbe eine Schwesternschaft, die ihre Neuzugänge dazu zwingen würde, sich bis auf die Unterwäsche auszuziehen, damit die anderen ihr »Fett« mit einem roten Filzstift markieren könnten. Und an diesem Punkt hatte mein Bruder die Nase voll.

»Gequirlte Kacke!«

Ich kann noch immer nicht glauben, dass mein Bruder im Auto wirklich solche Ausdrücke gebraucht hat, ohne von meinen Eltern zurechtgewiesen zu werden. Vielleicht ist es jetzt, wo er auf dem College ist, okay. Meiner Schwester war's sowieso egal. Sie redete einfach weiter.

»Das ist keine gequirlte Kacke. Ich hab das so gehört.«

»Pass auf, was du sagst, junge Dame«, sagte mein Vater.

»Ach ja? Und von wem hast du das gehört?«, wollte mein Bruder wissen.

»Ich hab's im National Public Radio gehört.«

»Ach du lieber Himmel.« Mein Bruder lacht sehr laut.

»Tja, ist aber so.«

Meine Eltern sahen so aus, als würden sie durch die Windschutzscheibe ein Tennismatch beobachten, denn sie schüttelten die ganze Zeit nur den Kopf. Aber sie sagten nichts. Und sie drehten sich nicht um. Mein Vater drehte nur die Weihnachtsmusik im Radio immer lauter.

»Du hast wirklich nur Scheiße im Kopf. Was weißt du denn schon? Du bist doch noch nicht auf dem College. Kelly hat einen solchen Quatsch nicht mitmachen müssen.«

»Ja, klar … sie hätte es dir natürlich erzählt!«

»Ja, hätte sie. Wir haben keine Geheimnisse voreinander.«

»Oh, du bist wirklich so ein sensibler moderner Mann.«

Ich wollte, dass sie aufhörten zu streiten, langsam reichte es mir, also versuchte ich das Gespräch in eine andere Richtung zu lenken:

»Redet ihr über Bücher und Gott und die Welt?«

»Danke, dass du fragst, Charlie. Ja. Natürlich tun wir das. Zufällig ist Kellys Lieblingsbuch *Walden* von Henry David Thoreau. Und zufällig hat Kelly gesagt, dass die Transzendentalphilosophie ganz aktuell auf unsere Zeit bezogen werden kann.«

»Oooooh, große Worte!« Meine Schwester kann unheimlich gut die Augen verdrehen.

»Oh, tut mir Leid. Hat jemand mit dir gesprochen? Ich habe zufällig gerade meinem kleinen Bruder von meiner Freundin erzählt. Kelly hofft, dass ein guter Demokrat gegen George Bush antreten wird. Und sie hofft, dass es dann endlich echte Gleichberechtigung der Geschlechter gibt. Ja, genau. Die Gleichberechtigung, über die du dauernd dozierst. Ja, sogar Cheerleader machen sich über solche Dinge Gedanken. Und können trotzdem Spaß am Leben haben.«

Meine Schwester verschränkte die Arme vor der Brust und fing an, vor sich hin zu pfeifen. Mein Bruder war viel zu sehr in Fahrt, um jetzt aufzuhören. Ich konnte sehen, dass der Nacken meines Vaters sich rötete.

»Aber es gibt noch einen Unterschied zwischen dir und ihr. Weißt du, Kelly glaubt so sehr an die Rechte der Frauen, dass sie niemals zulassen würde, dass ein Typ sie schlägt. Was man von dir ja nicht behaupten kann.«

Ich schwöre dir, beinahe wären wir gestorben. Mein Vater trat so heftig auf die Bremse, dass mein Bruder fast nach vorne geflogen wäre. Als der Gummigeruch langsam nachließ, holte mein Vater tief Luft und drehte sich um. Erst sah er meinen Bruder an. Er sagte nichts, sondern starrte ihn nur an.

Mein Bruder sah meinen Dad an, wie das Reh geguckt haben muss, das von meinen Cousins erwischt wurde. Nach ewig langen zwei Sekunden, sah mein Bruder meine Schwester an. Wahrscheinlich war er recht erschrocken darüber, was seine Worte angerichtet hatten.

»Es tut mir Leid. Okay? Ich mein es ernst. Komm schon. Hör auf zu heulen.«

Meine Schwester heulte so doll, dass es mir Angst machte. Dann wandte mein Dad sich an meine Schwester. Wieder sagte er kein Wort. Er schnippte nur mit den Fingern, um ihre Aufmerksamkeit zu erregen. Sie sah ihn an. Zuerst war sie verwirrt, weil er sie alles andere als freundlich anguckte. Doch dann senkte sie den Kopf, zuckte die Achseln und sagte zu meinem Bruder:

»Tut mir Leid, was ich über Kelly gesagt habe. Es hört sich an, als wär sie nett.«

Dann wandte sich mein Vater an meine Mutter. Und meine Mutter sich an uns.

»Euer Vater und ich wollen keinen Streit mehr hören. Am wenigsten innerhalb der Familie. Ist das klar?«

Manchmal sind meine Eltern ein echtes Team. Es ist ganz erstaunlich zu beobachten. Mein Bruder und meine Schwester nickten beide und schauten nach unten. Dann sah mein Dad mich an.

»Charlie?«

»Ja, Sir?«

Das »Sir« ist in diesen Momenten sehr wichtig. Und wenn man mit Vor-, Zweit- und Nachnamen angeredet wird, dann ist echt höchste Vorsicht geboten, das kann ich dir sagen.

»Charlie, ich möchte, dass du den Rest der Strecke bis zum Haus meiner Mutter fährst.«

Jeder im Auto wusste, dass das wahrscheinlich die dümmste Idee war, die mein Vater in seinem ganzen Leben gehabt hatte. Aber niemand versuchte, es ihm auszureden. Er stieg mitten auf der Straße aus und setzte sich nach hinten zwischen meinen Bruder und meine

Schwester. Ich rutschte auf den Fahrersitz, schnallte mich an und würgte den Wagen zweimal ab. Ich fuhr den Rest der Strecke. Ich habe noch nie so stark geschwitzt, seit ich keinen Sport mehr mache, und draußen war es kalt.

Die Familie meines Vaters ist ähnlich wie die von meiner Mutter. Mein Bruder hat mal gesagt, es wären dieselben Cousins, nur mit anderen Namen. Der große Unterschied ist meine Oma. Ich liebe meine Oma. Jeder liebt meine Oma. Sie wartete an der Auffahrt auf uns, wie sie das immer tut. Sie weiß immer, wann jemand kommt.

»Darf Charlie jetzt schon fahren?«

»Er ist gestern sechzehn geworden.«

»Oh.«

Meine Oma ist sehr alt und vergisst ziemlich viel, aber sie backt die leckersten Plätzchen. Als ich noch sehr klein war, hatten wir Moms Mutter, die immer Süßigkeiten im Schrank hatte, und Dads Mutter, die immer Plätzchen gebacken hat. Meine Mutter hat mir mal erzählt, dass ich die beiden ganz früher immer Süßigkeiten-Oma und Plätzchen-Oma genannt habe. Ich habe auch den Teigrand bei der Pizza immer Pizzaknochen genannt. Ich weiß auch nicht, warum ich dir das jetzt schreibe.

Es ist wie bei dem frühesten Erlebnis, an das ich mich erinnern kann und bei dem ich, glaub ich, zum ersten Mal begriff, dass ich am Leben war. Ich ging mit meiner Mutter und Tante Helen in den Zoo. Ich glaube, ich war drei. An den Weg dahin oder so erinnere ich mich nicht. Jedenfalls guckten wir uns zwei Kühe an. Eine Mutterkuh und ein Kalb. Sie hatten nicht viel Platz zum Rumlaufen. Na ja, also ging das Kalb immer um die Mutter rum und stand irgendwann direkt hinter ihr und die Mutter ließ einen Kuhfladen auf den Kopf des Kalbs fallen. Ich fand, das war das Lustigste, was ich je gesehen hatte, und lachte mindestens drei Stunden darüber. Zuerst lachten meine Mutter und Tante Helen auch ein bisschen, weil sie froh waren, dass *ich* lachte. Angeblich hab ich als Kind kaum gesprochen, und sie waren immer froh, wenn ich ganz normal wirkte. So nach zwei Stunden versuchten sie, mich dazu zu bringen, mit dem Lachen aufzuhören, aber dadurch musste ich nur noch mehr lachen. Ich glaube eigentlich nicht, dass es wirklich drei Stunden so ging, aber es kam mir sehr lange vor. Ich muss immer noch manchmal daran denken. Ich finde, das war ein viel versprechender Anfang.

Nachdem wir uns umarmt und die Hände geschüttelt hatten, gingen wir ins Haus, und da wartete schon die ganze Familie väterlicherseits. Großonkel Phil mit den falschen Zähnen und meine Tante Rebecca, Dads Schwester. Mom hatte uns gesagt, dass Tante Rebecca gerade wieder geschieden war, damit wir nichts in der Richtung sagen würden. Ich konnte eigentlich nur an die Plätzchen denken, aber meine Oma hatte dieses Jahr wegen ihres Hüftleidens keine gemacht.

Wir setzten uns also alle und sahen fern und meine Cousins und mein Bruder redeten über Football. Und mein Großonkel Phil trank. Und dann aßen wir zu Abend. Ich musste am Kindertisch sitzen, weil die Familie meines Vaters mehr Cousins und Cousinen hat.

Kleine Kinder reden über komische Sachen. Sehr komische.

Nach dem Essen guckten wir wieder *Ist das Leben nicht schön*?, und ich wurde immer deprimierter. Als ich in das frühere Zimmer meines Vaters hochging und mir die alten Fotos ansah, kam mir der Gedanke, dass diese Bilder nicht immer nur Erinnerungen gewesen sind. Dass irgendjemand das Foto aufgenommen hatte und dass die Leute darauf auch gegessen und geschlafen haben und so was.

Der erste Mann meiner Oma starb in Korea. Mein Vater und meine Tante Rebecca waren damals noch sehr klein. Meine Oma zog dann mit den Kindern zu ihrem Bruder, meinem Großonkel Phil.

Nach ein paar Jahren war meine Oma ziemlich frustriert, weil sie es satt hatte, die ganze Zeit zu kellnern. Eines Tages kam ein LKW-Fahrer in das Restaurant, in dem sie arbeitete, und wollte sich mit ihr verabreden. Meine Oma war damals sehr, sehr hübsch, und zwar auf die altmodische Art, wie man sie auf alten Fotos sieht. Sie gingen ein paar Mal miteinander aus und heirateten schließlich. Dann stellte sich heraus, dass er ein furchtbarer Mensch war. Er hat meinen Vater dauernd verprügelt. Und Tante Rebecca auch. Und vor allem meine Oma. Immer wieder. Und meine Oma konnte anscheinend nichts dagegen tun, denn es ging ganze sieben Jahre lang so.

Es war erst vorbei, als mein Großonkel bei meiner Tante Rebecca blaue Flecken entdeckte und meine Oma ihm schließlich die Wahrheit erzählte. Er trommelte ein paar Freunde aus der Fabrik zusammen und sie fanden den zweiten Mann meiner Oma in einer Bar. Dann haben sie ihn zusammengeschlagen. Mein Großonkel erzählt die Geschichte immer wieder gerne, wenn meine Oma nicht dabei ist. Die Geschichte verändert sich jedes Mal, aber der Kern bleibt derselbe: Der Kerl starb vier Tage später im Krankenhaus.

Ich weiß immer noch nicht, wieso mein Großonkel Phil deswegen nicht ins Gefängnis gekommen ist. Ich habe einmal meinen Vater danach gefragt und er sagte mir, dass die Leute in dieser Gegend früher der Meinung waren, dass die Polizei sich in manche Dinge nicht einmischen sollte. Wenn jemand sich an der Schwester oder der Mutter von jemandem vergriffen hatte, dann musste er eben dafür büßen und die anderen guckten weg.

Es ist nur schlimm, dass es sieben Jahre gedauert hat, denn Tante Rebecca ist später mehrmals auf einen ähnlichen Typ Ehemann hereingefallen. Trotzdem lag der Fall bei meiner Tante anders, weil die Leute in der Nachbarschaft heute nicht mehr so sind wie früher. Außerdem war mein Großonkel Phil zu alt, und mein Dad wohnte nicht mehr in seiner Heimatstadt. Sie musste sich stattdessen ein Unterlassungsurteil besorgen.

Ich überlege mir, was wohl aus den drei Kindern von Tante Rebecca wird. Ein Mädchen und zwei Jungs. Es ist zwar sehr traurig, aber ich vermute, dass meine Cousine irgendwann so werden wird wie meine Tante Rebecca und mein einer Cousin so wie sein Vater. Der andere könnte so werden wie mein Vater, denn er ist begeisterter Sportler und hat einen anderen Vater als sein Bruder und seine Schwester. Mein Vater unterhält sich oft mit ihm und bringt ihm bei, wie man einen Baseball richtig wirft und schlägt. Früher war ich deswegen eifersüchtig, aber jetzt nicht mehr. Weil mein Bruder einmal gesagt hat, dass mein Cousin der Einzige in der Familie meines Vaters ist, der überhaupt eine Chance hat. Er braucht meinen Vater. Und ich verstehe das mittlerweile.

Das Zimmer meines Vaters ist eigentlich noch so, wie er es verlassen hat, nur etwas verblasst. Auf dem Tisch steht ein Globus, der schon unzählige Male gedreht wurde. Und an den Wänden hängen alte Poster von Baseballspielern. Und alte Zeitungsartikel über das große Spiel, das mein Dad damals gewonnen hat. Ich weiß nicht genau, wieso, aber ich kann verstehen, warum mein Dad von hier weggehen musste. Damals, als er begriff, dass seine Mutter nie wieder einen anderen Mann finden würde, weil sie keinem mehr vertrauen konnte. Und sich auch niemals nach einem anderen umsehen würde, weil sie nicht wusste, wie sie es anstellen sollte, ohne dass es wieder in einem Desaster enden würde. Und als seine Schwester anfing, jüngere Versionen seines Stiefvaters mit nach Hause zu bringen. Er konnte einfach nicht mehr bleiben.

Ich legte mich auf sein Bett und guckte mir durchs Fenster den Baum an, der damals, als mein Vater hier gewohnt hatte, wahrscheinlich ein ganzes Stück kleiner gewesen war. Und ich konnte fühlen, was er gefühlt hatte, als er eines Abends schließlich begriff, dass er von hier wegmusste, wenn er jemals ein eigenes Leben führen wollte und nicht ihres. So jedenfalls hat er es ausgedrückt. Vielleicht ist das der Grund, warum die Familie meines Vaters jedes Jahr denselben Film guckt. Es kommt mir irgendwie logisch vor. Übrigens weint mein Vater am Ende nie.

Ich weiß nicht, ob meine Oma und Tante Rebecca es meinem Vater je verzeihen werden, dass er sie verlassen hat. Nur Großonkel Phil kann es nachvollziehen. Für mich ist es immer wieder komisch zu sehen, wie anders mein Vater in Gegenwart seiner Mutter und seiner Schwester ist. Er hat irgendwie ständig ein schlechtes Gewissen und macht jedes Mal einen langen Spaziergang mit seiner Schwester. Einmal hab ich durchs Fenster gesehen, wie er ihr Geld gegeben hat.

Ich würde gerne wissen, worüber Tante Rebecca auf dem Heimweg im Auto spricht. Ich würde gerne wissen, was ihre Kinder denken. Ich würde gerne wissen, ob sie über uns reden. Und ob sie sich fragen, aus wem von uns mal was wird. Ich wette, sie tun es.

Dein Charlie

26. Dezember 1991

Lieber Freund,
wir sind inzwischen wieder zu Hause. Auf der Rückfahrt waren mein Bruder und meine Schwester nett zueinander, sodass ich nicht fahren musste.

Normalerweise fahren wir auf dem Heimweg am Friedhof vorbei, um Tante Helens Grab zu besuchen. Das ist so eine Art Tradition. Mein Bruder und mein Vater wollen nicht unbedingt, aber wegen mir und meiner Mutter sagen sie nichts. Meiner Schwester ist es eigentlich auch egal, aber sie ist in gewissen Dingen sehr einfühlsam.

Jedes Mal, wenn wir meine Tante besuchen, reden meine Mutter und ich über irgendwas, was wirklich toll an ihr war. Bisher haben wir uns meistens darüber unterhalten, wie sie mir erlaubt hat, aufzubleiben und *Saturday Night Live* zu sehen. Und meine Mom lächelt dann immer, weil sie weiß, wie toll es für ein kleines Kind ist, so lange aufzubleiben.

Wir beide legen Tante Helen immer Blumen aufs Grab und manchmal auch einen Brief. Wir wollen einfach, dass sie weiß, wie sehr wir sie vermissen, und dass wir an sie denken und dass sie etwas Besonderes war. So was hat sie zu Lebzeiten nämlich viel zu selten zu spüren gekriegt, meint meine Mom. Und wie mein Vater in Bezug auf seine Familie, fühlt sich auch meine Mutter schuldig, glaube ich. So sehr, dass sie meiner Tante damals kein Geld gegeben hat, sondern ein Zuhause.

Ich möchte, dass du weißt, warum meine Mutter schuldig ist. Vielleicht sollte ich dir auch nicht davon erzählen, aber ich muss einfach mit jemandem darüber reden. Und mit jemandem aus meiner Familie wird das niemals möglich sein. Es ist einfach eine Sache, über die niemand sprechen will. Ich meine damit die böse Geschichte, die meiner Tante passiert ist und die mir niemand erklären wollte, als ich noch klein war.

Jedes Mal, wenn Weihnachten näher rückt, denke ich innerlich nur noch daran. Und innerlich bin ich todtraurig.

Ich sage dir nicht, wer es war. Ich sage dir auch nicht, wann. Ich sage dir nur, dass meine Tante Helen »missbraucht« worden ist. Ich hasse dieses Wort. Und zwar von jemandem, der ihr sehr nahe stand. Es war aber nicht ihr Vater. Sie hat es ihrem Vater irgendwann erzählt, aber er hat ihr nicht geglaubt, weil es ein Freund der Familie war. Und das machte alles noch schlimmer. Meine Großmutter sagte auch nie was. Und dieser Mann kam immer wieder zu Besuch.

Meine Tante Helen hat viel getrunken. Und sie hat Drogen genommen. Sie hatte enorme Probleme mit Jungs und Männern. Sie war eigentlich die meiste Zeit ihres Lebens unglücklich. Dauernd war sie in irgendwelchen Kliniken – alle Arten von Kliniken. Schließlich ging sie in eine Klinik, wo man ihr half, so weit mit den Dingen klarzukommen, dass sie ein normales Leben führen konnte, und dann zog sie bei uns ein. Sie fing an, Kurse zu belegen, um einen guten Job zu kriegen. Sie machte mit ihrem damaligen Freund Schluss, der nicht gut zu ihr war. Sie nahm ab, ohne eine Diät zu machen. Sie passte auf uns auf, sodass meine Eltern etwas trinken oder zu ihren Spieleabenden gehen konnten. Sie erlaubte uns, lange aufzubleiben. Sie war die Einzige außer Mom, Dad, meinem Bruder und meiner Schwester, die mir zwei Geschenke machte. Eins zu meinem Geburtstag und eins zu Weihnachten. Selbst als sie gerade erst bei uns eingezogen war und kaum Geld hatte. Sie hatte immer zwei Geschenke für mich. Und es waren immer die schönsten.

Am 24. Dezember 1983 kam ein Polizist an unsere Tür. Meine Tante Helen war in einen schrecklichen Autounfall verwickelt. Es schneite stark. Der Polizist sagte meiner Mutter, dass Tante Helen tot sei. Er war sehr nett, denn als meine Mutter zu weinen anfing, erzählte er, dass der Aufprall sehr schlimm und meine Tante ganz sicher sofort tot gewesen sei. Mit anderen Worten, sie hatte keine Schmerzen gehabt. Sie würde überhaupt nie mehr Schmerzen haben.

Der Polizist sagte meiner Mutter, sie müsse mitkommen und den Leichnam identifizieren. Mein Vater war noch auf der Arbeit. Gerade in dem Moment kamen mein Bruder, meine Schwester und ich an die Tür. Es war mein siebter Geburtstag. Wir trugen Papphütchen. Meine Mutter hatte gewollt, dass meine Geschwister sie aufsetzten. Meine Schwester sah meine Mutter weinen und fragte, was los sei. Mom konnte kein Wort rausbringen. Der Polizist ging in die Knie und erzählte uns, was passiert war. Mein Bruder und meine Schwester fingen an zu weinen. Ich nicht. Ich wusste, dass der Polizist sich geirrt hatte.

Meine Mom sagte meinen Geschwistern, sie sollten auf mich aufpassen, und ging mit dem Polizisten weg. Ich glaube, wir sahen fern, aber ich weiß es nicht mehr. Mein Dad kam vor meiner Mutter nach Hause.

»Was macht ihr denn für Gesichter?«

Wir sagten es ihm. Mein Vater weinte nicht. Er fragte, ob mit uns alles in Ordnung sei. Mein Bruder und meine Schwester sagten nein. Ich sagte ja. Der Polizist hatte sich bloß geirrt. Es hatte stark geschneit. Wahrscheinlich hatte er nicht gut sehen können. Dann kam Mom nach Hause. Sie weinte. Sie sah meinen Vater an und nickte. Mein Vater nahm sie in den Arm. Und da wurde mir klar, dass der Polizist sich wohl doch nicht geirrt hatte.

Ich weiß nicht mehr genau, was danach passierte, und ich habe auch nie so recht nachgefragt. Ich weiß nur noch, dass ich in eine Klinik musste. Ich weiß noch, dass ich in einem Raum mit grellem Licht saß und ein Arzt mir Fragen stellte. Ich weiß noch, dass ich ihm sagte, dass Tante Helen die Einzige gewesen war, die mich richtig an sich gedrückt hat. Ich weiß noch, dass meine Familie Weihnachten in einem Wartezimmer saß. Ich weiß noch, dass ich nicht zum Begräbnis gehen durfte. Ich weiß noch, dass ich mich nicht von meiner Tante verabschiedet habe.

Ich habe keine Ahnung, wie oft ich zu diesem Arzt gegangen bin. Ich kann mich nicht mehr erinnern, wie lange ich vom Unterricht befreit war. Es war jedenfalls eine lange Zeit. So viel weiß ich noch. Ich kann mich nur noch an den Tag erinnern, an dem es mir langsam besser ging, denn mir fiel ein, was Tante Helen zu mir gesagt hatte, bevor sie ins Auto gestiegen war, während es so stark schneite.

Sie hatte sich einen Mantel übergezogen. Ich reichte ihr die Autoschlüssel, weil ich immer derjenige war, der sie finden konnte. Ich fragte Tante Helen, wohin sie wolle. Sie antwortete mir, dass das ein Geheimnis sei. Ich versuchte sie auszuquetschen, was sie immer lustig fand. Sie fand die Art herrlich, wie ich sie mit Fragen nervte. Schließlich schüttelte sie den Kopf, lächelte und flüsterte mir was ins Ohr.

»Ich gehe jetzt dein Geburtstagsgeschenk kaufen.«

Das war das letzte Mal, dass ich sie sah. Ich stelle mir immer gerne vor, dass meine Tante jetzt den Job hat, für den sie die Kurse belegte. Und dass sie einen guten Mann kennen gelernt hat. Ich stelle mir gerne vor, dass sie jetzt ohne Diät so dünn wäre, wie sie gern sein wollte.

Trotz allem, was meine Mutter und der Doktor über Schuld gesagt haben, kann ich nicht aufhören, an das zu denken, was ich weiß. Und ich weiß, dass meine Tante Helen heute noch leben würde, wenn sie mir wie jeder andere nur ein Geschenk besorgt hätte. Sie würde noch leben, wenn ich an einem Tag geboren worden wäre, an dem es nicht schneit. Ich würde alles tun, um das rückgängig zu machen. Sie fehlt mir ganz furchtbar. Ich muss jetzt aufhören zu schreiben, weil ich zu traurig bin.

Dein Charlie

30. Dezember 1991

Lieber Freund,
am Tag nach dem letzten Brief habe ich *Der Fänger im Roggen* ausgelesen. Seitdem habe ich es noch dreimal gelesen. Ich wusste nicht, was ich sonst hätte tun sollen. Sam und Patrick kommen heute Abend endlich nach Hause, aber ich kann sie nicht besuchen. Patrick will sich irgendwo mit Brad treffen. Sam will sich mit Craig treffen. Ich werde die beiden morgen im Big Boy und danach auf Bobs Silvesterparty sehen.

Das Aufregende daran ist, dass ich selbst zum Big Boy fahren werde. Dad hat gesagt, dass ich erst fahren darf, wenn sich das Wetter ein bisschen bessert, und das hat es gestern. Ich habe mir für diese Gelegenheit eine Kassette aufgenommen. Sie heißt »Meine ersten Fahrten«. Das ist vielleicht ein bisschen kitschig, aber ich finde die Vorstellung schön, mir, wenn ich alt bin, die Bänder anzuhören und mich an diese Fahrten zu erinnern.

Ich bin vorher schon mal alleine gefahren, und zwar zu Tante Helen. Es war auch das erste Mal, dass ich sie ganz allein besucht habe, denn sonst war wenigstens meine Mutter dabei. Ich wollte, dass es etwas Besonderes wird. Ich kaufte von meinem Weihnachtsgeld Blumen. Und ich nahm ihr sogar eine Kassette auf und legte sie an ihr Grab. Hoffentlich denkst du jetzt nicht, dass ich total bescheuert bin.

Und dann erzählte ich Tante Helen mein ganzes Leben. Von Sam und Patrick und ihren Freunden. Von meiner ersten Silvesterparty, die morgen stattfindet. Ich erzählte ihr, dass mein Bruder Neujahr das letzte Footballspiel der Saison spielen würde. Ich erzählte ihr, wie mein Bruder sich verabschiedet und meine Mutter geweint hat. Ich erzählte ihr von den Büchern, die ich gelesen habe. Von dem Song »Asleep«. Ich erzählte ihr, wie wir uns alle unendlich gefühlt hatten. Und wie ich meine Führerscheinprüfung gemacht habe. Wie Mom mich hingefahren hat und ich zurückfahren durfte. Und dass der Polizist, der die Prüfung abgenommen hatte, weder komisch aussah noch einen komischen Namen hatte, was mir irgendwie wie Betrug vorkam.

Als ich mich gerade von meiner Tante verabschieden wollte, musste ich plötzlich weinen. Und es war ein richtiges, sattes Weinen, nicht das panische Weinen, wie es mich sonst oft überkommt. Und ich versprach Tante Helen, dass ich von jetzt an immer nur noch bei wichtigen Dingen weinen würde, denn ich fände es furchtbar, wenn die Tränen um Tante Helen weniger wert wären, weil ich einfach zu oft weine.

Dann verabschiedete ich mich und fuhr nach Hause.

Am Abend las ich das Buch noch einmal, weil ich wusste, dass ich wahrscheinlich wieder heulen würde, wenn ich es nicht täte. Panisch diesmal. Ich las, bis ich total übermüdet war und mich ins Bett legen musste. Am Morgen war ich durch und fing sofort wieder am Anfang an. Alles – nur um nicht weinen zu müssen. Weil ich Tante Helen ein Versprechen gegeben habe. Und weil ich nicht wieder nachdenken wollte. Nicht wie die ganze letzte Woche. Ich kann nicht schon wieder nachdenken. Nie wieder.

Ich weiß nicht, ob du dieses Gefühl kennst. Dass du am liebsten tausend Jahre schlafen möchtest. Oder einfach nicht da sein willst. Oder einfach nicht merken willst, dass du da bist. Oder so was. Wahrscheinlich ist das ein ziemlich düsterer Gedanke, aber wenn ich so bin wie jetzt, dann wünsche ich mir so was. Deswegen versuche ich nicht nachzudenken. Ich will nur, dass sich nicht mehr alles dreht. Wenn es noch schlimmer wird, muss ich vielleicht wieder zum Arzt. Ich glaube, es wird so schlimm.

Dein Charlie

1. Januar 1992

Lieber Freund,
es ist jetzt vier Uhr morgens, also haben wir schon das Neue Jahr, obwohl es ja irgendwie immer noch der 31. Dezember ist, bis die Leute schlafen gehen. Ich kann nicht schlafen. Alle anderen schlafen entweder schon oder haben Sex. Ich habe ferngesehen und Wackelpudding gegessen. Und gesehen, wie sich die Dinge bewegen. Ich hätte dir gerne von Sam und Patrick und Craig und Brad und Bob und den anderen geschrieben, aber ich kann mich im Moment nicht richtig erinnern.

Draußen ist es friedlich. Das weiß ich. Und ich bin vorhin zum Big Boy gefahren. Und habe Sam und Patrick getroffen. Sie waren mit Brad und Craig da. Und das hat mich ziemlich deprimiert, weil ich lieber allein mit ihnen gewesen wäre. Das ist mir bisher noch nie passiert.

Vor einer Stunde war alles noch schlimmer. Ich sah mir einen Baum an, aber es war ein Drachen und dann wieder ein Baum, und ich dachte an diesen schönen Tag mit dem schönen Wetter, an dem ich Teil der Luft gewesen bin. Und ich erinnerte mich, dass ich an diesem Tag den Rasen gemäht habe, um mein Taschengeld aufzubessern, so wie ich manchmal auf der Auffahrt Schnee schippe. Also fing ich an, Bobs Auffahrt freizuschaufeln, was eine ziemlich merkwürdige Beschäftigung für eine Silvesterparty ist.

Mein Gesicht war rot vor Kälte und sah aus wie Mr. Z.s Säufergesicht, und seine schwarzen Schuhe und seine Stimme sagten, dass es eine Qual für eine Raupe sei, sich einzupuppen, und dass es sieben Jahre dauere, bis man Gummi verdaut. Und dieser Mark auf der Party, der mir das Zeug gegeben hat, kam irgendwie aus dem Nichts, starrte in den Himmel und sagte, ich solle mir die Sterne ansehen. Also guckte ich hoch und wir standen unter dieser gigantischen Kuppel, die wie eine gläserne Schneekugel war, und Mark meinte, dass die strahlenden Sterne bloß Löcher in der Glaskuppel seien und wenn man in den Himmel kommt, dann würde das Glas wegbrechen und dahinter sei nichts als eine Fläche Sternenweiß, das heller ist als alles andere, aber nicht in den Augen wehtut. Es war alles so riesig, so weit und so still, und ich fühlte mich sehr klein.

Manchmal gucke ich raus und denke, dass schon viele Leute vor mir diesen Schnee gesehen haben. Genau wie ich darüber nachdenke, dass schon viele Leute vor mir die Bücher gelesen haben. Und die Lieder gehört haben.

Ich würde gerne wissen, was sie heute Nacht denken.

Ich weiß eigentlich nicht genau, was ich sage. Ich sollte es wahrscheinlich gar nicht aufschreiben, weil sich schon wieder alles um mich herum bewegt. Ich will es nicht, aber es wird noch ein paar Stunden weitergehen. Das hat mir jedenfalls Bob gesagt, bevor er mit Jill, einem Mädchen, das ich nicht kenne, in seinem Zimmer verschwand.

Ich denke, ich will damit sagen, dass sich alles sehr vertraut anfühlt. Aber nicht, weil ich es selbst schon erlebt habe. Ich weiß einfach, dass ein anderer das schon mal gefühlt hat. Diese Stille draußen und die Dinge, die sich bewegen, obwohl man es nicht will, und alle Welt schläft. Und alle Bücher, die man liest, sind schon von anderen gelesen worden. Alle Lieder, die man liebt, sind schon von anderen gehört worden. Und das Mädchen, das nett zu dir ist, ist auch zu anderen nett. Und man weiß genau, dass man sich, wenn man in diesem Moment zufrieden wäre, ganz toll fühlen würde, weil man gerade mit der ganzen Welt eins ist.

Es ist genauso, wenn du dich in ein Mädchen verliebt hast und ein Pärchen siehst, das Händchen hält. Du freust dich für die beiden. Und ein anderes Mal siehst du das Pärchen wieder und es macht dich ganz verrückt. Dabei willst du doch nichts anderes, als dich für die beiden freuen, weil du genau weißt, dass du selbst glücklich bist, wenn du das tust.

Jetzt fällt mir wieder ein, wie ich darauf gekommen bin. Ich werde es aufschreiben, denn wenn ich das tue, muss ich vielleicht nicht mehr darüber nachdenken. Und mich nicht so aufregen. Aber die Sache ist die, dass ich Sam und Craig beim Sex hören kann, und zum ersten Mal in meinem Leben kann ich das Ende des Gedichts verstehen.

Und das wollte ich nicht. Das kannst du mir glauben.

Dein Charlie

Teil 3

4. Januar 1992

Lieber Freund,
für den letzten Brief muss ich mich wohl entschuldigen. Eigentlich weiß ich kaum noch, was ich geschrieben habe, aber so, wie ich aufgewacht bin, kann es nur ziemlich wirr gewesen sein. Ich kann mich noch erinnern, dass ich im ganzen Haus nach einem Umschlag und einer Briefmarke gesucht habe. Als ich beides endlich gefunden hatte, schrieb ich deine Adresse auf das Kuvert und ging den Hügel zum Postamt runter. Mir war klar, dass ich den Brief niemals abschicken würde, wenn ich ihn nicht irgendwo einwarf, wo ich ihn nie wieder rausangeln konnte. Schon merkwürdig, wie wichtig mir das in dem Moment war.

Als ich am Postamt war, warf ich den Brief in den Kasten. Es hatte etwas Endgültiges. Und Beruhigendes. Und dann fing ich an zu kotzen und ich hörte nicht auf, bis die Sonne aufging. Ich sah zur Straße hinüber, auf der schon viele Autos unterwegs waren, und wusste, dass alle Welt jetzt zu ihren Großeltern fuhr. Und ich wusste, dass eine Menge von den Leuten heute meinen Bruder Football spielen sehen würde. Und dann spielte mein Geist Hüpfekästchen.

Mein Bruder … Football … Brad … Dave und seine Freundin in meinem Zimmer … die Mäntel … die Kälte … der Winter … »Herbstblätter« … sag es ja keinem … du bist ja pervers … Sam und

Craig … Sam … Weihnachten … Schreibmaschine … Geschenk … Tante Helen … und die Bäume bewegen sich immer noch … sie hören einfach nicht auf …

Also legte ich mich hin und machte einen Schneeadler.

Die Polizei fand mich tief schlafend und blaugefroren.

Ich zitterte noch eine lange Zeit, nachdem meine Eltern mich aus der Ambulanz abgeholt und nach Hause gefahren hatten. Niemand regte sich besonders auf, weil mir solche Sachen früher, als ich in Behandlung war, schon öfter passiert sind. Ich verschwand einfach und schlief irgendwo ein. Alle wussten, dass ich auf einer Party gewesen war, aber niemand – nicht einmal meine Schwester – kam auf den Gedanken, dass es *damit* etwas zu tun haben könnte. Und ich hielt den Mund, weil ich nicht wollte, dass Sam oder Patrick oder Bob oder sonst wer Ärger bekommen würde. Noch weniger allerdings hätte ich den Gesichtsausdruck meiner Mutter verkraftet – von dem meines Vaters ganz zu schweigen! –, wenn sie von mir die Wahrheit gehört hätten.

Also sagte ich gar nichts.

Ich blieb stumm und sah mich um. Und nahm bestimmte Dinge wahr. Die Flecken an der Wand. Wie rau die Decke war, die man mir gegeben hatte. Die großporige Gesichtshaut des Arztes. Oder wie ohrenbetäubend sein Flüstern klang, als er sagte, dass ich vielleicht doch wieder zu einem Psychiater gehen solle. Es war übrigens das erste Mal, dass ein Arzt meinen Eltern so was sagte, obwohl ich im Raum war und es hören konnte. Sein Kittel war so weiß. Und ich war so müde.

Ich konnte den ganzen Tag nur daran denken, dass wir wegen mir das Footballspiel mit meinem Bruder verpasst hatten, und ich konnte bloß hoffen, dass meine Schwester daran gedacht hatte es aufzunehmen.

Und das hatte sie zum Glück.

Wir kamen nach Hause und meine Mutter machte mir einen Tee, während mein Vater mich fragte, ob ich mir das Spiel jetzt ansehen wolle. Ich sagte ja. Also sahen wir zu, wie mein Bruder wieder einmal absolut genial spielte, aber diesmal mochte keiner so richtig jubeln. Alle sahen mich aus den Augenwinkeln heraus an. Und meine Mutter redete die ganze Zeit in aufmunterndem Tonfall auf mich ein. Sie meinte zum Beispiel, wie gut ich mich dieses Jahr in der Schule gemacht hätte und dass mir der Arzt vielleicht helfen könne, die Dinge wieder ins Lot zu bringen. Wenn Mom von etwas überzeugt ist, kann sie nonstop reden und dabei trotzdem sehr beherrscht wirken. Mein Dad versetzte mir die ganze Zeit »liebevolle Knuffe«. Liebevolle Knuffe sind ganz leichte Boxhiebe auf Oberschenkel, Schulter und Arm, die Mut machen sollen. Und meine Schwester meinte, dass sie mir helfen könne, meine Frisur wieder hinzukriegen. Es war schon seltsam, dass sich plötzlich alles um mich drehte.

»Was meinst du damit? Was ist denn mit meiner Frisur?«

Meine Schwester guckte ganz betreten. Ich tastete mit der Hand nach meinen Haaren und musste feststellen, dass eine Menge davon nicht mehr da war. Ich weiß wirklich nicht, wann ich das gemacht habe, aber so, wie meine »Frisur« aussah, muss ich eine Schere genommen und völlig planlos drauflos geschnippelt haben. Überall waren fast kahle Stellen. Als ob ein Metzger sich als Coiffeur versucht hätte. Auf der Party hatte ich nicht in den Spiegel gesehen, weil mein Gesicht mir so beängstigend anders vorgekommen war, deswegen hatte ich auch nichts gemerkt.

Mein Schwester half mir also später, den Schaden ein wenig zu beheben, und sie machte es so gut, dass alle in der Schule es cool fanden, einschließlich Patrick und Sam.

»Schick«, war Patricks Ausdruck.

Trotz allem habe ich mich entschlossen, nie wieder LSD zu nehmen.

Dein Charlie

14. Januar 1992

Lieber Freund,
ich komme mir vor wie ein Betrüger, weil ich klammheimlich versuche, mein Leben wieder auf die Reihe zu kriegen, und niemand ahnt, worum es geht. Es ist schwer, in meinem Zimmer zu sitzen und zu lesen, wie ich es sonst immer getan habe. Es ist sogar schwer, mit meinem Bruder zu telefonieren. Sein Team ist in der nationalen Wertung Dritter geworden. Niemand hat ihm gesagt, dass wir das Spiel wegen mir gar nicht live gesehen haben.

Neulich war ich in der Bibliothek, um etwas nachzuschlagen, weil ich langsam Angst bekam. Immer wieder sah ich, dass sich Dinge bewegten, die sich nicht bewegen sollten, und manchmal klangen die Geräusche dumpf und zu basslastig. Außerdem konnte ich keinen klaren Gedanken fassen. Schließlich las ich in einem Buch, dass manche Leute nie wieder ganz aus ihrem LSD-Rausch rauskommen. Angeblich würde durch die Droge eine bestimmte Art von Neurotransmitter (das ist eine chemische Substanz im Hirn, die Impulse weitergibt) verstärkt werden. Normalerweise sei man durch LSD etwa zwölf Stunden lang in einem Zustand der Schizophrenie, aber wer ohnehin schon viel von diesem Neurotransmitter habe, käme mit etwas Pech nie wieder raus.

Meine Atmung wurde schneller. Und mir wurde richtig übel, weil ich mich noch ganz gut an die schizophrenen Kinder in der Klinik, in der ich als kleiner Junge war, erinnern konnte. Dass ich auch noch meinen neuen alten Anzug trug, weil mir am Tag zuvor aufgefallen war, dass die anderen ihre neuen Klamotten von Weihnachten anhatten, machte die Sache nicht besser, denn ich hatte mir bereits ganze neun Stunden gnadenlose Hänseleien anhören müssen. Es war ein richtig mieser Tag. Ich machte zum ersten Mal in meinem Leben einen Kurs blau und ging raus zu Sam und Patrick.

»Siehst scharf aus, Charlie«, sagte Patrick grinsend.

»Kann ich eine Zigarette haben?« Ich konnte es nicht über mich bringen zu fragen, ob ich »'ne Kippe schnorren« dürfe. Nicht bei der ersten. Es ging einfach nicht.

»Klar«, sagte Patrick.

Sam hielt ihn auf. »Was ist los, Charlie?«

Ich erzählte ihnen, was los war, und Patrick wollte wissen, ob ich auf einem »Horrortrip« gewesen sei.

»Nein. Nein, damit hat das nichts zu tun.« Ich spürte, wie Panik in mir aufstieg.

Sam legte mir den Arm um die Schultern und meinte, dass sie wisse, was ich durchmache. Sie meinte, dass man sich nach einem LSD-Rausch einfach noch lange danach daran erinnern könne, wie die Dinge währenddessen ausgesehen hatten. Das sei alles. Wenn die Straße sich plötzlich wellt oder dein Gesicht wie aus Plastik wirkt und die Augen zwei verschiedene Größen haben. Das ist alles nur in deinem Kopf.

Und dann gab sie mir eine Zigarette.

Als ich sie anzündete, musste ich gar nicht husten. Es fühlte sich sogar irgendwie sanft und beruhigend an. Ich weiß, man sollte so was eigentlich nicht sagen, weil Rauchen ja bekanntlich die Gesundheit gefährdet, aber es stimmte.

»Jetzt konzentriere dich auf den Rauch«, sagte Sam.

Ich konzentrierte mich auf den Rauch.

»Sieht doch ganz normal aus, oder?«

»Hm-hm.« Ich nickte.

»Jetzt guck dir mal den Sand auf dem Spielplatz an. Bewegt er sich?«

»Hm-hm.«

»Okay, dann konzentriere dich jetzt auf das Stück Papier, das da drüben im Sandkasten liegt.«

Ich konzentrierte mich auf das Stück Papier, das drüben in dem Sandkasten lag.

»Bewegt der Sand sich jetzt?«

»Nein, diesmal nicht.«

Sie sagte »Na also, das wird schon wieder«, dann »Du solltest aber trotzdem in Zukunft die Finger davonlassen«, und erklärte mir schließlich das Phänomen, das sie »Trip« nannte: Es passiert, wenn man sich auf nichts Bestimmtes konzentriert. Und plötzlich ist es, als würde alles um einen herum sich bewegen und einen verschlucken wollen. Das sei eigentlich metaphorisch gemeint, aber für Leute, die besser kein LSD nehmen sollten, leider wörtlich zu nehmen.

Und da musste ich plötzlich lachen. Ich war so erleichtert! Auch Sam und Patrick lächelten. Und darüber war ich froh, denn ich kann es nicht ertragen, wenn sie mich so besorgt ansehen.

Seitdem bewegen sich die Gegenstände kaum noch. Ich habe auch nicht mehr blaugemacht. Bill fand, dass mein Aufsatz über *Der Fänger im Roggen* der beste sei, den ich bisher (übrigens auf meiner neuen alten Schreibmaschine!) geschrieben habe. Er meint, dass ich mich in rasendem Tempo »entwickle«, und hat mir »als Belohnung« mal ein ganz anderes Buch gegeben. Es ist *Unterwegs* von Jack Kerouac.

Ich bin inzwischen bei zehn Zigaretten pro Tag.

Dein Charlie

25. Januar 1992

Lieber Freund,
ich fühle mich fantastisch. Wirklich fantastisch. Das nächste Mal, wenn ich eine schreckliche Woche habe, muss ich mich unbedingt daran erinnern. Kennst du das? Du fühlst dich elend und auf einmal ist es vorbei, ohne das du weißt, warum? Jetzt, wo es mir so gut geht, versuche ich, möglichst viele Einzelheiten dieser guten Zeit zu speichern, damit ich mich in der nächsten schrecklichen Woche daran erinnern und glauben kann, dass ich mich auch irgendwann wieder

fantastisch fühlen werde. Es klappt nicht so besonders gut, aber ich finde, der Versuch ist es wert.

Mein Psychiater ist sehr nett. Er ist viel besser als der letzte, bei dem ich war. Wir reden über das, was ich denke und fühle und an was ich mich erinnere. Zum Beispiel an das eine Mal, als ich noch sehr klein war und auf die Straße rausging. Ich war vollkommen nackt und hielt einen hellblauen Regenschirm in der Hand, obwohl es nicht regnete. Und ich war total glücklich, weil es Mom zum Lächeln brachte, und sie lächelte doch so selten. Sie hat ein Foto davon gemacht. Und die Nachbarn haben sich beschwert.

Oder ein anderes Mal, als ich den Trailer für einen Film sah. Es ging um einen Mann, der des Mordes angeklagt wurde, obwohl er unschuldig war. Ein Typ von *M*A*S*H* spielte die Hauptrolle, wahrscheinlich erinnere ich mich überhaupt nur deshalb daran. Jedenfalls ging es in dem ganzen Film nur darum, dass dieser Mann seine Unschuld beweisen wollte, aber trotzdem ins Gefängnis musste. Das machte mir furchtbare Angst. Es war beängstigend, wie viel Angst mir das machte. Für etwas bestraft zu werden, das man nicht getan hat. Oder ein unschuldiges Opfer zu sein. Das ist wirklich etwas, das ich niemals erleben möchte.

Ich weiß nicht, ob es wichtig ist, dass ich dir all das schreibe, aber damals war diese Erkenntnis irgendwie eine Art »Durchbruch«.

Das Beste an meinem Psychiater sind die Musikzeitschriften, die er in seinem Wartezimmer liegen hat. Einmal habe ich einen Artikel über Nirvana gelesen. Es gab nirgendwo einen Hinweis auf Salat mit gebratenen Putenbruststreifen, aber sie ließen sich dennoch die ganze Zeit über die Magenprobleme des Sängers aus. Schon komisch.

Ich habe dir ja schon gesagt, dass Sam und Patrick auf die Songs stehen, also dachte ich, ich lese den Artikel mal, sodass ich mit ihnen darüber reden kann. Am Ende wurde der Sänger mit John Lennon von den Beatles verglichen. Ich erzählte das später Sam und sie regte sich furchtbar auf. Sie meinte, er hätte höchstens was von Jim Morrison, wenn überhaupt, aber man dürfe ihn mit niemandem vergleichen, weil er vor allem er selbst sei. Wir saßen alle nach der *Rocky Horror* im Big Boy und dann ging die Diskussion los.

Craig meinte, das Problem sei, dass jeder jeden mit jedem vergleichen würde, und dadurch würden die Leute diskreditiert. In seinen Fotokursen sei das ganz genau dasselbe.

Bob meinte, es liege bloß an unseren Eltern, die sich nicht von ihrer Jugend trennen können. Es würde sie umbringen, wenn sie nicht irgendwelche Vergleiche zu damals ziehen könnten.

Patrick fand, dass das Problem darin liege, dass alles schon mal da gewesen sei, sodass man es schwer habe, Neuland zu erobern. Niemand könne so erfolgreich sein wie die Beatles, weil die Beatles der Sache bereits einen Maßstab gegeben haben. Und sie konnten nur deswegen so erfolgreich sein, weil es keine Gruppe gab, mit der sie sich hätten vergleichen müssen, sodass die einzige Grenze der Himmel gewesen sei.

Sam fügte hinzu, dass sich eine Band heutzutage schon nach der zweiten Platte mit den Beatles vergleichen würde, wodurch sie selbst die Bedeutung ihres ganz eigenen Sounds vermindern würde.

»Und was denkst du, Charlie?«

Ich wusste nicht mehr, wo ich es gehört oder gelesen hatte, aber ich glaube, es war in *Diesseits des Paradieses* von F. Scott Fitzgerald. So ziemlich am Ende des Buches wird die Hauptperson, ein Junge, von einem älteren Herrn mitgenommen. Beide wollen zu einem Homecoming-Footballspiel der Ivy League. Sie fangen eine Diskussion an. Der ältere Mann ist gut situiert. Der Junge ziemlich abgeklärt.

Jedenfalls diskutieren sie und der Junge, der manchmal gern den Idealisten spielt, redet von der »rastlosen Generation« und solchen Dingen. Und er sagt etwas wie »Es ist keine Zeit für Helden, weil niemand sie zulassen würde«. Das Buch spielt in den zwanziger Jahren, aber ich denke, dass dieses Gespräch ebenso im Big Boy hätte stattfinden können. Wahrscheinlich hätte es das sogar bei unseren Eltern und Großeltern. Wahrscheinlich fand es gerade wieder mit uns statt.

Ich meinte also, dass diese Zeitung einen Helden aus diesem Sänger machen wollte. Aber dann würde wieder garantiert irgendjemand etwas aufdecken, dass ihn noch weniger als menschlich erscheinen lassen würde. Und das würde ich nicht begreifen, weil dieser Sänger für mich nur ein Typ ist, der gute Songs schreibt, die viele Leute gerne mögen – warum konnte das nicht einfach ausreichen? Vielleicht liege ich falsch, aber plötzlich fingen alle an, darüber zu reden.

Sam machte das Fernsehen verantwortlich. Patrick die Regierung. Craig schob alles auf die Medienkonzerne. Bob war auf dem Klo.

Ich weiß nicht, wieso, und ich weiß, dass wir nicht wirklich zu irgendeinem Schluss gekommen sind, aber es war irgendwie ein tolles Gefühl, da zu sitzen und über unsere Ansichten zu diskutieren. Weißt du noch, dass Bill mir gesagt hatte, ich solle »teilnehmen«? Ich war ja auch bei dem Homecoming-Ball, wie ich dir schon geschrieben habe, aber dies hier machte viel mehr Spaß. Und besonders spaßig war die Vorstellung, dass Leute auf der ganzen Welt ganz ähnliche Diskussionen in ihrem Äquivalent von unserem Big Boy führten.

Ich hätte das den anderen in der Runde gerne gesagt, aber sie hatten so viel Spaß damit, zynisch zu sein, dass ich ihnen das nicht verderben wollte. Also lehnte ich mich zurück und beobachtete Sam, die neben Craig saß, und gab mir Mühe, darüber nicht allzu traurig zu sein. Ich gebe zu, dass ich damit nicht besonders erfolgreich war. Aber dann kam ein Moment, in dem Craig irgendetwas sagte und Sam sich zu mir umwandte und mich anlächelte. Ein Filmlächeln in Zeitlupe und alles war wieder okay.

Ich habe das meinem Psychiater erzählt, aber er meinte, es sei zu früh, um irgendwelche Schlüsse zu ziehen.

Ich weiß nicht. Jedenfalls hatte ich einen wunderschönen Tag. Ich hoffe, du auch.

Dein Charlie

2. Februar 1992

Lieber Freund,
Unterwegs hat mir gut gefallen. Bill wollte diesmal nicht, dass ich einen Aufsatz darüber schreibe, weil es sich ja, wie ich schon geschrieben habe, um eine »Belohnung« handelte. Allerdings bat er mich, ihn nach der Schule in seinem Büro zu besuchen, damit wir darüber sprechen konnten, und das tat ich. Er machte Tee und ich fühlte mich wie ein Erwachsener. Er erlaubte mir sogar, in seinem Büro eine Zigarette zu rauchen, bat mich aber, an meine Gesundheit zu denken und es grundsätzlich sein zu lassen. Er hatte sogar eine Broschüre über die Gesundheitsrisiken in seinem Schreibtisch und die gab er mir. Ich benutze sie jetzt als Lesezeichen.

Ich hatte gedacht, dass Bill und ich über das Buch reden würden, aber schließlich sprachen wir über alles Mögliche. Es ist toll, plötzlich so viele Diskussionen zu führen. Bill fragte nach Sam und Patrick und meinen Eltern und ich erzählte ihm von meinem Führerschein und den Gesprächen im Big Boy. Ich erzählte ihm auch von meinem Psychiater. Ich sagte ihm allerdings nichts von der Party oder meiner Schwester und ihrem Freund. Sie treffen sich immer noch heimlich, was, wie meine Schwester sagt, »ihre Leidenschaft nur steigert«.

Als ich mit meinem Leben durch war, fragte ich Bill nach seinem. Das war auch sehr nett, denn er versuchte nicht, besonders cool zu sein oder sich bei mir anzubiedern. Er war einfach er selbst. Er erzählte, dass er auf irgendeinem College im Westen studiert hatte, auf dem es keine Noten gab, was für mich ganz unvorstellbar war, doch Bill meinte, dass es die beste Ausbildung gewesen sei, die er je hätte bekommen können. Er habe eine Broschüre, die er mir geben könne, wenn die Zeit dafür reif sei.

Nachdem Bill an der Brown University seinen zweiten Abschluss gemacht hatte, reiste er eine Weile durch Europa, und als er wieder zurückkam, trat er »Teach for America« bei. Wenn dieses Jahr vorüber ist, will er vielleicht nach New York gehen und Stücke schreiben. Ich glaube, er ist noch ziemlich jung, obwohl ich es zu unhöflich fand, ihn danach zu fragen. Allerdings fragte ich ihn, ob er eine Freundin habe, und er sagte nein. Er wirkte etwas traurig, als er das sagte, aber ich fragte nicht weiter, weil es mir dann doch zu privat vorkam. Schließlich gab er mir das nächste Buch zu lesen. Es heißt *Naked Lunch*.

Als ich nach Hause kam, fing ich sofort an zu lesen, aber ehrlich gesagt hatte ich keine Ahnung, wovon der Typ redete. Das würde ich Bill aber nicht sagen. Sam erzählte mir, dass William S. Burroughs das Buch geschrieben hat, als er im Drogenrausch war, und dass ich mich »dem flow hingeben« müsse. Ich versuchte es. Trotzdem hatte ich noch immer keine Ahnung, wovon er redete, also ging ich runter, um mit meiner Schwester fernzusehen.

Es lief *Gomer Pyle*, und meine Schwester war sehr still und wirkte bedrückt. Ich versuchte mit ihr zu reden, aber sie sagte nur, ich solle den Mund halten und sie in Ruhe lassen. Also guckte ich einige Minuten fern, doch die Show machte für mich noch weniger Sinn als das Buch, also beschloss ich, meine Mathehausaufgaben zu machen, was ein Fehler war, weil Mathe für mich noch nie irgendeinen Sinn gemacht hat.

Ich war den ganzen Tag irgendwie daneben.

Dann versuchte ich, meiner Mutter in der Küche zu helfen, doch ich ließ die Kasserolle fallen und sie sagte, ich solle in mein Zimmer gehen und lesen, bis mein Vater nach Hause käme, aber es war ja dieses Buch, das das ganze Durcheinander ausgelöst hatte. Zum Glück kam mein Vater, bevor ich das Buch wieder in die Hand nehmen konnte, aber er sagte, ich solle nicht »an ihm hängen wie eine Klette«, weil er Hockey sehen wolle. Ich guckte eine Weile mit, aber ich konnte nicht aufhören, ihn zu fragen, welcher Spieler aus welchem Land kam, während er »seine Augen ausruhte«, was eigentlich Schlafen bedeutet, nur dass man dabei nicht umschalten darf. Also sagte er mir, ich solle zu meiner Schwester fernsehen gehen, was ich tat, aber sie sagte mir, dass ich meiner Mutter in der Küche helfen solle, was ich tat, aber die sagte mir dann, dass ich hochgehen und lesen solle. Was ich dann auch tat.

Ich habe jetzt etwa ein Drittel des Buches gelesen, und es ist ganz gut bisher.

Dein Charlie

8. Februar 1992

Lieber Freund,
ich bin zum Sadie Hawkins' Dance verabredet. Falls du noch auf keinem warst – es ist eine Veranstaltung, bei dem das Mädchen den Jungen fragt. In meinem Fall ist das Mädchen Mary Elizabeth und der Junge bin ich. Ist das nicht unglaublich?

Ich glaube, es fing alles damit an, dass ich Mary Elizabeth am Freitagabend, bevor wir zur *Rocky Horror Picture Show* gehen wollten, dabei half, die neueste Ausgabe von *Punk Rocky* zusammenzuheften. Mary Elizabeth war unheimlich nett. Sie sagte mir, dass das die beste Ausgabe sei, die wir je gehabt hätten, und zwar aus zwei Gründen. Und für beide sei ich verantwortlich.

Erstens war die Zeitschrift in Farbe und zweitens war das Gedicht, was ich Patrick geschenkt hatte, darin abgedruckt.

Es war wirklich eine tolle Ausgabe. Ich glaube, ich werde auch noch so denken, wenn ich älter bin. Craig hatte ein paar Farbfotos beigesteuert. Sam hatte »Insider-News« über ein paar Bands beigesteuert. Mary Elizabeth hatte einen Artikel über die Kandidaten der Demokraten geschrieben. Bob hatte den Nachdruck eines Pro-Hanf-Pamphlets beigesteuert. Und Patrick hatte eine falsche Anzeige entworfen, die jedem einen kostenlosen »Blow Job« versprach, der im Big Boy einen Kuchen kaufte. *Ausnahmen vorbehalten!*

Wir hatten sogar ein Nacktfoto (von hinten) von Patrick abgedruckt. Sam hatte Craig gebeten, das Bild zu machen, und Mary Elizabeth verpflichtete jeden, den Mund darüber zu halten, dass es sich um Patrick handelte. Was auch jeder tat, bis auf Patrick selbst.

Den ganzen Abend brüllte er »Zeig's mir, Baby, zeig's mir!«, was sein Lieblingssatz aus seinem Lieblingsfilm *Frühling für Hitler* ist.

Mary Elizabeth meinte zu mir, dass Patrick sie bestimmt nur deswegen gebeten habe, das Foto abzudrucken, damit Brad ein Bild von ihm haben konnte, ohne Verdacht zu erregen. Brad kaufte ein Exemplar, ohne auch nur einen Blick darauf zu werfen, weshalb sie tatsächlich Recht haben könnte.

Als ich am Abend zur *Rocky Horror Picture Show* ging, war Mary Elizabeth total sauer, weil Craig sich nicht blicken ließ. Keiner wusste, wo er war. Nicht mal Sam. Das Problem war, dass jetzt keiner den Rocky spielen konnte, diesen Kunstmenschen mit den Muskelbergen (ich bin nicht ganz sicher, was genau er sein soll). Nachdem Mary Elizabeth jeden Einzelnen angesehen hatte, wandte sie sich an mich.

»Charlie, wie oft hast du die Show gesehen?«

»Zehnmal.«

»Glaubst du, dass du Rocky spielen könntest?«

»Ich bin aber nicht rattenscharf.«

»Das macht nichts. Kannst du ihn spielen?«

»Ich glaube.«

»Glaubst du oder weißt du?«

»Ich glaube.«

»Das muss reichen.«

Und im nächsten Moment trug ich nur noch Slipper und einen Badeanzug, den jemand golden gefärbt hatte. Ich weiß auch nicht, wieso mir immer wieder solche Sachen passieren. Ich war sehr nervös, weil Rocky in einer Szene Janet anfassen muss, und schließlich war Sam diejenige, die Janet spielte. Patrick machte die ganze Zeit Witze darüber, dass ich bestimmt eine Erektion kriegen würde, und ich hoffte inständig, dass das nicht passieren würde. Mir ist das einmal in der Schule passiert, als ich gerade zur Tafel gehen musste. Es war ein furchtbares Erlebnis. Der Gedanke daran plus die Tatsache, dass ich im Scheinwerferlicht stehen und nur einen Badeanzug tragen würde, versetzte mich in Panik. Ich hätte die Sache fast geschmissen, aber dann sagte Sam, sie würde sich wirklich wünschen, dass ich den Rocky spiele, und ich denke, das war alles, was ich hören musste.

Ich will jetzt nicht ins Detail gehen, aber ich habe noch nie im Leben so viel Spaß gehabt. Im Ernst. Ich musste so tun, als sänge ich, sollte rumtanzen und musste im Finale eine Federboa tragen, wobei ich mir nichts weiter gedacht hätte, weil es zur Show gehörte, aber Patrick kriegte sich darüber überhaupt nicht mehr ein.

»Charlie mit 'ner Federboa! Charlie mit 'ner Federboa!« Er konnte gar nicht mehr aufhören zu lachen.

Aber die beste Szene war die, in der Janet und Rocky sich berühren. Aber nicht deswegen, weil ich Sam anfasste und sie mich. Genau das Gegenteil. Ich weiß, es klingt dämlich, aber es ist wahr. Kurz vor der Szene dachte ich an Sam und plötzlich kam es mir billig vor, sie auf der Bühne so anzufassen und es auch noch zu *wollen*. Und so sehr ich mir, glaube ich, wünsche, sie eines Tages wirklich so anzufassen, möchte ich, gerade was sie betrifft, bestimmt nicht billig sein. Es sollen nicht Rocky und Janet sein. Es sollen Sam und ich sein. Und ich wollte, dass sie es dann auch will. Also spielten wir die Szene nur.

Als die Show vorbei war, verbeugten wir uns alle gemeinsam und das Publikum klatschte. Patrick schubste mich sogar nach vorne, damit ich mich noch mal allein verbeugte. Das ist, glaube ich, so üblich, wenn ein Neuer mitspielt. Ich konnte jedenfalls nur noch daran denken, wie schön es war, dass ich so viel Applaus bekam, und wie gut, dass keiner aus meiner Familie hier war und mich als Rocky mit der Federboa gesehen hatte. Am wenigsten mein Vater.

Ich bekam allerdings tatsächlich eine Erektion, aber erst viel später auf dem Parkplatz vom Big Boy.

Das war der Moment, in dem Mary Elizabeth mich zum Sadie Hawkins' Dance einlud. »Du sahst richtig toll aus in deinem Kostüm«, sagte sie.

Ich mag Mädchen. Wirklich. Weil sie dich in einem Badeanzug

attraktiv finden können, obwohl du es nicht bist. Wegen der Erektion habe ich zwar im Nachhinein ein schlechtes Gewissen, aber ich kann es ja nun auch nicht mehr ändern.

Ich habe meiner Schwester von meiner Verabredung erzählt, aber sie war irgendwie geistesabwesend. Dann fragte ich sie um einen Rat, wie man Mädchen behandelt, weil ich ja noch nie zuvor eine Verabredung gehabt habe, aber sie gab mir keine Antwort. Sie meinte es nicht böse. Sie starrte einfach nur ins Leere und kriegte nichts mit. Ich fragte sie, ob alles in Ordnung sei, und sie meinte, sie wolle allein sein, also ging ich rauf und las *Naked Lunch* zu Ende.

Als ich fertig war, lag ich einfach nur so auf meinem Bett herum, starrte an die Decke und musste lächeln, weil es auf eine angenehme Art still war.

Dein Charlie

9. Februar 1992

Lieber Freund,
ich muss noch was zu meinem letzten Brief sagen. Ich weiß, dass Sam mich niemals zu dem Tanz eingeladen hätte. Ich weiß, dass sie mit Craig gehen würde, und wenn nicht mit Craig, dann mit Patrick, weil Brad mit seiner Freundin Nancy geht. Ich finde, dass Mary Elizabeth wirklich klasse und hübsch ist, und ich bin froh, dass ich mit ihr mein erstes Date habe. Aber nachdem ich ja gesagt hatte und Mary Elizabeth es bei unseren Freunden verkündete, da wollte ich, dass Sam eifersüchtig werden würde. Ich weiß, das ist nicht besonders nett, aber es war so.

Sam war allerdings nicht eifersüchtig. Ehrlich gesagt schien es mir, als hätte nichts sie mehr erfreuen können. Das war hart.

Sie erklärte mir sogar, wie man mit Mädchen umgeht, was ich sehr interessant fand. Einem Mädchen wie Mary Elizabeth dürfe man nicht sagen, dass sie hübsch ist, sondern wie toll ihr Outfit aussieht, weil ihre Kleidung ihre eigene Wahl ist, ihr Gesicht aber nicht. Sam meinte außerdem, dass man für bestimmte Mädchen Türen aufhalten und Blumen kaufen solle, für Mädchen wie Mary Elizabeth aber nicht. Ich fragte Sam, was ich denn stattdessen tun solle, und sie meinte, ich solle einfach viele Fragen stellen und mich nicht daran stören, wenn Mary Elizabeth nonstop reden würde. Ich fand, dass sich das nicht sehr demokratisch anhörte, aber Sam sagte, sie würde das mit den Jungs immer so machen.

Dann sagte sie, dass die Sache mit dem Sex nicht ganz so einfach wäre, weil Mary Elizabeth schon mal einen Freund hatte, also schon erfahrener sei als ich. Wenn man nicht weiß, was man tun soll, dann wäre es das Beste, einfach genau darauf zu achten, wie das Mädchen einen küsst, um es dann genauso zu machen. Außerdem wäre das ausgesprochen sensibel und das wollte ich natürlich sein.

»Kannst du mir das zeigen?«, fragte ich.

»Kein schlechter Versuch«, sagte sie.

Sam muss immer lachen, wenn wir auf diese Art und Weise miteinander reden. Nachdem sie mir noch einen Trick mit dem Zippo gezeigt hatte, fragte ich noch ein wenig weiter.

»Und was, wenn ich nichts Sexuelles machen möchte?«

»Dann sag ihr einfach, du wärst noch nicht so weit.«

»Und das klappt?«

»Manchmal.«

Ich hätte Sam gerne nach der anderen Seite von »manchmal« gefragt, aber ich wollte nicht zu persönlich werden. Und ich glaube, tief in meinem Inneren wollte ich es auch gar nicht wissen. Ich wünschte, ich wäre nicht in Sam verliebt. Wirklich.

Dein Charlie

15. Februar 1992

Lieber Freund,
ich bin im Moment nicht so gut drauf, weil alles drunter und drüber geht. Ich war tatsächlich bei dem Tanz und habe Mary Elizabeth auch gesagt, wie gut ihr Outfit aussieht. Ich habe ihr Fragen gestellt und sie die ganze Zeit reden lassen. Ich habe außerdem viel über »Objektivierung«, die Ureinwohner Amerikas und die Bourgeoisie erfahren.

Aber vor allem habe ich viel über Mary Elizabeth erfahren.

Mary Elizabeth will nach Berkeley gehen und zwei Abschlüsse machen. Einen in Politikwissenschaft. Den anderen in Soziologie mit Schwerpunkt auf Frauenfragen. Mary Elizabeth hasst die High School und möchte lesbische Beziehungen erkunden. Ich fragte sie, ob sie Mädchen schön fände, aber sie sah mich an, als wäre ich nicht ganz dicht, und sagte nur: »Darum geht es doch gar nicht.«

Mary Elizabeths Lieblingsfilm ist *Reds.* Ihr Lieblingsbuch ist die Autobiographie einer Frau, die ebenfalls in *Reds* vorkam, aber ich kann mich nicht mehr an den Namen erinnern. Mary Elizabeths Lieblingsfarbe ist Grün. Ihre liebste Jahreszeit ist Frühling. Ihre Lieblingseissorte (sie meint, sie würde sich rein aus Prinzip weigern, fettarmen gefrorenen Jogurt zu essen) ist Wildkirsche. Am liebsten isst sie Pizza (halb Champignon, halb grüne Pepperoni). Mary Elizabeth ist Vegetarierin und hasst ihre Eltern. Außerdem spricht sie fließend Spanisch.

Das Einzige, was sie *mich* fragte, war, ob ich ihr einen Abschiedskuss geben wolle. Als ich meinte, dass ich noch nicht so weit sei, sagte sie, dafür habe sie Verständnis. Außerdem sagte sie, dass sie einen schönen Abend verbracht habe und dass ich der aufmerksamste, sensibelste Junge sei, den sie je kennen gelernt hätte. Was ich ehrlich gesagt nicht verstehe, denn alles, was ich getan habe, war, sie nicht zu unterbrechen.

Dann fragte sie mich, ob ich mich noch mal mit ihr treffen würde. Über so was hatten Sam und ich nicht gesprochen, also war ich darauf nicht vorbereitet. Ich sagte ja, weil ich nichts falsch machen wollte, aber ich weiß wirklich nicht, ob ich mir noch mal so viele Fragen ausdenken kann. Ich weiß nicht, was ich machen soll. Wie oft kann man sich verabreden, ohne zum Küssen bereit zu sein? Ich glaube, für Mary Elizabeth werde ich nie bereit sein. Ich muss unbedingt mit Sam darüber reden.

Sam war übrigens mit Patrick beim Tanz, nicht mit Craig. Craig hatte sich anfangs damit rausgeredet, zu viel zu tun zu haben, woraufhin Sam und er bestimmt einen ziemlich heftigen Streit hatten. Schließlich stellte sich heraus, dass Craig sich zu gut für eine blöde High-School-Party war, da er ja bereits seinen Abschluss hatte. Wie auch immer – irgendwann während der Party ging Patrick raus, um sich mit seinem Vertrauenslehrer zu bekiffen, während Mary Elizabeth den DJ bekniete, irgendwelche Mädchenbands zu spielen. Also waren Sam und ich einen Moment allein.

»Hast du Spaß?«

Sam gab nicht gleich eine Antwort. Sie sah irgendwie traurig aus.

»Eigentlich nicht. Du denn?«

»Ich weiß nicht. Es ist meine erste Verabredung, also weiß ich nicht, was ich erwarten kann.«

»Mach dir keine Sorgen. Du machst es gut.«

»Meinst du?«

»Willst du Bowle trinken?«

»Ja, gern.«

Und dann ging sie. Sie sah wirklich traurig aus und ich wünschte, ich hätte etwas tun können, um sie wieder aufzumuntern, aber ich glaube, manchmal geht das wohl einfach nicht. Also lehnte ich allein an der Wand und sah den Leuten eine Weile beim Tanzen zu. Ich würde es dir beschreiben, aber ich denke, wenn man nicht dabei gewesen ist oder wenigstens Leute kennt, ist es langweilig. Andererseits – vielleicht kanntest du in deiner Schulzeit ja dieselbe Art Leute, wenn du weißt, was ich meine.

Aber es passierte noch was auf dieser Party, und zwar meine Schwester betreffend. Sie war mit ihrem Freund da. Bei einem langsamen Lied schienen sie wohl einen Streit zu haben, denn plötzlich ließ er sie los und wandte sich ab und sie stürmte von der Tanzfläche in Richtung Toiletten. Ich versuchte ihr zu folgen, aber sie hatte einen zu großen Vorsprung. Danach tauchte sie nicht mehr auf und auch ihr Freund verschwand irgendwann.

Nachdem Mary Elizabeth mich zu Hause abgesetzt hatte, ging ich rein und fand meine Schwester heulend im Keller. Sie weinte auf eine Art und Weise, die mir richtig Angst machte. Ich redete ganz ruhig und langsam auf sie ein.

»Bist du okay?«

»Lass mich in Ruhe, Charlie!«

»Nein, im Ernst. Was ist los?«

»Das verstehst du ja doch nicht.«

»Ich kann's ja versuchen.«

»Das ist ja lächerlich. Absolut lächerlich.«

»Soll ich Mom und Dad aufwecken?«

»Nein!«

»Na ja, sie können aber vielleicht-«

»CHARLIE! HALT DEN MUND! OKAY? HALT EINFACH DEN MUND!«

Und dann fing sie *richtig* an zu weinen. Ich wollte es nicht noch schlimmer machen und schon gehen, um sie in Ruhe zu lassen. Aber in diesem Moment nahm sie mich in den Arm und drückte mich. Sie sagte nichts, sondern klammerte sich nur an mich. Also drückte ich sie auch. Das war sehr seltsam, denn meine Schwester und ich haben uns bisher noch nie freiwillig umarmt. Nach einer Weile beruhigte sie sich ein bisschen und ließ mich los. Sie holte tief Luft und strich sich das Haar aus dem Gesicht.

Und dann sagte sie mir, dass sie schwanger sei.

Ich würde dir erzählen, was in der Nacht noch alles geschah, aber ich weiß es ehrlich gesagt nicht mehr so genau. Es ist alles ziemlich verschwommen. Irgendwann erzählte meine Schwester mir, dass ihr Freund behaupte, das Baby könne nicht von ihm sein, aber meine

Schwester ist sich sicher. Trotzdem hat er auf der Party Schluss gemacht. Meine Schwester hat niemandem von der Schwangerschaft erzählt, weil sie nicht will, dass es die Runde macht, und so wissen nur sie, er und jetzt ich davon. Ich darf es niemandem erzählen, der sie kennt. Niemandem. Ich meinte zu meiner Schwester, dass sie es irgendwann doch nicht mehr verstecken könne, aber sie antwortete, dass sie es nicht so weit kommen lassen würde. Da sie achtzehn sei, brauche sie die Einwilligung unserer Eltern nicht mehr. Alles, was sie brauche, sei jemand, der mit ihr am nächsten Samstag ins Krankenhaus fahren würde. Und dieser Jemand sei ich.

»Was für ein Glück, dass ich jetzt den Führerschein habe.«

Ich wollte sie damit zum Lachen bringen. Aber sie lachte nicht.

Dein Charlie

25. Februar 1992

Lieber Freund,
ich saß im Wartezimmer des Krankenhauses. Ich saß schon bestimmt eine Stunde da, genau weiß ich es nicht mehr. Bill hatte mir ein neues Buch gegeben, aber ich konnte mich nicht darauf konzentrieren. Warum das nicht ging, kannst du dir ja sicher denken.

Ich versuchte stattdessen, Zeitschriften zu lesen, aber auch das ging nicht. Es lag nicht so sehr daran, dass man wieder überall lesen konnte, wer was gegessen hatte. Es waren eher die Cover. Auf jedem war ein lächelndes Gesicht abgebildet und jedes Mal wenn eine Frau auf dem Titel war, konnte man ihren Brustansatz sehen. Ich fragte mich, ob die Frauen sich so fotografieren ließen, weil es ihnen gefiel, oder ob es einfach zu ihrem Job gehörte. Und ob sie überhaupt eine Wahl hatten, wenn sie erfolgreich sein wollten. Diese Fragen wollten mir einfach nicht mehr aus dem Kopf gehen.

Ich konnte fast vor mir sehen, wie das Fotoshooting ablief und das Model oder die Schauspielerin nachher mit ihrem Freund »eine Kleinigkeit zu Mittag« aß. Ich konnte vor mir sehen, wie er sie nach ihrem Tag fragte und sie antwortete, dass nichts Besonderes gewesen sei. Oder vielleicht war es auch ihr erstes Coverfoto, sodass sie ganz aufgeregt war, weil sie glaubte, endlich den Durchbruch geschafft zu haben. Ich sah die Magazine in den Kiosken und die vielen anonymen Augenpaare, die die Cover ansahen, und dachte, dass manche Leute all diese Dinge sehr wichtig finden. Mädchen wie Mary Elizabeth waren auf diese Models und Schauspielerinnen wütend, weil sie sich so zur Schau stellen, während ein Fotograf wie Craig nur auf die Qualität des Fotos achtete. Und mir fiel ein, dass es Männer gab, die sich solche Zeitschriften kauften, um zu masturbieren, und ich fragte mich, was die Schauspielerin und ihr Freund wohl davon hielten, falls sie überhaupt je darüber nachdachten. Und dann dachte ich, dass ich aufhören musste, an so was zu denken, weil es meiner Schwester überhaupt nichts brachte.

Also fing ich an, über meine Schwester nachzudenken.

Ich dachte an die Zeit, als sie und ihre Freundinnen mir die Fingernägel anmalten und das war ganz okay, weil mein Bruder nicht in der Nähe war. Und als sie mich mit ihren Puppen hat spielen lassen oder mich im Fernsehen sehen ließ, was immer ich sehen wollte. Und wie sie anfing, eine »junge Dame« zu werden und niemand sie ansehen durfte, weil sie glaubte, dass sie zu dick sei, obwohl das überhaupt nicht stimmte. Und wie anders ihr Gesicht plötzlich aussah, als sie feststellte, dass Jungs sie hübsch fanden. Und wie anders ihr Gesicht aussah, als sie zum ersten Mal einen Jungen mochte, der nicht als Poster an ihrer Wand hing. Und wie anders sie aussah, als sie erkannte, dass sie sich in den Jungen verliebt hatte. Und ich fragte mich, wie ihr Gesicht wohl aussehen würde, wenn sie aus dieser Tür dort wieder herauskam.

Meine Schwester war diejenige, die mir erklärt hatte, woher die Babys kommen. Und sie war auch diejenige, die sich kaputtgelacht hatte, als ich sofort danach fragte, wohin die Babys denn gingen.

Und bei diesem Gedanken fing ich an zu weinen. Aber ich konnte nicht zulassen, dass mich jemand sah, denn vielleicht würde man mir dann verbieten, sie nach Hause zu fahren und stattdessen unsere Eltern anrufen. Das ging natürlich nicht, denn meine Schwester verließ sich auf mich, und das war das erste Mal, dass sich jemand wirklich und wahrhaftig auf mich verließ. Als ich begriff, dass dies auch das erste Mal war, dass ich weinte, seit ich meiner Tante versprochen hatte, nur noch wegen wichtiger Dinge zu weinen, musste ich rausgehen, denn ich konnte es jetzt nicht mehr verstecken.

Ich muss lange im Wagen gesessen haben, denn schließlich tauchte meine Schwester auf dem Parkplatz auf. Ich weinte immer noch und rauchte eine Zigarette nach der anderen. Meine Schwester klopfte ans Fenster und ich kurbelte es runter. Sie sah mich irgendwie interessiert an. Und dann wurde sie wütend.

»Charlie, du rauchst?«

Sie war total wütend. Ich kann dir gar nicht sagen, wie wütend.

»Ich kann es nicht fassen, dass du rauchst!«

Und da hörte ich auf zu heulen. Und fing an zu lachen. Weil sie sich von allen Dingen, die sie hätte sagen können, nachdem sie das Krankenhaus verlassen hatte, ausgerechnet mein Rauchen ausgesucht hatte. Und darüber sauer wurde. Und wenn meine Schwester sauer war, dann würde ihr Gesicht auch gar nicht so anders aussehen. Und sie würde bald wieder ganz okay sein.

»Das werde ich Mom und Dad sagen!«

»Nein, das wirst du nicht!« Gott, ich konnte überhaupt nicht aufhören zu lachen.

Als meine Schwester einen Moment darüber nachdachte, kam sie wohl drauf, warum sie es nicht Mom und Dad sagen konnte. Als hätte sie für einen Moment vergessen, wo wir waren und was gerade geschehen war und wie absurd unsere ganze Unterhaltung im Augenblick war. Und dann fing sie auch an zu lachen.

Aber vom Lachen wurde ihr übel, also stieg ich aus dem Auto, um ihr auf die Rückbank zu helfen. Da lagen bereits ein Kissen und eine Decke, weil wir uns gedacht hatten, dass sie besser eine Weile schlafen sollte, bevor wir nach Hause zurückfuhren.

Kurz bevor sie einschlief, sagte sie: »Wenn du schon rauchen musst, dann mach wenigstens das Fenster einen Spalt auf.«

Was mich wieder zum Lachen brachte.

»Charlie und Rauchen. Ich fass es nicht.«

Wodurch ich nur noch mehr lachen musste und ich sagte: »Ich hab dich lieb.«

Und meine Schwester sagte: »Ich hab dich auch lieb. Aber jetzt hör schon mit dem blöden Lachen auf.«

Irgendwann wurde mein Gelächter zu einem gelegentlichen Glucksen und hörte schließlich ganz auf. Ich drehte den Kopf und sah, dass meine Schwester eingeschlafen war. Also drehte ich den Zündschlüssel und schaltete die Heizung an, damit sie es warm hatte. Und dann fing ich an, das Buch zu lesen, das Bill mir gegeben hat. Es war *Walden* von Henry David Thoreau, was das Lieblingsbuch der Freundin meines Bruders ist. Deswegen war ich schon sehr gespannt.

Als die Sonne unterging, legte ich meine Anti-Raucher-Broschüre an der Stelle ins Buch, an der ich aufgehört hatte zu lesen, und machte mich auf den Heimweg. Ich hielt ein paar Blocks von unserem Haus entfernt an, um meine Schwester zu wecken und Decke und Kissen in den Kofferraum zu legen. Wir fuhren die Auffahrt hinauf. Wir stiegen aus. Wir gingen hinein. Und wir hörten die Stimmen unserer Eltern, die von oben zu uns herunterriefen.

»Wo wart ihr zwei denn den ganzen Tag?«

»Das Essen ist fast fertig.«

Meine Schwester sah mich an. Ich sah sie an. Sie zuckte die Achseln. Also fing ich an, wild drauflos zu erzählen, wie wir erst im Kino waren, wie meine Schwester mir das Fahren auf dem Highway beigebracht hat und wie wir bei McDonald's gewesen waren.

»McDonald's? Wann?«

»Eure Mutter hat Rippchen gemacht!« Mein Vater las die Zeitung.

Während ich weiterredete, ging meine Schwester hoch und gab meinem Vater einen Kuss auf die Wange.

»Ich weiß, aber wir waren schon vor dem Kino bei McDonald's und das ist eine Weile her.«

Dann fragte mein Vater beiläufig: »Welchen Film habt ihr denn gesehen?«

Ich erstarrte, doch meine Schwester nannte irgendeinen Filmtitel und drückte meiner Mutter ebenfalls einen Kuss auf die Wange. Ich hatte noch nie von diesem Film gehört.

»Und? Wie war er?«

Ich erstarrte wieder.

Meine Schwester wirkte absolut gelassen. »Ganz okay. Hmm, die Rippchen riechen köstlich.«

»Ja«, meinte ich. Ich überlegte, womit ich das Thema wechseln konnte. »Hey, Dad. Läuft heute Abend Hockey?«

»Ja, aber du darfst dich nur dann mit mir vor den Fernseher setzen, wenn du keine dummen Fragen stellst.«

»Okay, aber kann ich doch noch eine stellen, bevor es losgeht?«

»Ich weiß nicht. Kannst du?«

»Okay. Darf ich?«, verbesserte ich mich pflichtschuldig.

Er knurrte. »Schieß los.«

»Wie nennen die Spieler den Puck noch mal?«

»Biskuit. Sie nennen ihn Biskuit.«

»Toll. Danke.«

Von diesem Moment an und das ganze Abendessen über stellten meine Eltern keinerlei Fragen mehr zu unseren Unternehmungen. Allerdings erwähnte meine Mutter, wie schön sie es finde, dass meine Schwester und ich mehr Zeit miteinander verbrächten.

Später, nachdem meine Eltern schon ins Bett gegangen waren, schlich ich zum Auto und holte Decke und Kissen aus dem Kofferraum. Ich brachte beides ins Zimmer meiner Schwester. Sie war ziemlich müde. Und sprach sehr leise und freundlich. Sie dankte mir für den ganzen Tag, den ich für sie da gewesen war, und bat mich, diese Sache als unser kleines Geheimnis zu betrachten, da sie beschlossen hatte, ihrem Exfreund zu sagen, dass sie nun doch nicht schwanger gewesen sei. Ich denke, sie traut ihm jetzt nicht mehr genug, um ihm die Wahrheit zu sagen.

Nachdem ich die Lichter ausgemacht, aber die Tür noch offen gelassen hatte, hörte ich sie leise nach mir rufen.

»Charlie, ich will, dass du das Rauchen sein lässt, hörst du?«

»Ich höre.«

»Weil ich dich wirklich liebe, Charlie.«

»Ich liebe dich auch.«

»Ich meine es ernst.«

»Ich auch.«

»Okay. Dann gute Nacht.«

»Gute Nacht.«

Dann machte ich die Tür zu und ließ sie schlafen.

Mir war nicht nach Lesen zu Mute, also ging ich nach unten und sah mir eine halbstündige Werbesendung für einen Heimtrainer an. Die ganze Zeit wurde eine Telefonnummer eingeblendet, also rief ich an. Die Frau, die sich am anderen Ende der Leitung meldete, hieß Michelle. Ich sagte Michelle, dass ich noch nicht volljährig sei und keinen Heimtrainer bräuchte, ihr aber trotzdem einen schönen Abend wünschte.

Michelle hängte einfach auf. Und ich war ihr überhaupt nicht böse.

Dein Charlie

7. März 1992

Lieber Freund,
Mädchen sind komisch, aber ich meine es nicht abwertend. Ich weiß nur nicht, wie ich es anders ausdrücken soll.

Ich bin inzwischen noch einmal mit Mary Elizabeth weg gewesen. In vieler Hinsicht war das Date ähnlich wie der Tanz, nur dass wir diesmal bequemere Klamotten trugen. Wieder war sie diejenige, die mich gefragt hat, und ich fand es ganz okay so, aber ich nehme an, dass ich irgendwann auch mal anfangen muss, hin und wieder zu fragen, denn ich kann ja nicht immer damit rechnen, dass man auf mich zukommt. Außerdem kann es von Vorteil sein, derjenige zu sein, der um ein Date bittet – wenigstens kann ich dann sicherstellen, dass ich mit dem Mädchen meiner Wahl ausgehe. Falls sie ja sagt. Es ist wirklich ziemlich kompliziert.

Das Gute aber war, dass *ich* diesmal fahren konnte. Ich fragte meinen Vater, ob ich seinen Wagen haben könne. Es war am Abendbrottisch.

»Wofür?« Mein Vater scheint um sein Auto immer besorgter zu werden.

»Charlie hat eine Freundin«, sagte meine Schwester.

»Sie ist nicht meine Freundin«, sagte ich.

»Wer ist das Mädchen?«, fragte mein Vater.

»Was ist denn bei euch los?«, wollte meine Mutter aus der Küche wissen.

»Charlie will den Wagen haben«, antwortete mein Vater.

»Wofür?«, fragte meine Mutter.

»Das versuche ich ja gerade herauszukriegen«, sagte mein Vater mit erhobener Stimme.

»Kein Grund, mich anzufauchen!«, meinte meine Mutter.

»Tut mir Leid«, erwiderte mein Vater, ohne es ernst zu meinen. Dann wandte er sich wieder an mich.

»Jetzt erzähl mir mal von diesem Mädchen.«

Also erzählte ich ihm ein wenig über Mary Elizabeth, wobei ich weder die Tätowierung noch den gepiercten Bauchnabel erwähnte. Eine ganze Zeit lang lag eine Art Lächeln auf seinen Lippen, als ob er herausfinden wollte, ob ich schon einen Grund hätte, verlegen zu werden. Dann erlaubte er mir schließlich, den Wagen zu fahren. Als meine Mutter mit Kaffee aus der Küche kam, erzählte er ihr die ganze Geschichte, während ich meinen Nachtisch aß.

Spät am Abend, als ich gerade mein Buch zu Ende lesen wollte, kam mein Vater in mein Zimmer und setzte sich auf meine Bettkante. Er zündete sich eine Zigarette an und fing an, mir etwas über Sex zu erklären. Er hatte das schon mal vor ein paar Jahren getan, aber damals war der Inhalt eher biologisch gewesen. Jetzt sagte er Sätze wie …

»… ich weiß, ich bin nur dein alter Vater, aber …«

»… man kann heutzutage nicht vorsichtig genug sein …«

»… schütz dich …«

»… wenn sie nein sagt, musst du davon ausgehen, dass sie es auch meint …«

»… denn wenn du sie zwingst, etwas zu tun, das sie nicht tun will, dann bekommst du schweren Ärger, mein Junge …«

»… und wenn sie nein sagt und eigentlich ja meint, dann will sie nur ihr Spiel mit dir spielen und ist das Geld für das Abendessen nicht wert …«

»… wenn du mit jemandem reden musst, kannst du immer zu mir kommen, und wenn du das aus irgendeinem Grund nicht willst, dann sprich mit deinem Bruder …«

Und schließlich:

»Ich bin froh, dass wir darüber gesprochen haben.«

Dann zerzauste mein Vater mir das Haar, lächelte und ging. Ich glaube, ich sollte noch hinzufügen, dass mein Vater nicht so wie die Väter im Fernsehen ist. Dinge wie Sex sind ihm nicht peinlich. Er nimmt das Ganze sogar ziemlich locker.

Ich glaube, er war im Grunde genommen froh. Als ich sehr klein war, küsste ich immer einen Jungen aus der Nachbarschaft, und obwohl der Psychiater meinte, dass das für Jungen und Mädchen in einem bestimmten Alter ganz normal sei, hatte mein Vater wohl trotzdem Angst. Ich glaube, das ist ganz natürlich, wenn ich auch nicht genau weiß, warum.

Na ja, jedenfalls gingen Mary Elizabeth und ich ins Kino. Wir sahen uns etwas an, das man »Kunstfilm« nennt. Laut Mary Elizabeth hatte der Film bei irgendeinem großen Filmfestival in Europa einen Preis gewonnen, was sie sehr beeindruckend fand. Während wir darauf warteten, dass der Film anfing, meinte Mary Elizabeth, es sei eine Schande, wie viele Leute einen dämlichen Hollywoodstreifen sehen wollten, während hier in diesem Kino nur so wenige Zuschauer säßen. Sie könne es kaum erwarten, endlich aufs College zu gehen, wo es Leute gäbe, die ähnlich denken würden wie sie.

Dann fing der Film an. Es war ein ausländischer Film mit Untertiteln, was wirklich lustig war, weil ich noch nie zuvor einen Film gelesen habe. Der Film selbst war sehr interessant, aber nicht sehr gut, wie ich glaube, denn als er zu Ende war, fühlte ich mich nicht wirklich anders als vorher.

Mary Elizabeth schon. Immer wieder meinte sie, wie »artikuliert« der Film gewesen wäre. So »artikuliert«. Und wahrscheinlich war er das auch. Das Problem ist nur, dass ich nicht weiß, was sie damit sagen wollte, auch wenn das Wort es vielleicht besonders treffend ausgedrückt hat.

Später fuhr ich mit ihr zu einem Underground-Plattenladen und sie führte mich herum. Sie liebt diesen Laden. Sie meinte, hier würde sie sich wie sie selbst fühlen. Bevor die Coffee Shops in Mode gekommen seien, sagte sie, hätte es für Mädchen wie sie außer dem Big Boy nichts gegeben, wo man hätte hingehen können.

Sie zeigte mir die Filmabteilung und erzählte mir von all den Kultfilmemachern aus Frankreich. Dann führte sie mich in die Import-Ecke und zeigte mir, was *wirklich* alternative Musik ist. Dann zeigte sie mir die Folk-Abteilung und erzählte mir von Mädchenbands wie den Slits.

Schließlich sagte sie, dass sie ein schlechtes Gewissen habe, weil sie mir nichts zu Weihnachten geschenkt hatte. Um es wieder gutzumachen, kaufte sie mir eine Platte von Billie Holiday und fragte mich, ob ich mit zu ihr fahren wolle, um sie anzuhören.

Also saß ich etwas später allein bei ihr und sah mich um, während sie uns etwas zu trinken holte. Der Raum war sehr ordentlich und roch, als würde er überhaupt nicht bewohnt. Es gab einen Kamin, Golfpokale, einen Fernseher und eine gute Stereoanlage. Und dann kam Mary Elizabeth mit zwei Gläsern und einer Flasche Brandy wieder. Und meinte, dass sie alles verabscheue, was ihre Eltern mochten, nur den Brandy nicht.

Sie bat mich einzuschenken, während sie Feuer machte. Sie war sehr aufgeregt, was mir komisch vorkam, weil ich sie noch nie so erlebt hatte. Sie redete die ganze Zeit darüber, dass sie Feuer herrlich fand und dass sie heiraten und irgendwann in Vermont leben wollte, was auch wieder komisch war, weil ich so etwas von Mary Elizabeth nicht kannte. Als sie das Feuer in Gang hatte, legte sie die Platte auf und kam zu mir. Ihr sei sehr warm, sagte sie, aber es habe nichts mit der Temperatur zu tun.

Der Song fing an und sie stieß ihr Glas gegen meines, sagte Prost und trank einen Schluck. Brandy schmeckt übrigens sehr gut, aber auf der Secret Santa-Party gefiel er mir besser. Wir hatten das erste Glas schon bald leer.

Mein Herz schlug ziemlich schnell und ich wurde langsam nervös. Sie schenkte mir wieder ein und berührte meine Hand ganz leicht, als sie mir das Glas gab. Dann legte sie ein Bein über meines, und ich sah zu, wie es dort baumelte. Dann spürte ich ihre Hand in meinem Nacken. Sie bewegte sich ganz, ganz langsam. Und mein Herzschlag drehte durch.

»Gefällt dir das Lied?«, fragte sie leise.

»Sehr.« Und das stimmte wirklich.

»Charlie?«

»Hm-hm?«

»Gefall ich dir?«

»Hm-hm.«

»Weißt du, was ich meine?«

»Hm-hm.«

»Bist du nervös.«

»Hm-hm.«

»Sei nicht nervös.«

»Okay.«

In diesem Moment spürte ich ihre andere Hand. Sie lag auf meinem Knie und wanderte an der Außenseite meines Beines aufwärts zu meiner Hüfte und meiner Taille. Dann schwang sie sich auf meinen Schoß und blickte mir direkt in die Augen. Ohne zu blinzeln. Ihr Gesicht wirkte weich und anders. Sie beugte sich vor und fing an, meinen Hals und meine Ohren zu küssen. Dann meine Wangen. Dann meine Lippen. Und irgendwie schmolz plötzlich alles dahin. Sie nahm meine Hand und schob sie unter ihren Pullover und ich konnte kaum glauben, wie mir geschah. Und wie sich Brüste anfühlen. Und aussahen. Und wie kompliziert BH-Verschlüsse sein können.

Nachdem wir alles gemacht hatten, was man oberhalb des Bauchnabels machen kann, streckte ich mich auf dem Boden aus und Mary Elizabeth legte ihren Kopf auf meine Brust. Wir atmeten beide sehr langsam und hörten der Musik und dem Knistern des Feuers zu. Als das letzte Lied vorbei war, spürte ich ihren Atem auf meiner Brust.

»Charlie?«

»Hm-hm?«

»Findest du mich hübsch?«

»Ich finde dich sehr hübsch.«

»Wirklich?«

»Wirklich.«

Sie drückte sich fester an mich. Dann verging eine halbe Stunde oder so, in der Mary Elizabeth gar nichts sagte. Und ich lag nur da und dachte darüber nach, wie sich ihre Stimme verändert hatte, als sie mich fragte, ob ich sie hübsch fände. Und wie sie sich veränderte, nachdem ich geantwortet hatte. Und dass Sam gesagt hatte, Mary Elizabeth würde solche Sachen nicht hören wollen. Und dass mir mein Arm langsam ziemlich wehtat.

Zum Glück hörten wir, wie das elektrische Garagentor geöffnet wurde.

Dein Charlie

28. März 1992

Lieber Freund,
langsam wird es etwas wärmer und die Leute, die man trifft, werden wieder freundlicher. Nicht unbedingt zu mir, sondern allgemein. Ich habe einen Aufsatz über *Walden* geschrieben, doch diesmal hab ich es anders gemacht. Ich habe keine Buchbesprechung gemacht, sondern so getan, als ob ich selbst ganz allein zwei Jahre lang an einem See gelebt hätte. Ich habe so getan, als hätte ich mich nur von dem ernährt, was das Land mir bot, und wäre in dieser Zeit zu bestimmten Einsichten gekommen. Und um die Wahrheit zu sagen, hätte ich zu so was jetzt wirklich Lust.

Seit diesem Abend mit Mary Elizabeth ist alles anders. Es fing montags in der Schule an, als Sam und Patrick mich mit einem breiten Grinsen auf den Gesichtern empfingen. Mary Elizabeth hatte ihnen von dem Abend erzählt, was mir überhaupt nicht gefiel, aber Sam und Patrick fanden alles ganz wunderbar und freuten sich für uns.

»Ich kann gar nicht verstehen, wieso ich nicht schon eher daran gedacht habe«, meinte Sam immer wieder. »Ihr zwei passt toll zusammen.«

Wahrscheinlich denkt Mary Elizabeth das auch, denn sie benimmt sich jetzt vollkommen anders als früher. Sie ist die ganze Zeit nett, aber irgendwas stimmt nicht damit. Ich weiß nicht, wie ich es beschreiben soll. Zum Beispiel stehen wir nach der Schule mit Sam und Patrick draußen, rauchen eine Zigarette und unterhalten uns über irgendwas, bis es Zeit ist zu gehen. Wenn ich dann zu Hause bin, ruft Mary Elizabeth mich augenblicklich an und fragt: »Na? Was gibt's Neues?« Und ich weiß nicht, was ich sagen soll, denn auf dem Weg nach Hause ist bestimmt nichts Neues in meinem Leben passiert. Klar, ich beschreibe ihr trotzdem, wie es war, und dann fängt *sie* an zu reden. Ziemlich ausdauernd. Und das macht sie jetzt schon die ganze Woche. Das und Fussel von meinen Pullovern abzupfen.

Vor zwei Tagen redete sie über Bücher. Als ich ihr sagte, welche von diesen Büchern ich auch gelesen hatte, fing sie an, mir lange, komplizierte Fragen zu stellen, die in Wirklichkeit nur ihre eigenen Gedanken mit einem Fragezeichen am Ende waren. Ich konnte nur mit »Ja« oder »Nein« antworten, für eine andere Antwort war einfach kein Platz. Dann fing sie an, über ihre Pläne fürs College zu reden, und da ich das alles schon kannte, legte ich den Hörer hin und ging zum Klo. Als ich zurückkam, redete sie noch immer. Ich weiß, dass man so was nicht tut, aber ich hatte das Gefühl, dass ich unbedingt eine Pause brauchte, um nicht noch etwas Schlimmeres tun zu müssen. Sie anschreien zum Beispiel. Oder einfach auflegen.

Sie redet auch immer noch ständig über die Billie Holiday-Platte, die sie mir geschenkt hat. Und sie sagt, dass sie mir die wirklich schönen Dinge im Leben zeigen will. Und um dir die Wahrheit zu sagen, habe ich überhaupt keine Lust, die wirklich schönen Dinge im Leben kennen zu lernen, wenn das bedeutet, dass Mary Elizabeth mir stundenlange Vorträge über eben diese wirklich schönen Dinge im Leben, die sie mir gezeigt hat, hält. Mir kommt es fast so vor, als würde von den drei beteiligten Faktoren – nämlich Mary Elizabeth, ich und die wirklich schönen Dinge im Leben – für Mary Elizabeth nur der erste überhaupt eine Bedeutung haben. Und das kann ich einfach nicht verstehen. Wenn ich jemandem eine Platte schenke, dann deshalb, damit er sie gerne hört und lieben lernt, aber nicht, damit er sich ständig daran erinnert, wer ihm die Platte geschenkt hat.

Und dann das Abendessen! Da die Ferien vorbei waren, fragte meine Mutter mich, ob ich nicht Sam und Patrick zum Essen einladen wollte, wie sie es vorgeschlagen hatte, nachdem ich ihr erzählt hatte, dass Sam und Patrick fanden, sie hätte einen guten Geschmack bei Kleidung. Und ich war so aufgeregt! Ich fragte Sam und Patrick und wir einigten uns auf Sonntagabend und zwei Stunden später kam Mary Elizabeth im Flur auf mich zu.

»Und wann am Sonntag?«

Ich wusste nicht, was ich tun sollte. Das Essen war für Sam und Patrick. So war es von Anfang an geplant gewesen. Ich hatte nicht einmal daran gedacht, Mary Elizabeth einzuladen. Ich kann mir schon denken, wieso sie glaubte, sie wäre eingeladen, aber sie hätte ja wenigstens abwarten können, ob ich auf sie zukomme. Oder mich diskret darauf ansprechen. Oder sonst was.

Und so redete Mary Elizabeth bei dem Essen, das dazu gedacht war, meinen Eltern zu zeigen, wie nett und toll Sam und Patrick waren, die ganze Zeit und ohne Pause. Und es war nicht mal ganz allein ihre Schuld. Meine Eltern stellten ihr viel mehr Fragen, als sie Sam und Patrick stellten. Wahrscheinlich weil ich mehr oder weniger mit Mary Elizabeth zusammen bin und sie das mehr interessiert als meine Freunde. Irgendwie kann ich das ja auch verstehen. Aber trotzdem. Es ist, als hätten sie Sam und Patrick überhaupt nicht kennen gelernt. Und das ist es, was mich so ärgert.

Als alle weg waren, sagte meine Mom, dass Mary Elizabeth ein kluges Mädchen sei, und mein Vater meinte, ich hätte eine hübsche »Freundin«. Nicht ein Wort über Sam und Patrick. Und dabei hatte ich mir diesen Abend doch so sehr gewünscht, weil sie meine Freunde kennen lernen sollten. Es war mir so wichtig gewesen.

Auch was das Sexuelle angeht, ist die Sache irgendwie merkwürdig. Es gibt eine Art Schema, nach dem wir vorgehen, und wir tun im Grunde genommen genau das, was wir auch am ersten Abend gemacht haben. Nur gibt es kein Feuer und auch keine Musik von Billie Holiday, weil wir uns im Auto befinden und alles ohnehin immer ziemlich schnell geht. Vielleicht ist es bei allen Leuten so und ganz normal, aber mein Gefühl sagt mir, dass es anders sein sollte.

Meine Schwester hat in letzter Zeit eine Menge Bücher über Frauen gelesen. Genauer gesagt, seit dem Moment, in dem sie ihrem Exfreund gesagt hatte, dass die Schwangerschaft falscher Alarm gewesen sei und er die Beziehung zu ihr wieder aufnehmen wollte, sie aber nicht die zu ihm.

Also fragte ich sie wegen Mary Elizabeth um Rat (wobei ich das Sexuelle ausließ), denn ich wusste, dass sie neutral sein würde, zumal sie bei dem Essen nicht dabei gewesen war. Meine Schwester meinte, Mary Elizabeth würde unter ihrem niedrigen Selbstwertgefühl leiden, aber ich erinnerte sie daran, dass sie dasselbe über Sam gesagt hatte, als die letztes Jahr mit Craig zusammengekommen war. Es konnte ja nicht alles am Selbstwertgefühl liegen, oder?

Meine Schwester versuchte also, es mir näher zu erläutern. Indem Mary Elizabeth mir all diese »schönen Dinge« zeigte, würde sie eine »superiore Position« einnehmen wollen, was sie nicht nötig hätte, wenn sie genügend Selbstbewusstsein besäße. Außerdem hätten Leute, die stets versuchten, jede Situation zu kontrollieren, höllische Angst, dass ihr Leben völlig durcheinander geraten würde, sobald sie einmal *nicht* die Kontrolle hätten.

Ich weiß nicht, ob das so richtig ist oder nicht, aber es deprimierte mich ein bisschen. Nicht wegen Mary Elizabeth. Oder wegen mir. Sondern einfach im Allgemeinen. Denn langsam kam mir in den Sinn, dass ich gar nicht wusste, wer Mary Elizabeth wirklich war. Ich meine nicht, dass sie mich anlügt, aber sie war damals, bevor ich sie richtig kennen lernte, so anders, und wenn sie wirklich nicht so ist, wie sie sich am Anfang gegeben hat, dann hätte ich mir gewünscht, dass sie es einfach gesagt hätte. Aber vielleicht ist sie ja doch noch genauso wie am Anfang, aber mir fällt es nicht mehr auf. Ich möchte nur nicht eine der Sachen sein, für die Mary Elizabeth die Verantwortung übernommen hat.

Ich fragte meine Schwester, was ich tun solle, und sie meinte, dass ich Mary Elizabeth gegenüber vor allem aufrichtig sein sollte. Mein Psychiater war der gleichen Meinung. Und auch das machte mich traurig, denn es konnte doch sein, dass ich jetzt auch ganz anders war, als Mary Elizabeth mich ursprünglich gesehen hatte. Vielleicht war es nicht fair, dass ich ihr nicht sagte, wie schwer es mir fiel, ständig zuhören zu müssen, ohne auch mal etwas sagen zu dürfen. Aber ich versuchte doch eigentlich nur nett zu sein, wie Sam mir geraten hatte. Und ich weiß wirklich nicht, an welchem Punkt ich einen Fehler gemacht habe.

Ich wollte meinen Bruder anrufen, aber er war nicht da und sein Zimmernachbar meinte, dass er gerade sehr viel lernen müsse, also hinterließ ich keine Nachricht, um ihn nicht von der Arbeit abzulenken. Stattdessen schickte ich ihm meinen Aufsatz über *Walden*, damit er ihn mit seiner Freundin durchlesen konnte, falls sie beide Zeit dazu hatten. Dann könnten wir vielleicht irgendwann mal darüber sprechen, was eine gute Gelegenheit wäre, beide auch wegen Mary Elizabeth um Rat zu fragen. Immerhin sind die beiden ja schon länger zusammen und es scheint zu klappen, sodass sie bestimmt wissen, was ich tun kann. Aber auch, wenn wir nicht darüber reden können, würde ich die Freundin meines Bruders gerne mal kennen lernen. Auch übers Telefon. Ich habe sie einmal auf Video bei einem Spiel meines Bruders gesehen, aber das ist einfach nicht dasselbe. Sie ist übrigens sehr schön. Wenn auch nicht auf unkonventionelle Art. Ich weiß auch nicht, warum ich dir das alles erzähle. Ich wünschte nur, dass Mary Elizabeth endlich mal was anderes fragen würde als »Was gibt's Neues?«.

Dein Charlie

18. April 1992

Lieber Freund,
ich habe so ziemlich alles falsch gemacht, was man falsch machen kann. Ernsthaft. Patrick meint, das Beste, was ich tun könne, sei, eine Weile unterzutauchen.

Alles fing letzten Montag an. Mary Elizabeth kam mit einer Gedichtsammlung des berühmten Dichters E.E. Cummings in die Schule. Natürlich gibt es auch eine Geschichte dazu: Ursprünglich hatte sie einen Film gesehen, in dem die Rede von einem Gedicht war, in dem die Hand einer Frau mit Blumen und Regen verglichen wurde. Sie fand den Vergleich so toll, dass sie sofort loslief, um sich den Gedichtband zu besorgen. Seitdem hat sie die Gedichte wieder und wieder gelesen und dachte sich, dass ich auch ein Exemplar haben sollte. Nicht ihres, sondern ein neues.

Und den ganzen Tag drängte sie mich dazu, allen Leuten das Buch zu zeigen.

Ich weiß, dass ich mich hätte freuen sollen, weil es sehr nett von ihr war, mir was zu schenken, aber ich freute mich nicht. Überhaupt nicht. Versteh mich nicht falsch. Ich tat so, als würde ich mich freuen, aber so war es nicht. Um ehrlich zu sein, wurde ich langsam unglaublich sauer. Vielleicht wäre es etwas anderes gewesen, wenn sie mir einfach ihr Exemplar der Gedichtsammlung gegeben hätte. Oder das Gedicht, das sie so schön fand, auf einem besonderen Stück Papier abgeschrieben hätte. Oder mich nur nicht dazu gedrängt hätte, jedem, den wir kennen, das Buch zu zeigen.

Vielleicht hätte ich in diesem Moment aufrichtig sein sollen, aber irgendwie schien mir der Zeitpunkt schlecht gewählt.

Als ich an diesem Tag aus der Schule kam, ging ich nicht nach Hause, weil ich keine Lust hatte, mit ihr zu telefonieren, und meine Mutter, was so was angeht, keine besonders geschickte Lügnerin ist. Stattdessen ging ich ins Einkaufszentrum und betrat den nächstbesten Buchladen. Und als die Frau hinter der Ladentheke mich fragte, ob sie mir helfen könne, öffnete ich meinen Rucksack und tauschte das Buch von Mary Elizabeth um. Ich hatte nicht vor, mit dem Geld was anderes zu kaufen. Ich behielt es einfach in der Tasche.

Auf dem Nachhauseweg begriff ich, was ich gerade getan hatte, und fing an zu weinen. Als ich zu Hause ankam, heulte ich so sehr, dass meine Schwester den Fernseher ausmachte, um mich zu fragen, was los sei. Als ich ihr alles erzählt hatte, fuhr sie mich zum Buchladen, weil ich zu durcheinander war, um selbst zu fahren, und ich kaufte das Buch zurück. Danach fühlte ich mich schon etwas besser.

Als Mary Elizabeth mich später am Telefon fragte, wo ich mich die ganze Zeit rumgetrieben hätte, sagte ich ihr, dass ich mit meiner Schwester im Buchladen gewesen sei. Und als sie fragte, ob ich ihr was Nettes gekauft hätte, sagte ich ja. Ich glaube nicht mal, dass sie das ernsthaft erwartet hatte, aber ich sagte trotzdem ja. Ich fühlte mich einfach so mies, weil ich ihr Geschenk beinahe zurückgegeben hätte. Die nächste Stunde verbrachte ich am Telefon und hörte ihren Ausführungen über die Gedichte zu. Schließlich verabschiedeten wir uns. Dann ging ich nach unten zu meiner Schwester und fragte sie, ob sie mich noch einmal zu dem Buchladen fahren würde, damit ich Mary Elizabeth etwas Nettes kaufen könne. Sie sagte, ich solle selbst fahren. Und langsam mal aufrichtig gegenüber Mary Elizabeth sein. Und das wäre wohl wirklich nötig gewesen, aber irgendwie schien mir der Zeitpunkt schlecht gewählt.

Am nächsten Tag in der Schule schenkte ich Mary Elizabeth ein neues Exemplar von *Wer die Nachtigall stört*. Das Erste, was sie sagte, war: »Sehr originell.«

Ich musste mir bewusst machen, dass sie es nicht böse meinte. Sie wollte sich nicht über mich lustig machen. Und sie verglich auch nicht. Oder kritisierte mich. Da war ich mir ganz sicher. Und so erklärte ich ihr, dass Bill mir besondere Bücher gab, die ich neben dem Kurs lesen sollte, und dass *Wer die Nachtigall stört* das erste von diesen Büchern war. Weswegen es mir sehr viel bedeute. Daraufhin meinte sie: »Danke. Das ist total süß von dir.«

Aber dann fing sie an zu erzählen. Sie hätte das Buch schon vor drei Jahren gelesen und es würde in ihren Augen völlig überbewertet. Außerdem hätte man die Geschichte mit berühmten Schauspielern wie Gregory Peck und Robert Duvall verfilmt und für das Drehbuch sogar einen Oscar gewonnen. Das war zu viel.

Ich verließ die Schule, lief durch die Gegend und kam erst gegen ein Uhr nachts nach Hause. Als ich meinem Vater den Grund erklärte, meinte er, ich solle wie ein Mann handeln.

Als Mary Elizabeth mich am nächsten Tag in der Schule fragte, wo ich gestern gewesen sei, antwortete ich, dass ich mir eine Packung Zigaretten gekauft und mich im Big Boy niedergelassen hätte, wo ich den ganzen Tag in dem Buch von E. E. Cummings gelesen hätte. Ich wusste, dass ich so was gefahrlos behaupten konnte, weil sie mir ja ohnehin niemals Fragen dazu stellen würde. Und ich hatte natürlich Recht. Nachdem sie einen neuen Monolog über das Buch gehalten hatte, war mir klar, dass ich es nicht mehr zu lesen brauchte. Selbst wenn ich es gewollt hätte.

Ich weiß genau, ich hätte jetzt wirklich aufrichtig sein sollen. Ich wurde langsam so aggressiv wie früher, als ich noch Sport gemacht habe, und das machte mir echt Angst.

Zum Glück begannen am Freitag die Osterferien, sodass die Situation etwas entschärft wurde. Bill gab mir für die Zeit *Hamlet* zu lesen. Er meinte, ich bräuchte die freie Zeit, damit ich mich wirklich auf das Stück konzentrieren könne. Wer es geschrieben hat, muss ich dir wohl nicht sagen. Bill gab mir den Rat, die Hauptperson unter denselben Aspekten wie die Hauptpersonen aus den anderen Büchern zu betrachten. Ich solle mich nicht dazu verleiten lassen zu glauben, das Stück sei wegen der Zeit, in der es entstanden ist, nicht mehr aktuell.

Die Aufführung der *Rocky Horror Picture Show*, die gestern, am Karfreitag, stattfand, war etwas ganz Besonderes. Jeder wusste, dass die Osterferien nun beginnen würden, und viele trugen noch ihre Anzüge und Kleider aus der Messe. Es erinnerte mich an Aschermittwoch, wenn die Leute mit Aschekreuzen auf der Stirn zur Schule kommen. Die Atmosphäre hat dann immer etwas Aufregendes, finde ich.

Nach der Show lud Craig uns alle zu sich ein und wir tranken Wein und hörten das Weiße Album von den Beatles. Als die Platte zu Ende war, schlug Craig vor, dass wir »Wahrheit oder Pflicht« spielen sollten, ein Spiel, das er immer dann gerne macht, wenn er »zugedröhnt« ist.

Und nun rate mal, wer die Pflicht immer der Wahrheit vorzog – ich natürlich! Ich wollte Mary Elizabeth nicht wegen eines Spiels die Wahrheit sagen.

Den größten Teil des Abends lief es eigentlich ganz gut. Als »Pflicht« kamen Sachen wie »Trink ein Bier auf ex« und so. Doch dann sollte sich Patrick etwas für mich ausdenken. Ich glaube, er war sich nicht bewusst, was er da von mir verlangte, aber das ändert jetzt auch nichts mehr.

»Gib dem hübschesten Mädchen hier in dieser Runde einen Kuss auf den Mund.«

Und das war der Moment, in dem ich mich für Wahrheit entschied. Rückblickend hätte ich keinen schlechteren Zeitpunkt wählen können.

Das Schweigen setzte ein, als ich aufstand (da Mary Elizabeth direkt neben mir saß). Als ich schließlich vor Sam in die Knie ging und sie küsste, war die Stille unerträglich. Es war kein inniger Kuss. Nur ein freundschaftlicher. Wie der, als ich Rocky und sie Janet gewesen war. Aber das spielte keine Rolle.

Ich hätte sagen können, dass das Bier oder der Wein schuld gewesen sei. Ich hätte auch so tun können, als hätte ich vergessen, dass Mary Elizabeth einmal gefragt hat, ob ich sie hübsch fände. Aber das wäre eine Lüge gewesen. Als Patrick mir meine Aufgabe gestellt hatte, wusste ich genau, dass ich Mary Elizabeth nicht küssen durfte. Denn dann hätte ich alle belogen – Sam, Patrick und auch Mary Elizabeth. Und das wollte ich auf einmal nicht mehr. Auch wenn es nur ein Spiel war.

Patrick gab sein Bestes, um den Abend zu retten. In das Schweigen hinein sagte er:

»Tja, ist das nicht peinlich?«

Aber es klappte nicht. Mary Elizabeth verließ schnell den Raum in Richtung Badezimmer. Patrick sagte mir später, sie habe nicht gewollt, dass jemand sie weinen sieht. Sam folgte ihr, aber bevor sie durch die Tür war, drehte sie sich noch einmal zu mir um:

»Scheiße, was stimmt eigentlich mit dir nicht?«

Es war ihr Gesichtsausdruck, als sie mir die Frage stellte. Und die Ernsthaftigkeit, mit der sie es gesagt hatte. Plötzlich sah ich alles, wie es wirklich war. Und fühlte mich schrecklich. Einfach schrecklich. Patrick stand auf und brachte mich aus Craigs Wohnung. Wir gingen hinaus auf die Straße und ich spürte nichts als die Kälte. Dann wollte ich zurückgehen und mich entschuldigen.

»Nein. Ich hole unsere Jacken. Du bleibst hier.«

Als er mich allein zurückließ, fing ich an zu heulen. Es war ein panisches, krampfartiges Weinen und ich konnte nicht aufhören. Als Patrick zurückkam, heulte ich noch immer.

»Ich muss mich doch noch entschuldigen«, schluchzte ich.

Patrick schüttelte den Kopf. »Glaub mir. Du willst da nicht wieder rein.«

Er klimperte mit den Autoschlüssel vor meinem Gesicht herum. »Komm, ich bring dich nach Hause.«

Im Auto erzählte ich Patrick alles von Anfang an. Die Sache mit der Platte. Mit dem Buch. Und mit *Wer die Nachtigall stört.* Und dass Mary Elizabeth mir nie eine Frage gestellt hatte. Alles, was Patrick darauf sagte, war: »Schade, dass du nicht schwul bist.«

Der Tränenstrom ließ ein bisschen nach.

»Andererseits würde ich wahrscheinlich doch nichts mit dir anfangen wollen, selbst wenn du schwul wärst. Du bist das personifizierte Chaos.«

Ich musste ein bisschen lachen.

»Und ich habe gedacht, *Brad* wäre schwierig. Himmel!«

Jetzt musste ich wirklich lachen. Dann drehte er das Radio auf und wir fuhren durch den Tunnel zurück nach Hause. Als er mich absetzte, meinte er noch, ich solle mich besser eine Weile nicht blicken lassen. Er würde anrufen, wenn er mehr wüsste.

»Dank dir, Patrick.«

»Schon gut.«

Und dann sagte ich: »Weißt du, Patrick, ich würde gern mit dir was anfangen, wenn ich schwul wäre.«

Ich weiß auch nicht, warum ich das gesagt habe, aber es erschien mir passend.

Patrick grinste mich nur selbstbewusst an und meinte: »Sicher.« Dann war er weg.

Als ich etwas später ins Bett ging, legte ich die Billie Holiday-Platte auf und fing das Buch von E. E. Cummings an. Nachdem ich das Gedicht, in dem die Hände einer Frau mit Blumen und Regen verglichen werden, gelesen hatte, stand ich auf und ging ans Fenster. Ich starrte auf mein Spiegelbild und auf die Bäume dahinter. Und dachte nichts. Fühlte nichts. Hörte die Musik nicht. Stundenlang.

Irgendwas stimmt mit mir einfach nicht. Aber ich weiß nicht, was.

Dein Charlie

26. April 1992

Lieber Freund,
seit diesem Abend hat mich niemand mehr angerufen. Ich kann's ihnen nicht verübeln. Ich habe die ganzen Ferien damit verbracht, *Hamlet* zu lesen. Bill hatte Recht. Es ist viel leichter, sich die Hauptperson als jemanden vorzustellen, der auch in den anderen Büchern, die ich bisher gelesen habe, hätte vorkommen können. Außerdem

macht das Stück es mir ein bisschen leichter, herauszufinden, was mit mir nicht stimmt. Nicht, dass es mir die betreffenden Antworten gibt. Aber es tut gut zu wissen, dass jemand anderes Ähnliches durchgemacht hat. Vor allem, wenn er schon vor so langer Zeit gelebt hat.

Ich habe übrigens Mary Elizabeth angerufen und ihr gesagt, dass ich jeden Abend die Billie Holiday-Platte höre und E. E. Cummings lese.

Sie sagte nur: »Es ist zu spät, Charlie.«

Ich hätte ihr gerne erklärt, dass ich damit nicht bezwecken wollte, wieder mit ihr zusammenzukommen, sondern dass ich es einfach aus Freundschaft tat, aber ich wusste, dass das alles noch schlimmer machen würde, also ließ ich es.

Ich meinte nur, dass es mir Leid täte.

Und das stimmte wirklich. Und ich weiß, dass sie mir das glaubte. Aber als das auch nichts änderte und am anderen Ende der Leitung nur ein drückendes Schweigen zu hören war, begriff ich, dass es wirklich zu spät war.

Patrick hat mich übrigens angerufen und mir erzählt, dass Craig wegen mir ziemlich sauer auf Sam sei und dass ich mich fernhalten solle, bis die Wogen sich wieder geglättet hätten. Ich fragte ihn, ob er Lust hätte, mit mir wegzugehen, nur er und ich, aber er meinte, er wäre mit Brad und Familie ziemlich ausgelastet und würde mich anrufen, wenn er Zeit hätte. Bisher hat er das nicht getan.

Ich würde dir auch über den Ostersonntag mit meiner Familie schreiben, aber ich habe bereits von Thanksgiving und Weihnachten erzählt und eigentlich besteht kaum ein Unterschied zwischen den verschiedenen Festen.

Ansonsten hat mein Vater eine Gehaltserhöhung bekommen, meine Mutter aber nicht, weil sie ja für die Hausarbeit nicht bezahlt wird. Meine Schwester liest jetzt keine Bücher zum Thema Selbstbewusstsein mehr, denn sie hat einen neuen Freund.

Mein Bruder ist Ostern nach Hause gekommen, aber als ich ihn fragte, ob seine Freundin meinen Aufsatz zu *Walden* gelesen hätte, sagte er, dass sie mit ihm Schluss gemacht hat, weil er sie betrogen hat. Das alles ist schon vor einiger Zeit passiert. Ich fragte ihn, ob *er* den Aufsatz denn gelesen hätte, aber er meinte, dass er zu viel zu tun gehabt hätte. Er würde es aber versuchen, solange er hier wäre. Bisher hat er es noch nicht getan.

Also fuhr ich zu Tante Helen auf den Friedhof, aber zum ersten Mal in meinem Leben hat mir das nicht geholfen. Ich hielt mich sogar an mein Vorhaben, mich in schlechten Zeiten an das letzte Mal zu erinnern, als ich eine tolle Woche hatte, aber auch das half nicht.

Ich weiß, dass ich an allem selbst schuld bin. Ich weiß, dass es mir recht geschieht. Und ich würde alles dafür geben, nicht so zu sein, wie ich bin. Ich würde alles dafür tun, mich mit den anderen wieder zu vertragen. Und nicht einen Psychiater aufsuchen zu müssen, der mir irgendwas über »passive Aggressionen« erzählt. Und nicht das Medikament nehmen zu müssen, das mein Vater sich eigentlich nicht leisten kann. Und nicht über schlechte Erinnerungen reden zu müssen. Und diese schlechten Erinnerungen abhaken zu können.

Ich wünschte, Gott oder meine Eltern oder Sam oder meine Schwester oder irgendwer würde mir sagen, was mit mir nicht stimmt. Würde mir einfach sagen, was ich anders machen muss, damit alles wieder in Ordnung kommt. Damit all das hier aufhört. Und sich in Nichts auflöst. Ich weiß, dass das falsch ist, weil all das in meiner Verantwortung liegt, und ich weiß auch, dass es oft erst mal schlimmer werden muss, bevor es besser werden kann – jedenfalls meint mein Psychiater das –, aber dieses »schlimmer« macht mir schwer zu schaffen.

Nachdem ich eine Woche mit niemandem gesprochen hatte, rief ich Bob an. Ich weiß, dass es falsch war, aber ich wusste nicht, was ich sonst hätte tun können. Ich fragte ihn, ob er was hätte, das ich ihm abkaufen könne. Er meinte, er hätte noch ein bisschen Dope. Also nahm ich das Geld von Ostern und kaufte es.

Seitdem rauche ich es ständig.

Dein Charlie

Teil 4

29. April 1992

Lieber Freund,
ich wünschte, ich könnte dir schreiben, dass alles besser wird, aber dummerweise wird es das nicht. Besonders schwer ist es, weil die Schule wieder angefangen hat, aber ich nicht mehr dahin gehen kann, wo ich früher immer gewesen bin. Und es nicht mehr so sein kann wie früher. Und ich noch nicht so weit war, mich von alldem zu verabschieden.

Ehrlich gesagt gehe ich allem und jedem aus dem Weg.

Ich gehe durch die Schulflure und sehe mir die Leute an. Ich schaue mir die Lehrer an und frage mich, warum sie wohl hier sind. Ob sie ihren Job mögen. Oder uns. Und ich frage mich, wie sie wohl mit fünfzehn waren. Es interessiert mich einfach. So wie ich mir die Schüler ansehe und mich frage, wem heute das Herz gebrochen wurde. Oder wie der eine oder andere mit drei schriftlichen Tests plus einer Buchbesprechung klarkommen würde. Oder wer derjenige war, der dem anderen das Herz gebrochen hat. Und vor allem, warum er es getan hat. Insbesondere seit mir bewusst geworden ist, dass, wenn beide auf verschiedene Schulen gegangen wären, jemand anderes der Person mit dem gebrochenen Herzen das Herz gebrochen hätte. Warum also nimmt man alles so persönlich? Wenn ich auf eine andere Schule gegangen wäre, würde ich jetzt weder Sam noch Patrick noch Mary Elizabeth noch sonst wen kennen. Niemanden außer meiner Familie.

Ich wollte dir aber eine bestimmte Sache erzählen. Ich war im Einkaufszentrum, denn da gehe ich in letzter Zeit öfter hin. Die letzten zwei Wochen war ich eigentlich jeden Tag da. Ich versuche herauszufinden, warum die Leute dorthin kommen. Es ist eine Art persönliches Projekt von mir.

Da war ein kleiner Junge, vielleicht vier Jahre alt. Er hat ganz laut geweint und immer nach seiner Mom geschrien. Dann kam ein älterer Junge, ungefähr siebzehn Jahre alt. Er muss auf eine andere Schule gehen, weil ich ihn noch nie gesehen habe. Na ja, jedenfalls sah er ziemlich hart aus, lange Haare, Lederjacke und so weiter. Er ging auf den kleinen Jungen zu und fragte ihn nach seinem Namen. Der Kleine hörte auf zu weinen und antwortete dem anderen.

Dann gingen die beiden weg.

Eine Minute später hörte man über Lautsprecher, dass ein kleiner Junge am Informationsschalter auf seine Mutter warten würde. Also ging ich dorthin, um zu sehen, was passieren würde.

Die Mutter hatte wahrscheinlich schon eine Weile nach ihrem Kind gesucht, denn sie kam völlig aufgelöst angerannt, und als sie ihren Sohn sah, fing sie an zu weinen. Sie drückte ihn ganz fest an sich und sagte ihm, er dürfe nie wieder weglaufen. Dann dankte sie dem älteren Jungen, der dem Kleinen geholfen hatte, und der Junge meinte: »Passen Sie das nächste Mal verdammt noch mal besser auf.«

Dann ging er.

Der Mann mit dem Schnäuzer am Informationsschalter war sprachlos, die Mutter auch. Der kleine Junge wischte sich bloß die Nase ab, guckte zu seiner Mom hoch und sagte: »Fritten!«

Die Mutter guckte zu ihrem Kind runter und nickte, und dann gingen sie. Ich folgte ihnen. Sie gingen in ein Fastfoodrestaurant und kauften Pommes frites. Der kleine Junge grinste und beschmierte sich überall mit Ketchup. Und die Mutter wischte ihm immer wieder das Gesicht ab und zog zwischendurch an ihrer Zigarette.

Ich beobachtete die Mutter und versuchte mir vorzustellen, wie sie ausgesehen hatte, als sie jung war. Ich fragte mich, ob sie verheiratet war. Ob der Junge ein Unfall oder geplant gewesen war. Und ob das eine Rolle spielte.

Es saßen eine Menge anderer Leute da. Einsame alte Männer. Junge Mädchen mit blauem Lidschatten und Zahnklammern. Kleine Kinder, die müde aussahen. Väter mit teuren Mänteln, die noch müder aussahen. Teenies, die hinter den Theken verkauften und völlig genervt aussahen. Kassen, die auf und zu gingen. Leute, die Geld bezahlten und Wechselgeld zurückbekamen. Und irgendwie wurde ich immer unruhiger.

Also beschloss ich, mir einen anderen Ort zu suchen und dort weiterzuforschen, warum die Leute dorthin gehen. Aber dummerweise gibt es nicht so viele Orte wie diesen hier. Ich weiß nicht, ob ich es noch lange ohne einen Freund schaffe. Früher hat mir das überhaupt nichts ausgemacht, aber das war ja auch, bevor ich wusste, wie es ist, wenn man Freunde hat. Manchmal ist das Leben viel leichter, wenn man manches nicht weiß. Und wenn einem Fritten Essen mit der Mutter genügt.

Der einzige Mensch, mit dem ich in den vergangenen Wochen wirklich gesprochen habe, war Susan, das Mädchen, das in der Middle School mit Michael »gegangen« ist. Ich sah sie im Flur, umgeben von Jungs, die ich nicht kannte. Die Jungs lachten und machten versaute Witze und Susan gab sich alle Mühe, genauso unbekümmert zu lachen wie sie. Als sie sah, wie ich näher kam, wich ihr das Blut aus dem Gesicht. Es war fast, als wolle sie nicht daran erinnert werden, wie sie noch vor zwölf Monaten gewesen war, und ganz sicher wollte sie nicht, dass die Jungs erfuhren, dass sie mich kannte und früher sogar mit mir befreundet gewesen war. Die ganze Gruppe verstummte und starrte mich an, aber ich ignorierte sie. Ich sah Susan an und fragte:

»Vermisst du ihn jemals?«

Ich sagte das nicht anklagend oder böse oder so. Ich wollte einfach nur wissen, ob sich noch jemand an Michael erinnerte. Ehrlich gesagt war ich allerdings auch ziemlich übel bekifft, sodass mir die Frage einfach nicht aus dem Kopf gehen wollte.

Susan stand hilflos da. Sie wusste nicht, was sie tun sollte. Es war das erste Mal seit Ende letzten Jahres, dass wir uns direkt ansahen. Wahrscheinlich war es nicht fair von mir gewesen, sie anzusprechen, während die anderen dabeistanden. Aber ich hatte sie bisher nie allein gesehen und musste die Frage wirklich dringend loswerden.

Zuerst dachte ich, dass ihr leerer Gesichtsausdruck die Folge ihrer Überraschung war, aber als er auch nach einer Weile nicht aus ihrem Gesicht wich, begriff ich, dass es so nicht war. Plötzlich dämmerte mir, dass Susan, selbst wenn Michael noch da gewesen wäre, vermutlich gar nicht mehr »mit ihm gehen« würde. Nicht, weil sie ein schlechter oder oberflächlicher Mensch war, sondern ganz einfach, weil die Dinge sich ändern. Freunde gehen eben. Und das Leben hält für niemanden an.

»Tut mir Leid, dass ich dich belästigt habe. Mir geht es im Moment nicht besonders gut. Das ist alles. Lass es dir besser gehen«, sagte ich und ging weg.

»Mein Gott, der Kerl ist wirklich ein totaler Spinner«, hörte ich einen von den Jungs flüstern. Er sagte es eher nüchtern als beleidigend. Susan widersprach ihm nicht. Ich weiß nicht mal, ob ich ihm widersprochen hätte.

Dein Charlie

2. Mai 1992

Lieber Freund,

vor ein paar Tagen ging ich zu Bob, um noch etwas Dope zu kaufen. Ich vergesse immer wieder, dass Bob nicht mit uns zur Schule geht. Vielleicht weil er mehr fernsieht als jeder andere, den ich kenne, und weil er alles weiß, was unwichtig ist. Du solltest ihn über Mary Tyler Moore reden hören. Es ist schon fast gespenstisch.

Bob hat seine ganz eigene Art zu leben. Er sagt, er dusche sich immer morgen. Er wiegt seinen »Vorrat« täglich. Und er weiß, was man zu tun hat, wenn man mit jemandem zusammen eine Zigarette raucht und ein Feuerzeug hat – man zündet nämlich die Zigarette des anderen zuerst an. Hat man dagegen nur Streichhölzer, dann macht man die eigene Zigarette zuerst an, damit man selbst den »schädlichen Schwefel« einatmet. Bob meint, das sei eine Frage der Höflichkeit. Und er meint auch, dass es Pech bedeute, drei an einem Streichholz anzuzünden. Das hat er von seinem Onkel, der in Vietnam gekämpft hat. Es geht darum, dass der Feind genug Zeit hat, einen zu finden, wenn man gleich drei Zigaretten mit einem Streichholz anmacht.

Bob weiß auch, was es bedeutet, wenn man sich eine Zigarette anzündet und die nicht richtig brennt. Das heißt dann nämlich, dass jemand an einen denkt. Und wenn du einen Penny findest, dann bringt er nur Glück, wenn der Kopf oben ist. Am besten aber ist es, in Gegenwart eines anderen einen Glückspenny zu finden und ihn diesem anderen zu schenken. Bob glaubt ans Karma. Und er spielt gerne Karten.

Bob geht halbtags aufs örtliche College. Er will Karriere machen. Er ist ein Einzelkind und seine Eltern sind nie zu Hause. Er meint, dass ihn das früher sehr gestört habe, inzwischen aber nicht mehr.

Bob ist wirklich interessant, wenn man ihn zum ersten Mal trifft, weil er ziemlich viel über Zigaretten, Pennys und Mary Tyler Moore weiß. Aber wenn man ihn schon eine Weile kennt, merkt man, dass er immer wieder dasselbe erzählt. In den letzten paar Wochen habe ich nichts von ihm gehört, das ich nicht schon kennen würde. Deswegen war es ein richtiger Schock, als er mir erzählte, was passiert war.

Brads Vater hat Brad und Patrick zusammen erwischt.

Ich nehme an, dass Brads Vater nicht Bescheid gewusst hat, denn als er die beiden zusammen sah, fing er an, auf Brad einzuschlagen. Aber nicht nur mit ein paar Ohrfeigen. Er muss mit dem Gürtel auf Brad losgegangen sein. Sam hat Bob erzählt, dass Patrick ihr gesagt hat, dass er so was noch nie erlebt hat. Es muss schlimm gewesen sein. Er wollte »Aufhören« und »Sie bringen ihn ja um!« brüllen, wollte sogar auf Brads Vater losgehen, aber er konnte sich vor Schreck nicht bewegen. Und Brad schrie ihm die ganze Zeit zu, er solle verschwinden, was Patrick dann schließlich auch getan hat.

Das war letzte Woche. Und Brad ist immer noch nicht wieder in der Schule gewesen. Alle denken, dass er vielleicht in eine Militärschule oder so was geschickt worden ist, aber niemand weiß etwas Genaues. Patrick hat einmal versucht anzurufen, aber als Brads Vater dranging, hat er wieder aufgelegt.

Bob meinte, dass Patrick ziemlich schlecht drauf sei. Ich kann dir gar nicht sagen, wie traurig ich war, als ich das hörte. Ich wollte nur noch Patrick anrufen, sein Freund sein und ihm helfen. Aber ich wusste nicht, ob ich es tun durfte, weil er doch gesagt hatte, dass ich eine Weile abwarten solle, bis sich die Wogen geglättet hätten und so weiter. Aber ich konnte an gar nichts anderes mehr denken.

Also ging ich am Freitag in die *Rocky Horror Picture Show*. Ich wartete ab, bis der Film angefangen hatte, weil ich die Show nicht stören wollte. Ich wollte bloß sichergehen, dass Patrick den Frank 'N Furter wie immer spielte, denn wenn das der Fall war, dann würde es ihm auch irgendwann wieder besser gehen, das wusste ich. Genau wie meiner Schwester, die so furchtbar sauer wurde, weil ich rauchte.

Ich setzte mich ganz nach hinten und sah zu. Zuerst kam Sam, die Janet spielte. Ich vermisste sie so sehr. Es tat mir so furchtbar Leid, dass ich alles verdorben hatte. Besonders, als ich Mary Elizabeth Magenta spielen sah. Es war hart, das alles anzusehen. Doch dann trat Patrick endlich als Frank 'N Furter auf und er spielte großartig. Er war in vieler Hinsicht sogar besser denn je. Und es war so schön, meine Freunde wieder zu sehen. Ich ging, bevor der Film vorbei war.

Ich fuhr nach Hause und hörte im Auto ein paar von den Songs, die wir zusammen gehört hatten, als wir unendlich waren. Und ich tat so, als wären sie mit mir im Auto. Ich redete sogar laut mit ihnen. Ich sagte Patrick, dass er toll gespielt habe. Ich fragte Sam nach Craig. Ich sagte Mary Elizabeth, dass mir die ganze Sache sehr Leid täte und dass ich E. E. Cummings wirklich toll fände und ihr gerne ein paar Fragen darüber stellen würde. Doch dann hörte ich auf, weil es mich deprimierte. Außerdem dachte ich mir, dass die Blicke der Leute, die mich allein im Auto reden sahen, mich vielleicht davon überzeugen würden, dass es mit mir noch schlimmer stand, als ich bisher dachte.

Als ich nach Hause kam, sah meine Schwester sich mit ihrem neuen Freund einen Film an. Über den Freund gibt es nicht viel mehr zu sagen, als dass er Erik heißt, kurze Haare hat und in der vorletzten Jahrgangsstufe ist. Erik hatte das Video ausgeliehen. Nachdem ich ihm die Hand gegeben hatte, fragte ich ihn nach dem Film, weil ich einen Schauspieler erkannt hatte, der sonst in einer Serie mitspielt.

»Der Film ist blöd, er würde dir nicht gefallen«, sagte meine Schwester.

»Worum geht's denn?«, fragte ich.

»Komm schon, Charlie. Er ist fast vorbei.«

»Kann ich nicht das Ende mitgucken?«

»Du kannst ihn dir ansehen, wenn wir fertig sind.«

»Wie wär's, wenn ich mir das Ende mit euch angucke und dann zurückspule und bis zu dem Punkt gucke, an dem ich eingestiegen bin?«

In diesem Moment drückte meine Schwester auf »Pause«.

»Hast du den Wink nicht verstanden?«

»Wohl nicht.«

»Wir wollen allein sein, Charlie.«

»Oh, tut mir Leid.«

Um die Wahrheit zu sagen, wusste ich genau, dass sie mit Erik allein sein wollte, aber ich brauchte wirklich Gesellschaft. Aber mir war klar, dass es nicht fair war, ihr den Abend zu verderben, nur weil mir meine Freunde fehlten, also sagte ich gute Nacht und ging.

Ich ging hoch in mein Zimmer und fing das neue Buch an, das Bill mir gegeben hatte. Es heißt *Der Fremde*. Bill sagte, es sei leicht zu lesen, aber sehr schwer, »richtig« zu lesen. Ich habe keine Ahnung, was er damit meint, aber bisher gefällt mir das Buch ganz gut.

Dein Charlie

8. Mai 1992

Lieber Freund,
es ist schon komisch, wie schnell sich die Dinge verändern. Irgendwas passiert und plötzlich ist alles wieder wie früher.

Am Montag kam Brad wieder in die Schule.

Irgendwie sah er anders aus. Nicht, dass man Prellungen oder Platzwunden hätte sehen können oder so. Nein, auf den ersten Blick sah er aus wie immer. Aber vorher war Brad einer dieser Typen gewesen, die mit federndem Gang den Flur entlangschreiten – ich weiß nicht, wie ich es anders beschreiben soll. Und dann gibt es Leute, die mit gesenktem Kopf durch die Gegend laufen, weil sie niemandem in die Augen sehen wollen. Brad gehörte nie dazu. Bis jetzt. Jetzt gehört er dazu. Insbesondere in Bezug auf Patrick.

Ich sah sie beide im Flur stehen. Ich war zu weit entfernt, um etwas hören zu können, aber es war nicht zu übersehen, dass Brad versuchte, Patrick zu ignorieren. Und als Patrick sich aufzuregen begann, machte Brad einfach nur seinen Spind zu und ging weg. Das wunderte mich nicht unbedingt, da Brad und Patrick in der Schule nie miteinander geredet hatten, weil Brad ihre Beziehung ja geheim halten wollte. Was ich merkwürdig fand, war die Tatsache, dass Patrick überhaupt auf Brad zugegangen war. Also konnte ich nur annehmen, dass sie sich nicht mehr heimlich trafen. Und anscheinend auch nicht mehr miteinander telefonierten.

Später am Nachmittag, als ich draußen eine Zigarette rauchte, sah ich Patrick, der genauso allein eine Zigarette rauchte. Ich war nicht nah genug, um ihn richtig sehen zu können, aber ich wollte ihn nicht stören, also ging ich nicht zu ihm rüber. Ich konnte nur sehen, dass er schrecklich weinte. Ich sah ihn nachher noch ein paar Mal und immer hatte ich den Eindruck, als wäre er irgendwo anders. Und ich denke, ich kann das beurteilen, weil die Leute immer genau das von mir behauptet haben. Vielleicht tun sie es auch immer noch, ich weiß es nicht.

Am Donnerstag passierte dann etwas wirklich Schlimmes. Ich saß allein in der Cafeteria und aß mein Steak, als ich sah, wie Patrick auf Brad zuging, der an einem Tisch mit seinen Footballkumpels saß. Brad ignorierte ihn genauso wie vorher an den Schließfächern. Patrick wurde langsam sauer, aber Brad kümmerte sich nicht darum. Dann sagte Patrick irgendwas und wandte sich wütend zum Gehen. Brad saß einen Moment wie erstarrt da, dann drehte er sich um. Und dann hörte ich es. Und was er Patrick hinterherbrüllte, war laut genug, dass es die halbe Cafeteria hören konnte.

»Tunte!«

Brads Footballkumpels fingen an zu lachen. An einigen Tischen verstummten die Gespräche, als Patrick herumwirbelte. Er war kurz vorm Platzen. Kein Witz. Er stürmte zu Brads Tisch und fragte:

»Wie hast du mich gerade genannt?«

Mein Gott, war der wütend. So hatte ich Patrick noch nie gesehen.

Brad sagte einen Moment nichts, doch seine Kumpel stießen ihn immer wieder an. Schließlich sah Brad Patrick an und sagte – diesmal leiser, aber auch bösartiger: »Ich habe dich Tunte genannt.«

Brads Kumpel lachten noch lauter. Allerdings nur, bis Patrick zum ersten Mal ausholte. Es ist irgendwie unheimlich, wenn es in einem Raum zunächst totenstill wird und einen Moment darauf ist die Hölle los.

Sie prügelten sich heftig. Viel härter als ich damals mit Sean. Es gab keinen sauberen Schlagabtausch oder Szenen, wie man sie in Filmen sieht. Sie hielten sich einfach umklammert und schlugen zu, wo sie gerade treffen konnten. Es sah aus, als würde jeder in etwa gleich einstecken und austeilen, bis Brads Kumpel sich einmischten, sodass es fünf gegen einen stand.

Und das war der Moment, in dem *ich* losrannte. Ich konnte einfach nicht dastehen und zusehen, wie sie Patrick fertig machten, auch wenn die Dinge zwischen uns noch nicht geklärt waren.

Wahrscheinlich wäre jeder, der mich kannte, total schockiert gewesen – nur mein Bruder wohl nicht. Er hat mir beigebracht, was man in solchen Situationen tun muss. Ich möchte wirklich nicht ins Detail gehen, aber am Ende starrten Brad und zwei seiner Freunde mich nur entsetzt an, während die zwei anderen auf dem Boden lagen. Der eine hielt sich das Knie, gegen das ich einen der Metallstühle geschmettert hatte. Der andere hielt sich die Hände vors Gesicht. Ich hatte ihn in die Augen gepiekt, aber nicht besonders fest. Ich wollte ihm nicht wirklich wehtun.

Dann sah ich mir Patrick an, der auch auf dem Boden lag. Sein Gesicht war ziemlich zugeschwollen und er weinte furchtbar. Ich half ihm auf die Füße und wandte mich schließlich an Brad. Ich glaube, wir hatten noch nie ein Wort miteinander gesprochen, aber ich fand, dass es jetzt an der Zeit war. Ich sagte nur:

»Wenn du das jemals wieder tust, dann sag ich allen Leuten Bescheid. Und wenn das nicht reicht, stech ich dir die Augen aus.«

Ich zeigte auf seinen Freund, der sich die Hände vors Gesicht hielt, und wusste, dass Brad mich verstanden hatte. Er kam jedoch nicht mehr dazu, etwas zu antworten, weil in diesem Moment die Sicherheitskräfte der Schule hereinkamen und uns alle aus der Cafeteria führten. Sie brachten uns erst zum Krankenzimmer, dann zu Mr. Small. Patrick hatte die Prügelei begonnen, also wurde er für eine Woche von der Schule suspendiert. Brads Kumpel jeder drei Tage, weil sie auf Patrick losgegangen waren, ohne dass die Notwendigkeit dazu bestanden hatte. Brad wurde nicht suspendiert, weil er in Notwehr gehandelt hatte. Ich ebenfalls nicht, weil ich nur einem Freund zur Hilfe gekommen war, der sich gegen eine Überzahl hatte wehren müssen.

Dafür mussten Brad und ich einen Monat nachsitzen und direkt am Tag der Prügelei damit beginnen.

Beim Nachsitzen gibt es keine Regeln oder so was. Mr. Harris ließ uns Hausaufgaben machen oder lesen oder reden. Eigentlich ist es keine echte Strafe, es sei denn, man ist wild auf die Serien, die gleich nach der Schule laufen, oder sorgt sich um die Makellosigkeit seiner Akte. Obwohl ich mich frage, ob es das überhaupt gibt. So eine Akte, meine ich.

An diesem ersten Tag setzte Brad sich neben mich. Er wirkte ziemlich traurig. Wahrscheinlich war ihm einiges klar geworden, nachdem er sich nach der Prügelei ein bisschen beruhigt hatte.

»Charlie?«

»Ja?«

»Danke. Danke, dass du sie aufgehalten hast.«

»Gern geschehen.«

Und das war's. Seitdem haben wir nicht mehr miteinander gesprochen. Und er hat sich auch nicht mehr neben mich gesetzt. Zuerst war ich über seine Worte ziemlich verwirrt. Aber dann habe ich es verstanden. Weil ich auch nicht wollen würde, das ein paar von meinen Kumpels Sam verprügeln, selbst wenn ich nicht mehr in sie verliebt sein dürfte.

Als ich an diesem Tag aus meinem Arrest entlassen wurde, wartete Sam draußen auf mich. Als sie mich entdeckte, lächelte sie. Ich war wie betäubt. Ich konnte einfach nicht glauben, dass sie wirklich da war. Dann sah ich, wie sie sich umdrehte und Brad einen eiskalten Blick zuwarf.

»Sag ihm, dass es mir Leid tut«, bat Brad.

»Sag's ihm selbst«, antwortete Sam.

Brad sah weg und ging zu seinem Wagen. Dann kam Sam zu mir und zerwuschelte meine Haare.

»Ich hab gehört, du bist dieser Ninja oder so!«

Ich glaube, ich habe genickt.

Sam fuhr mich in ihrem Pick-up nach Hause. Auf dem Weg sagte sie mir, wie sauer sie gewesen sei, dass ich Mary Elizabeth das mit dem Kuss angetan hatte. Sie erzählte mir, dass Mary Elizabeth eine alte Freundin von ihr sei, und erinnerte mich sogar daran, dass Mary Elizabeth für sie da war, als ihr diese schlimme Geschichte passiert ist, von der sie mir erzählt hat, als sie mir die Schreibmaschine schenkte. Ich möchte das jetzt wirklich nicht wiederholen.

Als ich also sie statt Mary Elizabeth geküsst hätte, habe ich dieser Freundschaft einen ziemlichen Knacks verpasst. Weil Mary Elizabeth mich sehr mögen würde. Das machte mich traurig, denn ich hatte nicht gewusst, dass sie mich so gemocht hat. Ich hatte immer gedacht, sie wolle mir nur all die schönen Dinge im Leben zeigen. In dem Moment meinte Sam:

»Charlie, manchmal bist du so dumm. Weißt du das?«

»Ja. Tu ich. Das wissen, meine ich. Im Ernst.«

Dann meinte sie, dass sie und Mary Elizabeth sich wieder vertragen hätten, und dankte mir, dass ich auf Patrick gehört und mich eine Weile von ihnen fern gehalten habe. Schließlich fragte ich:

»Können wir dann wieder Freunde sein?«

»Natürlich.«

»Und mit Patrick?«

»Auch mit Patrick.«

»Und die anderen?«

»Auch die anderen.«

In dem Moment fing ich an zu weinen, aber Sam beruhigte mich.

»Weißt du noch, was ich zu Brad gesagt habe?«

»Ja. Du meintest, er solle Patrick selbst sagen, dass es ihm Leid täte.«

»Dasselbe gilt für Mary Elizabeth.«

»Ich wollte es ihr ja sagen, aber sie ...«

»Ich weiß, dass du es gewollt hast. Versuch es noch mal.«

»Okay.«

Sam setzte mich zu Hause ab. Als sie zu weit entfernt war, um mich noch sehen zu können, fing ich wieder an zu weinen. Weil sie wieder meine Freundin war und mir das reichte. Ich schwor mir, nie wieder etwas zu tun, was all das verderben könnte. Und das werde ich auch ganz bestimmt nicht, das kann ich dir versprechen.

Als ich heute Abend bei der *Rocky Horror Picture Show* war, war die Atmosphäre sehr angespannt. Nicht wegen Mary Elizabeth. Das war ganz okay. Ich entschuldigte mich noch einmal bei ihr und fragte, ob es etwas gebe, was sie mir sagen wolle. Und wie immer bekam ich auf meine Frage eine unendlich lange Antwort, aber ich hörte wirklich zu und als sie fertig war, entschuldigte ich mich noch einmal. Schließlich bedankte sie sich dafür, dass ich nicht versucht habe, das, was ich getan hatte, durch irgendwelche Ausreden runterzuspielen. Und dann war eigentlich alles wieder so wie vorher, außer dass wir jetzt nur noch Freunde waren.

Aber ich glaube, Mary Elizabeth war hauptsächlich deswegen so schnell bereit, sich wieder mit mir zu vertragen, weil sie jetzt mit einem von Craigs Freunden zusammen ist. Er heißt Peter und geht aufs College, was Mary Elizabeth ziemlich glücklich macht. Bei der Party in Craigs Wohnung hörte ich zufällig, wie sie zu Alice sagte, dass sie mit Peter so viel besser auskäme, weil er seine Meinungen sehr entschieden vertreten würde und sie beide echte Diskussionen führen könnten. Ich sei ein sehr lieber und verständnisvoller Mensch, meinte sie, doch unsere Beziehung sei zu einseitig gewesen. Sie bräuchte einen Freund, mit dem man reden könne, nicht einen, der eine Erlaubnis brauche, um den Mund aufzumachen.

Ich wusste nicht, ob ich lachen oder wütend werden sollte. Menschen sind wirklich schon ziemlich seltsam ... insbesondere ich selbst. Aber ich war auf einer Party mit meinen Freunden, also war es eigentlich nicht wichtig. Übrigens trank ich nur, weil ich mir gedacht hatte, dass es langsam an der Zeit sei, das Kiffen ein bisschen einzuschränken.

Was den Abend aber traurig machte, war die Tatsache, dass Patrick seine Rolle als Frank 'N Furter offiziell abgab. Er meinte, er wolle ihn nicht mehr spielen ... nie wieder. Und so saß er mit mir im Publikum und sah der Show zu, während er Dinge sagte, die mich besonders trafen, weil Patrick normalerweise nicht so deprimiert ist.

»Charlie, hast du schon mal darüber nachgedacht, dass wir genauso eine Gruppe sind wie jede andere, wie ein Footballteam zum Beispiel? Und dass der einzige Unterschied zwischen ihnen und uns darin besteht, dass wir andere Klamotten tragen?«

»Ja?« Die Pause war ziemlich lang.

»Alles Scheiße hier.«

Und er meinte es ernst. Es tat weh zu sehen, wie ernst er es meinte.

Den Frank 'N Furter spielte jetzt irgendein Typ, den ich nicht kenne. Er war schon seit langem zweite Besetzung für Patrick und froh über seine Chance. Er spielte übrigens ziemlich gut. Nicht so gut wie Patrick, aber doch auch gut.

Dein Charlie

11. Mai 1992

Lieber Freund,
in letzter Zeit verbringe ich ziemlich viel Zeit mit Patrick. Ich sage meistens nicht sehr viel. Ich höre einfach nur zu und nicke ab und zu, weil Patrick jemanden zum Reden braucht. Aber es ist nicht so, wie es mit Mary Elizabeth war. Es ist vollkommen anders.

Es fing am Samstagmorgen nach der Show an. Ich lag wach in meinem Bett und versuchte herauszufinden, warum man manchmal aufwachen und sofort wieder einschlafen kann und manchmal nicht, als meine Mutter klopfte.

»Dein Freund Patrick ist am Telefon.«

Also stand ich auf und wischte mir den Schlaf aus den Augen.

»Hallo?«

»Zieh dich an. Ich bin auf dem Weg zu dir.«

Klick. Das war alles. Ich hatte eigentlich ziemlich viel zu tun, da sich das Schuljahr langsam dem Ende näherte, aber es hatte sich angehört, als könne es spannend werden, also zog ich mich schnell an.

Zehn Minuten später hielt Patrick vor dem Haus. Er hatte noch dieselben Sachen an, die er am Abend davor getragen hatte. Er hatte auch nicht geduscht oder so. Ich glaube nicht mal, dass er im Bett gewesen war. Trotzdem war er hellwach – ich schätze von Kaffee und Zigaretten und Mini Thins, diesen Pillen, die man an Raststätten und Tankstellenshops kaufen kann. Die Dinger halten wach und sind nicht einmal illegal. Allerdings machen sie durstig.

Ich stieg also in Patricks Wagen, der total verqualmt war. Er bot mir eine Zigarette an, aber ich sagte, nicht vor unserem Haus.

»Wissen deine Eltern nicht, dass du rauchst?«

»Nein. Sollten sie?«

»Wohl nicht.«

Dann fuhren wir los … und zwar sehr schnell.

Anfangs sagte Patrick nicht viel. Er hörte einfach nur der Kassette zu, die er eingelegt hatte. Nach dem zweiten Lied fragte ich, ob es das Band sei, dass ich ihm als Secret Santa geschenkt hatte.

»Ich hör's schon die ganze Nacht.«

Patrick hatte ein Lächeln im Gesicht. Ein krankes Lächeln. Er wirkte wie betäubt und seine Augen waren glasig. Er drehte die Lautstärke hoch. Und fuhr noch schneller.

»Ich sag dir was, Charlie. Ich fühle mich gut, weißt du? Richtig gut. Als wäre ich frei oder so. Als müsste ich nicht mehr so tun, als ob. Ich gehe bald aufs College, oder? Und da wird alles anders sein. Weißt du, was ich meine?«

»Klar«, meinte ich.

»Ich hab die ganze Nacht darüber nachgedacht, was für Poster ich in meinem Zimmer am College aufhängen will. Und ob ich vielleicht eine nackte Ziegelmauer haben werde. Ich wollte immer eine nackte Steinwand haben, damit ich sie bemalen kann. Weißt du, was ich meine?«

Ich nickte diesmal nur, weil er eigentlich gar nicht erwartete, dass ich etwas sagte.

»Dort wird alles anders. Es muss einfach.«

»Das wird es auch«, sagte ich.

»Glaubst du wirklich?«

»Klar.«

»Danke, Charlie.«

Und in diesem Stil ging das den ganzen Tag. Wir gingen ins Kino. Und aßen Pizza. Und jedes Mal wenn Patrick müde wurde, bestellten wir Kaffee und er schluckte ein oder zwei von diesen Mini Thins. Als es draußen zu dämmern begann, fuhr er mich zu den Orten, wo er und Brad sich immer getroffen hatten. Er sagte nicht viel dazu. Und starrte nur ins Leere.

Schließlich landeten wir auf dem Golfplatz.

Wir setzten uns an das 18. Grün, das auf einem Hügel lag, und sahen zu, wie die Sonne unterging. Kurz vorher hatte Patrick mit seinem gefälschten Ausweis eine Flasche Rotwein gekauft und die wanderte nun zwischen uns hin und her. Wir redeten.

»Kennst du die Geschichte mit Lily?«, fragte er.

»Wer?«

»Lily Miller. Ich weiß nicht, ob sie wirklich so hieß, aber alle nannten sie Lily. Sie war in der Abschlussklasse, als ich in der zweiten Jahrgangsstufe war.«

»Ich glaub nicht.«

»Ich dachte, dein Bruder hätte dir davon erzählt. Es ist schon ein Klassiker.«

»Vielleicht.«

»Okay. Sag Bescheid, wenn du die Geschichte doch schon kennst.«

»Okay.«

»Also. Lily taucht hier mit diesem Typ auf, der in allen Theaterstücken die Hauptrolle spielt.«

»Parker?«

»Genau. Woher weißt du das?«

»Meine Schwester war total hinter ihm her.«

»Perfekt.« Wir beide hatten schon mächtig einen sitzen. »Also, Parker und Lily kommen eines Abend hierher. Und sie sind tierisch ineinander verliebt! Er hat ihr sogar seinen Siegelring oder so was geschenkt.«

Zwischen den Sätzen prustete Patrick immer wieder los, sodass er ziemlich viel von dem Wein wieder ausspuckte.

»Sie hatten sogar *ihr* Lied. Irgendwas wie ›Broken Wings‹ von dieser Band Mr. Mister. Ich weiß es nicht mehr genau, aber ich hoffe sehr, dass es ›Broken Wings‹ war, denn es passt perfekt zur Story.«

»Erzähl weiter«, sagte ich.

»Okay, okay.« Er schluckte. »Also, die beiden waren schon eine ganze Weile zusammen und ich glaube auch, dass sie schon vorher miteinander geschlafen haben, aber dies sollte ein besonderer Abend werden. Sie hatte ein kleines Picknick vorbereitet und er hatte einen Ghettoblaster mit, um ›Broken Wings‹ zu spielen.«

Patrick kriegte sich über den Song überhaupt nicht mehr ein. Er lachte bestimmt zehn Minuten lang.

»Okay, okay, tut mir Leid. Also, sie sitzen hier und essen Sandwiches und so weiter. Dann fangen sie an, rumzufummeln. Die Musik läuft und sie sind kurz davor, ›es‹ zu tun, als Parker merkt, dass er die Gummis vergessen hat. Beide sitzen sie total nackt auf dem Golfplatz. Beide sind heiß aufeinander. Und kein Gummi. Was denkst du, was sie getan haben?«

»Keine Ahnung.«

»Sie haben es von hinten und mit der Butterbrottüte gemacht!«

»NEIN!«, war alles, was ich rauskriegte.

»DOCH!«, gab Patrick zurück.

»MEINE FRESSE!«, erwiderte ich.

»JA!«, schloss Patrick.

Nachdem wir uns wieder ein bisschen beruhigt und die Hälfte des Weines ausgeprustet hatten, sah er mich an.

»Und weißt du, was das Beste war?«

»Was?«

»Sie sollte die Rede bei der Abschlussfeier halten. Und jeder wusste Bescheid, als sie auf die Bühne ging!«

Nichts ist so schön wie die tiefen Atemzüge, nachdem man fürchterlich hat lachen müssen. Und nichts fühlt sich so gut an wie die Bauchschmerzen aus demselben Grund. Es war herrlich.

Also erzählten Patrick und ich uns alle Geschichten, die uns einfielen.

Ein Typ namens Barry baute in Kunst immer Drachen. Nach der Schule befestigte er Kracher und Raketen an den Drachen, ließ sie steigen und explodieren. Heute macht er eine Ausbildung zum Fluglotsen.

hat Patrick von Sam gehört

Ein Typ namens Chip gab sein ganzes Taschengeld für Insektenbekämpfungsmittel aus. Er ging dann von Tür zu Tür und fragte, ob er umsonst den Kammerjäger spielen durfte.

habe ich von meiner Schwester gehört

Ein Typ namens Carl Burns wurde überall nur C. B. genannt. Auf einer Party war er so blau, dass er versuchte, den Hund des Gastgebers zu poppen.

von Patrick

Ein Typ wurde nur »Action Jack« genannt, weil er auf einer Party beim Wichsen erwischt worden war. Und jedes Mal, wenn die Cheerleader vor dem Spiel anfingen, die Leute anzuheizen, wurde sein Name gebrüllt: Action Jack … klatsch, klatsch, klatsch … Action Jack!

habe ich von meinem Bruder gehört

Und wir kannten noch mehr Geschichten. Von Stacey, die schon in der vierten Klasse Brüste hatte und jeden diese anfassen ließ. Von Vincent, der auf einem Trip versuchte, sein Sofa im Klo runterzuspülen. Von Sheila, die es sich angeblich mit einem heißen Würstchen machen wollte und danach in die Notaufnahme musste. Und so ging es weiter.

Am Ende konnte ich nur noch daran denken, wie diese ganzen Leute sich fühlen mussten, wenn sie später zu einem Klassentreffen gingen. Ob es ihnen dann immer noch peinlich war? Oder war das ein geringer Preis dafür, dass man zur Legende geworden war?

Nachdem wir uns durch Kaffee und Mini Thins etwas nüchterner fühlten, fuhr Patrick mich nach Hause. Das Band, dass ich ihm aufgenommen hatte, spielte die Wintersongs. Und Patrick wandte sich zu mir.

»Danke, Charlie.«

»Schon okay.«

»Nein. Ich meine in der Cafeteria.«

»Schon okay.«

Danach schwieg er, bis wir zu unserem Haus kamen. Er hielt vor der Auffahrt an. Wir umarmten uns zum Abschied und als ich mich losmachen wollte, hielt er mich ein bisschen fester. Und dann war sein Gesicht vor meinem. Und er gab mir einen Kuss. Einen richtigen Kuss. Dann rückte er ganz langsam von mir ab.

»Tut mir Leid.«

»Nein, schon gut.«

»Wirklich. Es tut mir Leid.«

»Nein, wirklich. Schon gut.«

Also sagte er danke und umarmte mich wieder. Und zog mich an sich, um mich wieder zu küssen. Und ich ließ ihn einfach machen. Ich weiß auch nicht, warum. Wir blieben eine lange Zeit in seinem Auto.

Wir taten nichts anderes, als uns zu küssen. Aber nicht besonders lange. Nach einer Weile wurden seine Augen, die von Kaffee und

Wein oder dem langen Schlafentzug glasig gewesen waren, wieder klar. Schließlich fing er an zu weinen. Und über Brad zu reden.

Und ich ließ ihn reden. Dazu sind Freunde schließlich da.

Dein Charlie

17. Mai 1992

Lieber Freund,
mir kommt es vor, als würde ich jeden Morgen seit diesem ersten Tag mit Patrick mit Kopfschmerzen und Atemnot aufwachen. Patrick und ich haben sehr viel Zeit miteinander verbracht. Wir trinken viel. Oder besser: Patrick trinkt, ich nippe.

Es tut weh, zusehen zu müssen, wenn ein Freund so leidet. Insbesondere, wenn man selbst nichts anderes tun kann als »da zu sein«. Ich wünschte, ich könnte ihm helfen, aber es geht nicht. Also bin ich eben an seiner Seite, wann immer er mir seine Welt zeigen möchte.

Einen Abend nahm Patrick mich in den Park mit, in dem sich Männer treffen. Patrick meinte, dass ich niemanden in die Augen sehen solle, wenn ich nicht belästigt werden wolle. Augenkontakt wäre das Einverständnis, sich anonym zu amüsieren, sagte er. Niemand spricht. Man geht einfach irgendwohin. Nach einer Weile entdeckte Patrick jemanden, der ihm gefiel. Er fragte mich, ob ich noch Zigaretten brauche, und als ich verneinte, klopfte er mir auf die Schulter und ging mit diesem Jungen weg.

Ich setzte mich auf eine Bank und sah mich um. Ich konnte nur Schatten von Leuten erkennen. Manche auf dem Boden. Manche an einem Baum. Manche wanderten herum. Nach ein paar Minuten steckte ich mir eine Zigarette an. Plötzlich hörte ich ein Flüstern.

»Hast du noch eine Zigarette?«, fragte die Stimme.

Ich drehte mich um und sah die Gestalt eines Mannes.

»Klar«, sagte ich.

Ich hielt ihm eine Zigarette hin und er nahm sie.

»Hast du Feuer?«, fragte er.

»Klar«, meinte ich und machte ihm ein Streichholz an.

Statt sich vorzubeugen und einfach die Zigarette anzuzünden, hielt er seine Hand um meine, um die Flamme zu schützen, so, wie wir es alle machen, wenn es windig ist. Aber da es überhaupt nicht windig war, denke ich, dass er vielleicht einfach nur meine Hand berühren wollte, denn als er sich schließlich vorbeugte und die Zigarette in die Flamme hielt, tat er das viel länger als nötig. Vielleicht wollte er auch, dass ich sein Gesicht erkenne. Damit ich sehe, wie gut er aussieht. Ich weiß nicht. Er kam mir schon irgendwie bekannt vor, aber ich konnte ihn nicht einordnen.

Er blies die Flamme aus. »Danke.« Und stieß den Rauch aus.

»Kein Problem.«

»Macht es dir was aus, wenn ich mich setze?«, fragte er.

»Eigentlich nicht.«

Er setzte sich. Und sagte ein paar Worte. Und es war seine Stimme. Ich erkannte seine Stimme. Also zündete ich mir noch eine Zigarette an, schaute noch mal in sein Gesicht und dachte scharf nach. Und dann fiel's mir ein. Es war der Typ, der in den Nachrichten immer den Sportteil macht!

»Ein schöner Abend«, bemerkte er.

Ich konnte es nicht fassen. Ich denke, ich schaffte es gerade noch zu nicken, denn er redete weiter. Über Sport! Warum Basketball ein kommerzieller Erfolg sei und welche Collegeteams viel versprechend seien. Er erwähnte sogar meinen Bruder! Ich schwöre es!

»Wie ist das denn, wenn man beim Fernsehen ist?«, brachte ich schließlich heraus.

Und das muss wohl genau das Falsche gewesen sein, denn er stand wortlos auf und ging weg. Was sehr schade war, denn ich hätte ihn gerne noch gefragt, ob mein Bruder seiner Meinung nach das Zeug zu einem Profi hätte.

Einen anderen Abend fuhren Patrick und ich zu einem Laden, wo Poppers verkauft wurde. Das ist eine Droge, die man einatmet. Der Typ hinter der Theke hatte kein Poppers, meinte aber, er habe was anderes, was genauso gut wäre. Also kaufte Patrick es. Es war in dieser Sprühdose. Wir beide schnupperten kurz daran und ich schwöre, beinahe wären wir an einem Herzanfall gestorben.

Alles in allem fuhr Patrick mich überall da hin, wo ich ohne ihn niemals hingekommen wäre. Eine Karaoke-Bar auf einer der Hauptstraßen in der Innenstadt. Eine Disco. Die Dusche in einem bestimmten Fitnessstudio. All diese Orte. Manchmal gabelte Patrick einen Jungen auf. Manchmal nicht. Er meinte, das Risiko sei groß. Man wüsste ja nie.

Heute Abend fuhr Patrick mich wieder nach Hause. Wir waren kurz vorher wieder in diesem Park gewesen, wo sich Männer treffen. Und wir hatten Brad mit irgendeinem Typen gesehen. Brad war viel zu sehr mit dem anderen beschäftigt, um uns zu bemerken. Patrick sagte nichts. Er tat nichts. Er ging einfach zurück zum Wagen. Schweigend fuhren wir los. Auf dem Heimweg schleuderte er die Weinflasche aus dem Autofenster und sie zersprang klirrend auf der Straße. Dieses Mal versuchte er nicht, mich zu küssen, wie er es sonst jeden Abend getan hatte. Er bedankte sich einfach dafür, dass ich sein Freund war. Und fuhr weg.

Dein Charlie

21. Mai 1992

Lieber Freund,
das Schuljahr ist fast vorbei. Wir haben nur noch etwas mehr als einen Monat. Aber die Schüler der letzten Jahrgangsstufe wie meine Schwester und Sam und Patrick haben nur noch zwei Wochen. Dann

kommen Abschlussball und die offizielle Feier und alle sind schon eifrig damit beschäftigt, Pläne zu schmieden.

Mary Elizabeth geht mit ihrem neuen Freund Peter zum Ball. Meine Schwester mit Erik. Patrick geht mit Alice. Und diesmal hat Craig sogar eingewilligt, Sam zu begleiten. Sie haben sich außerdem alle zusammen ein dickes Auto gemietet. Meine Schwester gehört allerdings nicht dazu. Sie fährt im Auto ihres neuen Freundes, der einen Buick hat.

Bill ist in letzter Zeit ziemlich melancholisch, weil sich sein erstes Jahr als Lehrer dem Ende nähert. So hat er es mir jedenfalls gesagt. Er hatte vorgehabt, nach New York zu gehen und Stücke zu schreiben, meint aber jetzt, dass er das vielleicht doch gar nicht mehr will. Ihm gefällt es, den Schülern Englischunterricht zu geben, und er hofft, dass er vielleicht im nächsten Jahr noch die Theaterkurse übernehmen kann.

Ich glaube, er hat ziemlich viel darüber nachgedacht. Denn seit *Der Fremde* hat er mir kein neues Buch mehr zu lesen gegeben. Allerdings sollte ich mir jede Menge Filme ansehen und danach einen Aufsatz darüber schreiben, was ich von all diesen Filmen hielt. Es handelte sich um *Die Reifeprüfung*, *Harold & Maude*, *Mein Leben als Hund* (mit Untertiteln!), *Der Club der toten Dichter* und ein Film mit dem Titel *Verdacht auf Liebe*, der sehr schwer zu finden war.

Ich hab alle Filme an einem Tag gesehen, das war toll.

Der Aufsatz, den ich über die Filme schrieb, war den Aufsätzen, die ich vorher geschrieben habe, sehr ähnlich, denn alles, was Bill mir zu lesen oder zu sehen gibt, ähnelt sich stark. *Naked Lunch* war allerdings eine Ausnahme.

Übrigens hat er mir erzählt, dass er mir ausgerechnet dieses Buch zu lesen gegeben hat, weil er zu dem Zeitpunkt Krach mit seiner Freundin gehabt und sich in philosophischer Stimmung befunden habe. Ich nehme an, dass er deswegen an dem einen Nachmittag, an dem wir über *Unterwegs* gesprochen haben, so traurig war. Er entschuldigte sich dafür, dass sein Privatleben Einfluss auf seine Lehrtätigkeit gehabt habe, und ich nahm die Entschuldigung an, weil ich nicht wusste, was ich sonst tun sollte. Es ist immer komisch, sich Lehrer als lebende Menschen vorzustellen, selbst wenn sie sich so geben wie Bill. Übrigens hat er sich mit seiner Freundin wieder vertragen. Sie leben jetzt zusammen, wie er mir gesagt hat.

Bill hat mir jetzt das letzte Buch für dieses Jahr gegeben. Es heißt *Der ewige Quell* und ist sehr lang.

Als er mir das Buch gab, meinte er: »Geh skeptisch an dieses Buch heran. Es ist fantastisch. Aber versuch, ein Filter zu sein, kein Schwamm.«

Ich glaube, manchmal vergisst Bill, dass ich erst sechzehn bin. Aber ich bin sehr froh, dass er es tut.

Ich habe das neue Buch noch nicht angefangen, weil ich in meinen anderen Kursen ziemlich zurück bin, da ich so viel Zeit mit Patrick verbracht habe. Aber wenn ich wieder aufholen kann, schließe ich dieses Jahr mit lauter A's ab, worüber ich echt froh bin. In Mathe hätte ich fast kein A bekommen, aber dann meinte Mr. Carlo, ich solle die Formeln einfach nur anwenden, ohne ständig »Warum?« zu fragen. Das habe ich getan und seitdem kriege ich in jedem Test immer die höchste Punktzahl. Trotzdem würde ich gerne wissen, was diese Formeln eigentlich sollen. Ich habe wirklich keine Ahnung.

Ich musste gerade daran denken, dass ich angefangen habe, dir zu schreiben, weil ich vor meinem ersten Tag in der High School Angst gehabt habe. Das erscheint mir heutzutage ganz komisch, denn jetzt fühle ich mich ganz wohl.

Übrigens hat Patrick seit dem Abend, an dem er Brad im Park gesehen hat, keinen Tropfen Alkohol mehr angerührt. Ich glaube, es geht ihm langsam besser. Er will jetzt nur noch seinen Abschluss schaffen und aufs College gehen.

Am Montag nach dem Abend im Park habe ich Brad beim Nachsitzen gesehen. Und er sah ganz so aus, wie er immer aussieht.

Dein Charlie

27. Mai 1992

Lieber Freund,
ich lese seit einigen Tagen *Der ewige Quell* und es gefällt mir sehr gut. Auf dem Buchumschlag stand, dass die Autorin in Russland geboren wurde und schon in jungen Jahren nach Amerika kam. Sie konnte kaum ein Wort Englisch, wollte aber unbedingt eine berühmte Schriftstellerin werden. Ich fand das sehr bewundernswert, also setzte ich mich hin und fing an, eine eigene Geschichte zu schreiben.

»Ian MacArthur war ein ausgesprochen lieber Kerl, der eine Brille trug und begeistert durch sie hindurchschaute.«

Das war der erste Satz. Das Problem war nur, dass mir kein zweiter einfiel. Nachdem ich mein Zimmer dreimal geputzt hatte, beschloss ich, Ian eine Weile in Frieden zu lassen, denn ich wurde langsam sauer auf ihn.

Ich hatte diese Woche sehr viel Zeit zum Lesen und Schreiben und Nachdenken, weil alle schwer mit den Abschlussfeierlichkeiten beschäftigt sind. Nächsten Freitag ist ihr letzter Schultag. Der Ball findet am Dienstag statt, was mich gewundert hat, weil ich dachte, er würde immer auf ein Wochenende gelegt werden, aber Sam erklärte mir, dass es nicht genug Leihsmokings und Tische in den Restaurants gäbe, wenn alle Schulen ihre Feier auf denselben Tag legen würden. Das hört sich alles sehr gut geplant an. Und am Sonntag ist dann die Abschlussfeier. Ich finde das alles ziemlich spannend. Ich wünschte nur, dass ich auch beteiligt wäre.

Wie wird es wohl sein, wenn ich die Schule verlasse? Wenn ich einen Mitbewohner habe und Shampoo kaufen muss? Es wäre fantastisch, wenn ich in drei Jahren mit Sam zu meinem Abschlussball gehen könnte. Hoffentlich findet der dann an einem Freitag statt. Und ich hoffe, dass ich bei der Feier die Abschiedsrede halten darf. Aber über was ich wohl reden würde? Und ob Bill mir helfen würde, falls er nicht nach New York geht, um Stücke zu schreiben? Aber vielleicht würde er es ja tun, *auch wenn* er in New York wäre und Stücke schriebe. Das wäre besonders nett von ihm.

Ich weiß nicht. *Der ewige Quell* ist ein wirklich gutes Buch. Ich hoffe, ich kann ein Filter sein.

Dein Charlie

2. Juni 1992

Lieber Freund,
hat euer Jahrgang auch einen Abschluss-Gag organisiert? Na ja, wahrscheinlich schon, denn meine Schwester meint, dass es auf vielen Schulen Tradition ist. Dieses Jahr war es Folgendes: Einige aus dem Abschlussjahrgang kippten circa sechstausend Packungen Getränkepulver mit Weintraubengeschmack ins Schwimmbecken. Ich habe keine Ahnung, wer sich so was ausdenkt und was das soll, abgesehen davon, dass dieser Streich das Ende der Schulzeit symbolisieren soll. Was allerdings ein Traubensaft-Schwimmbecken damit zu tun hat, ist mir ein Rätsel, aber ich war froh, keinen Sport zu haben.

Im Moment ist es eine aufregende Zeit, weil wir alle damit beschäftigt sind, uns auf das Ende des Schuljahrs vorzubereiten. Der Freitag ist der letzte Schultag für meine Freunde und meine Schwester. Sie alle reden nonstop über die Abschlussfeier. Selbst Leute wie Mary Elizabeth, die sich nur darüber lustig machen und finden, dass die ganze Sache ein »Witz« ist, können überhaupt nicht aufhören, darüber zu reden, was für ein »Witz« das nun wirklich ist.

Inzwischen wissen auch alle endlich, was sie nächstes Jahr machen werden. Patrick geht auf die University of Washington, weil er in der Nähe der Musikindustrie sein will. Er will vielleicht eines Tages für eine Plattenfirma arbeiten, vielleicht als Verleger oder als Entdecker neuer Bands. Sam wird in diesem Sommer schon relativ früh gehen, um das Sommerprogramm auf dem College ihrer Wahl mitzunehmen. Ich liebe diesen Ausdruck. College meiner Wahl. Ersatz-Schule ist ein anderer Favorit von mir.

Sam war an zwei Colleges angenommen worden. An dem College ihrer Wahl und an der Ersatz-Schule, an der sie sich zur Sicherheit beworben hatte. An der hätte sie im Herbst angefangen, aber für das College ihrer Wahl muss sie – genau wie mein Bruder letztes Jahr! – dieses spezielle Sommerprogramm mitmachen. Du hast richtig gehört! Sie geht nach Pennsylvania, was einfach super ist, weil ich jetzt meinen Bruder und Sam gleichzeitig besuchen kann. Ich möchte jetzt noch nicht daran denken, dass Sam geht, aber ich konnte nicht verhindern, mir zu überlegen, was wohl passieren würde, wenn mein Bruder und Sam zusammenkämen, was wiederum vollkommener Unsinn ist, weil mein Bruder und Sam überhaupt keine Gemeinsamkeiten haben und Sam außerdem noch immer Craig liebt. Ich muss damit aufhören, solche Dinge zu denken.

Meine Schwester geht auf eine »kleine, liberale Kunsthochschule im Osten«, die Sarah Lawrence genannt wird. Beinahe hätte es nicht geklappt, weil das College ziemlich teuer ist, aber dann bekam sie über den Rotary Club oder die Moose Lodge ein Stipendium, was ich sehr großzügig von denen finde. Meine Schwester ist Zweite in ihrer Stufe. Ich hatte schon geglaubt, dass sie vielleicht die Abschiedsrede halten dürfte, aber dann bekam sie in der Zeit, in der die Geschichte mit ihrem Exfreund passiert ist, ein B.

Mary Elizabeth geht nach Berkeley. Und Alice will an der New Yorker Universität Film studieren. Ich wusste überhaupt nicht, dass sie sich so für Kino interessiert, aber offenbar tut sie es. Sie nennt Filmfans »Cineasten«.

Übrigens habe ich *Der ewige Quell* zu Ende gelesen. Es war eine wirklich tolle Erfahrung. Es ist wahrscheinlich seltsam, ein Buch als tolle Erfahrung zu beschreiben, aber diese Empfindung hatte ich. Es war anders als die Bücher, die ich vorher gelesen hatte, weil es nicht um eine Kindheit ging. Und es war auch nicht wie *Der Fremde* oder

Naked Lunch, obwohl ich finde, dass es in gewisser Hinsicht schon eine Philosophie vertritt. Aber nicht, dass man danach suchen musste oder so was. Das Buch ist sehr direkt und unverschlüsselt und das Gute daran ist, dass ich das, was die Schriftstellerin geschrieben hat, auf mein Leben übertragen konnte. Vielleicht ist es das, was Bill meinte, als er sagte, ich solle ein Filter sein. Ich bin mir nicht sicher.

Es gibt einen Passage in dem Buch, in der sich die Hauptperson, ein Architekt, mit seinem besten Freund, einem Zeitungsmogul, auf einem Schiff befindet. Der Zeitungsmensch behauptet, dass der Architekt eine sehr kalte Person sei. Und dieser antwortet, wenn das Schiff nun sinken würde und im Rettungsboot nur für einen Platz wäre, dann würde er diesen gerne dem Zeitungsmogul überlassen. Und dann sagte er etwas wie:

»Ich würde für dich sterben. Aber ich werde nicht für dich leben.«

So was in der Art. Ich denke, dass es darum geht, dass jeder Mensch in erster Linie sein eigenes Leben leben muss und sich dann entscheiden kann, ob er es mit anderen teilt. Vielleicht ist es das, was »teilnehmen« bedeutet. Ich bin nicht sicher. Denn ich weiß nicht so recht, ob es mir nicht doch gefallen würde, eine Weile für Sam zu leben. Aber das würde sie ja doch nicht wollen.

Ich habe meinem Psychiater von dem Buch und Bill und von Sam und Patrick und ihrer College-Wahl erzählt, aber er stellt mir immer nur Fragen über meine Kindheit. Dumm ist nur, dass ich den Eindruck habe, ich würde ihm immer wieder dieselben Erinnerungen erzählen. Ich weiß nicht. Er meint, es sei wichtig. Na ja, wahrscheinlich wird man abwarten müssen.

Ich würde gerne weiterschreiben, aber ich muss noch Matheformeln für meine Abschlussklausur am Donnerstag lernen. Drück mir die Daumen!

Dein Charlie

5. Juni 1992

Lieber Freund,
ich muss dir schreiben, wie wir gelaufen sind. Es war ein wunderschöner Sonnenuntergang. Und wir waren am Hügel. Der am 18. Grün, wo Patrick und ich vor Lachen Wein in die Gegend gespuckt haben. Und nur ein paar Stunden vorher hatten Sam und Patrick und jeder, den ich kenne und liebe, ihren allerletzten Schultag. Und ich war glücklich, weil sie alle so glücklich waren. Mein Schwester erlaubte mir sogar, dass ich sie im Flur umarmte. Jeder beglückwünschte jeden. Nachher fuhren Sam und Patrick und ich ins Big Boy und rauchten. Weil wir anschließend noch Zeit hatten, bis die *Rocky Horror* anfing, gingen wir einfach spazieren. Und redeten über Dinge, die uns in diesem Moment wichtig waren. Und wir schauten den Hügel hoch. Und plötzlich fing Patrick an, hinter dem Sonnenuntergang herzurennen. Und Sam rannte ihm augenblicklich nach. Und ich stand da, sah die Umrisse meiner beiden Freunde, die in die Sonne liefen, und fing auch an zu rennen. Und alles war einfach nur wunderbar.

Am Abend beschloss Patrick, noch ein letztes Mal Frank 'N Furter zu spielen. Er war total happy, wieder sein Kostüm anziehen zu können, und alle anderen freuten sich, dass er sich dazu entschieden hatte. Es war wirklich ziemlich ergreifend. Und es war die beste Show, die er je abgeliefert hat. Vielleicht war ich ja voreingenommen, aber das macht nichts. *Das* ist die Show, an die ich mich immer erinnern werde. Besonders wegen des letzten Liedes.

Das Lied heißt »I'm Going Home«. Tim Curry, der den Frank 'N Furter im Film spielt, weint, während er es singt. Aber Patrick grinste. Und es passte irgendwie ganz wunderbar.

Ich hatte es sogar geschafft, meine Schwester dazu zu überreden, sich die Show mit ihrem Freund anzusehen. Ich versuche sie schon zu überreden, seitdem ich hingehe, aber bisher wollte sie nie. Heute war sie aber da. Und da sie und ihr Freund die Show noch nie gesehen haben, waren sie praktisch »Jungfrauen«, was bedeutete, dass sie vor der

Show all die peinlichen Sachen machen mussten, um »eingeführt« zu werden. Ich hatte meiner Schwester vorsorglich nichts davon gesagt, und so mussten sie und ihr Freund auf die Bühne gehen und versuchen, den *Time Warp* zu tanzen.

Aber dann hieß es, dass derjenige, der den Tanzwettbewerb verlor, so tun musste, als ob er mit einer riesigen Gummipuppe Sex habe, also zeigte ich meiner Schwester und ihrem Freund hastig, wie man den *Time Warp* tanzt, damit sie den Wettbewerb nicht verloren. Es war lustig, meine Schwester auf der Bühne rumhopsen zu sehen, aber ich denke, ich hätte es nicht verkraftet, wenn sie mit einer Gummipuppe fingierten Sex gehabt hätte.

Ich fragte meine Schwester, ob sie nach der Show noch mit zu Craigs Party kommen würde, aber sie meinte, dass ein Freund von ihr auch eine Party mache und sie lieber dahin gehen würde. Das konnte ich akzeptieren, denn sie war ja immerhin zu der Show gekommen. Und bevor sie ging, drückte sie mich noch mal. Zweimal an einem Tag! Ich habe meine Schwester wirklich sehr lieb. Besonders, wenn sie nett ist.

Die Party bei Craig war toll. Craig und Peter hatten Champagner besorgt, um mit allen, die ihren Abschluss hatten, anstoßen zu können. Und wir tanzten. Und redeten. Ich sah, wie Mary Elizabeth Peter küsste und glücklich aussah. Und wie Sam Craig küsste und glücklich aussah. Und wie Patrick und Alice sich überhaupt nichts daraus machten, dass sie niemanden zum Küssen hatten, weil sie viel zu beschäftigt damit waren, über ihre Zukunft zu reden.

Und ich saß mit einer Champagnerflasche einfach neben dem CD-Player, beobachtete die Leute und ihre Stimmung und legte danach Platten auf. Das war nicht gerade schwer, denn Craig hat eine ziemlich gute Sammlung. Wenn die Leute etwas müde wirkten, spielte ich etwas Peppiges. Wenn es aussah, als wollten sie reden, spielte ich etwas Leises. Es war eine tolle Möglichkeit, auf einer Party allein zu sein und sich trotzdem als Teil der Gruppe zu fühlen.

Nach der Party meinten alle, dass die Musik perfekt gewesen sei. Craig meinte sogar, dass ich versuchen solle, neben der Schule als DJ ein bisschen Geld zu verdienen, so wie er es mit dem Modeln machte. Ich finde die Idee gut. Vielleicht könnte ich damit genug Geld verdienen, um nach der Schule auch aufs College zu gehen, selbst wenn ich nicht das Glück habe, dass sich die Rotarier oder die Moose Lodge für mich einsetzen.

Mein Bruder sagte neulich am Telefon, dass ich mir über mein College-Geld überhaupt keine Gedanken mehr machen müsse, falls er es in die Profi-Liga schafft. Ich kann es kaum erwarten, meinen Bruder wieder zu sehen. Er kommt zur Abschlussfeier meiner Schwester nach Hause, was unheimlich nett von ihm ist.

Dein Charlie

9. Juni 1992

Lieber Freund,
heute findet der Ball statt. Und ich sitze in meinem Zimmer. Gestern war es etwas schwierig in der Schule, da ich jetzt, da meine Freunde und meine Schwester weg sind, überhaupt keinen mehr kenne.

Am schlimmsten war es am Mittag, denn es erinnerte mich an die Zeit, als alle auf mich böse waren wegen der Sache mit Mary Elizabeth. Ich bekam nicht einmal mein Sandwich runter, obwohl Mom mir mein Lieblingsbrot gemacht hatte. Wahrscheinlich hat sie geahnt, dass ich traurig sein würde.

Die Flure wirken irgendwie anders auf mich. Und auch die aus der dritten Jahrgangsstufe benahmen sich plötzlich ganz anders, weil sie jetzt die Ältesten waren. Sie hatten sich sogar T-Shirts drucken lassen. Ich habe keine Ahnung, wer sich immer solche Sachen ausdenkt.

Ich kann nur noch daran denken, dass Sam in zwei Wochen nach Pennsylvania abreist. Und Mary Elizabeth wird mit ihrem Freund genug zu tun haben. Und meine Schwester mit ihrem. Und Alice und ich kennen uns nicht so gut. Ich weiß, dass Patrick noch da ist, aber ich habe irgendwie Angst, dass er jetzt, da er nicht mehr deprimiert ist, nicht unbedingt mit mir seine Zeit verbringen will. Vielleicht läuft da in meinem Kopf was falsch, aber diese Gedanken kommen eben. Es würde bedeuten, dass ich nur noch meinen Psychiater zum Reden hätte, aber der Gedanke gefällt mir im Moment nicht so gut, denn er stellt mir immer wieder Fragen über meine Kindheit, und die werden langsam seltsam.

Zum Glück habe ich so viel für die Schule zu tun, dass mir nicht viel Zeit zum Nachdenken bleibt.

Ich hoffe nur, dass der Abend für alle ein voller Erfolg wird. Der Freund meiner Schwester tauchte hier in seinem Buick auf, um sie abzuholen. Er trug einen weißen Frack über einem schwarzen Anzug, was irgendwie nicht aussah. Sein »Kummerbund« passte farblich zu dem pastellblauen Kleid meiner Schwester. Das Kleid war ziemlich tief ausgeschnitten und erinnerte mich sofort an diese Bilder in den Zeitschriften. Ich muss aufhören, alle Gedanken immer gleich weiterzuspinnen. Okay.

Ich hoffe bloß, dass meine Schwester sich gut fühlt und dass ihr neuer Freund ihr das Gefühl gibt, schön zu sein. Ich hoffe nicht, dass Craig, nur weil seine Abschlussfeier schon eine Weile her ist, Sam das Gefühl gibt, ihr Ball sei eigentlich nichts Besonderes. Dasselbe gilt für Mary Elizabeth und Peter. Ich hoffe, dass Brad und Patrick sich wieder vertragen und vor der ganzen Schule zusammen tanzen. Und dass Alice eine heimliche Lesbe ist und sich in Brads Freundin Nancy verliebt (und sie sich in Alice), sodass sich niemand übergangen fühlt. Ich hoffe, der DJ ist so gut, wie ich es angeblich letzten Freitag gewesen bin. Und ich hoffe, dass jeder auf seinem Foto ganz toll aussieht und die Fotos niemals einfach zu alten Fotos werden und dass niemand in einen Autounfall verwickelt wird.

Das hoffe ich von ganzem Herzen.

Dein Charlie

10. Juni 1992

Lieber Freund,
ich bin eben aus der Schule gekommen und meine Schwester schläft noch immer, denn sie war gestern Abend nach dem Ball noch auf einer Party, die von der Schule organisiert wurde. Ich habe bei Patrick und Sam angerufen, aber die schlafen auch noch. Patrick und Sam haben ein schnurloses Telefon, dessen Akku ständig schlappmacht, weshalb ich Sams Mutter kaum verstehen konnte.

Ich hatte heute zwei Klausuren. Eine in Bio, die ich, glaube ich, sehr gut geschafft habe. Die andere in Bills Kurs. Es ging um *Der große Gatsby*. Dumm war nur, dass ich das Buch vor so langer Zeit gelesen habe, sodass ich mich kaum daran erinnern konnte.

Nachdem ich Bill meine Arbeit gegeben hatte, fragte ich ihn, ob ich über *Der ewige Quell* einen Aufsatz schreiben solle, denn ich hatte ihm mitgeteilt, dass ich durch war, aber er hatte dazu nichts weiter gesagt. Er meinte, dass es nicht fair sei, mir bei all meinen Abschlussprüfungen noch einen Aufsatz aufzugeben. Aber wenn ich Lust habe, könne ich am Samstagnachmittag zu ihm und seiner Freundin kommen, was sich ziemlich gut anhörte.

Am Freitag gehe ich zur *Rocky Horror*. Am Samstag dann zu Bill. Am Sonntag werde ich bei der großen Abschlussfeier zusehen, wie alle ihre Urkunden bekommen, und danach mit meinem Bruder und der ganzen Familie bei uns zu Hause den Abschluss meiner Schwester feiern. Dann werde ich wahrscheinlich zu Sam und Patrick gehen und da ein bisschen feiern. Danach habe ich noch zwei Tage Schule, was ich ziemlich unsinnig finde, weil ich dann alle Prüfungen hinter mir habe. Aber es ist wohl irgendwas Besonderes geplant, jedenfalls habe ich das gehört.

Der Grund, warum ich schon so weit vorausdenke, ist der, dass ich mich in der Schule im Moment sehr einsam fühle. Ich glaube, ich habe das schon einmal gesagt, aber es wird immer schlimmer. Morgen habe ich wieder zwei Prüfungen. Geschichte und Schreibmaschine. Am Freitag dann Prüfungen in den anderen Fächern wie Werken und Sport. Ich weiß allerdings nicht genau, ob es tatsächlich irgendwelche Abschlussprüfungen geben wird. Besonders in Werken. Ich denke, Mr. Callahan wird uns einfach ein paar seiner alten Platten vorspielen. Er hat das damals schon mal gemacht, als wir eigentlich unsere Zwischenprüfungen machen sollten, aber es wird ohne Patricks Karaoke-Einlage nicht dasselbe sein. Übrigens habe ich die Matheprüfung bestens bestanden.

Dein Charlie

13. Juni 1992

Lieber Freund,
ich bin eben von Bill nach Hause gekommen. Ich hätte dir schon heute Morgen von gestern Abend erzählt, aber ich musste zu Bill.

Craig und Sam haben sich gestern Abend getrennt.

Es war sehr traurig. In den vergangenen Tagen habe ich sehr viel über den Ball gehört und dank dem Vierundzwanzig-Stunden-Service konnte ich auch schon Fotos sehen. Sam sah wunderschön aus. Patrick sehr gut. Mary Elizabeth, Alice und Mary Elizabeths Freund sahen auch alle super aus. Das Problem war nur, dass Alice ein trägerloses Kleid trug und einen weißen Deostick benutzt hatte und das sah man. Ich finde eigentlich, dass so was nicht so schlimm ist, aber Alice muss deswegen nachher völlig paranoid gewesen sein. Craig sah auch ziemlich gut aus, obwohl er einen Anzug und keinen Smoking anhatte. Deswegen haben sie sich aber nicht getrennt.

Der Ball muss wirklich gut gewesen sein. Das Nobelauto war wohl sehr schick und der Fahrer brachte alle dazu, sich zuzukiffen, wodurch das ausgesprochen teure Essen nur noch besser schmeckte. Er hieß übrigens Billy. Für die Musik auf dem Ball sorgte eine wirklich schlechte Cover-Band namens The Gypsies of the Allegheny, doch der Drummer konnte was, und so hatten alle trotzdem viel Spaß beim Tanzen. Patrick und Brad sahen sich nicht einmal an, aber Sam meinte, dass Patrick damit keine besonderen Probleme hätte.

Nach dem Ball gingen meine Schwester und ihr Freund zu der Party, die von der Schule organisiert worden war. Sie fand in einer beliebten Disco in der City statt. Sie meinte, dass es unheimlich Spaß gemacht habe, mit allen total aufgetakelt zu guter Musik zu tanzen, die von einem DJ anstatt von den Gypsies of the Allegheny stammte. Es gab sogar einen Komiker, der die Gäste parodierte. Das Problem war nur, dass man nicht rausgehen und wieder reinkommen konnte. Wahrscheinlich haben die Eltern sich gedacht, dass sie ihre Kinder so davon abhalten könnten, an diesem Abend abzustürzen. Aber es störte niemanden besonders, denn alle hatten viel Spaß, zumal genug Leute Spirituosen eingeschmuggelt hatten.

Nach der Party, die etwa um sieben Uhr morgens vorbei war, gingen die meisten zum Big Boy, um Pfannkuchen oder Rührei zu essen.

Ich fragte Patrick, wie die Party für ihn gewesen sei, und er meinte, dass er viel Spaß gehabt habe. Craig hatte eine Hotelsuite für sie alle gemietet, doch nur Sam ist mit ihm hingegangen. Eigentlich wollte Sam auch zu der Party in der Disco, aber Craig muss wohl ziemlich sauer geworden sein, weil er die Suite schon bezahlt hatte. Aber das ist auch nicht der Grund, warum sie sich gestritten haben.

Es passierte gestern nach der *Rocky Horror*, als sie bei Craig waren. Wie ich schon sagte, ist Mary Elizabeths Freund Peter ein guter Freund von Craig und ausgerechnet er hat die ganze Geschichte in Gang gebracht. Ich glaube, er mag Mary Elizabeth wirklich und findet auch Sam sehr nett, sonst hätte er gar nichts gesagt. Es wäre nämlich sonst nie rausgekommen.

Kurz gesagt, Craig hat Sam von Anfang an betrogen. Und mit betrügen meine ich nicht, dass er betrunken mit einem anderen Mädchen rumgeflirtet und danach ein schlechtes Gewissen gehabt hat. Nein. Es hat mehrere Mädchen gegeben. Mehrmals. Betrunken und nüchtern. Und ich glaube, er hatte kein einziges Mal ein schlechtes Gewissen.

Der Grund, warum Peter anfangs nichts gesagt hat, war der, dass er niemanden kannte. Er wusste nichts von Sam. Er dachte, dass sie die kleine dumme High School-Göre sei, als die Craig sie ihm gegenüber immer dargstellt hat.

Aber als Peter sie schließlich kennen gelernt hatte, fing er an, auf Craig einzureden, dass dieser ihr die Wahrheit sagen müsse, eben weil sie keine kleine dumme High School-Göre sei. Craig versprach jedes Mal, dass er es tun würde, aber es passierte nie etwas. Er hatte immer Ausreden. Craig nannte sie »gute Gründe«.

»Ich will ihr nicht die Party verderben.«

»Ich will ihr nicht die Abschlussfeier verderben.«

»Ich will ihr nicht den Abend verderben.«

Und dann kam Craig zu dem Schluss, dass es keinen Sinn mache, ihr überhaupt irgendwas zu erzählen. Schließlich würde Sam aufs College gehen. Sie würde einen anderen Typen finden. Craig hatte, wenn er fremdgegangen war, immer auf Kondomen bestanden. Sie brauchte sich in dieser Hinsicht also keine Sorgen zu machen. Und warum sollte er Sam nicht einfach die guten Erinnerungen an die Zeit mit ihm lassen? Er mochte Sam schließlich wirklich gerne und wollte ihr nicht unnötig wehtun.

Peter ließ sich durch diese Argumentation besänftigen, auch wenn er immer noch fand, dass Craig sich falsch verhielt. Jedenfalls hat er das gesagt. Aber dann sagte ihm Craig nach der Show gestern, dass er noch am Nachmittag vor dem Ball mit einer anderen rumgemacht hatte. Und da meinte Peter, dass er Sam reinen Wein einschenken würde, wenn Craig es jetzt nicht endlich täte. Na ja, Craig sagte wieder nichts, und Peter dachte wieder, dass es eigentlich nicht seine Angelegenheit sei, aber dann hörte er zufällig, wie Sam und Mary Elizabeth sich auf der Party unterhielten. Sam meinte, dass Craig in ihren Augen »derjenige welcher« sei und dass sie überlege, wie sie die Beziehung auch über diese große Distanz aufrechterhalten könne.

Mit Briefen. Anrufen. Verlängerten Wochenenden. Und da wusste Peter, dass er einschreiten musste.

Er ging zu Craig und meinte: »Wenn du ihr jetzt nicht wenigstens ein bisschen erzählst, erzähle ich ihr alles.«

Also zog Craig Sam in sein Schlafzimmer. Dort blieben sie eine Weile. Dann verließ Sam das Schlafzimmer und ging leise weinend direkt durch die Haustür hinaus. Craig lief nicht hinter ihr her und ich glaube, das war das Schlimmste. Nicht, dass er hätte versuchen sollen, sie wieder zurückzukriegen, aber er hätte trotzdem hinter ihr herlaufen müssen.

Ich weiß nur, dass Sam völlig am Ende war. Mary Elizabeth und Alice gingen ihr nach. Ich wollte auch, aber Patrick hielt mich am Arm fest. Wahrscheinlich meinte er, dass Freundinnen Sam jetzt eher helfen könnten.

Im Nachhinein bin ich froh, dass wir geblieben sind, denn ich glaube, dass unsere Anwesenheit eine Prügelei verhindert hat. Weil wir da waren, schrien Peter und Craig sich nur ziemlich übel an. Und so habe ich auch das meiste von dem erfahren, was ich dir eben geschrieben habe.

Craig schrie: »Du Arschloch, Peter! Du bist ein so blödes Arschloch!«

Und Peter: »Gib mir doch nicht die Schuld dafür, dass du von Anfang an überall rumvögeln musstest. Am Nachmittag vor dem Ball?! Fick dich doch ins Knie!«

Und so ging es weiter.

Als es schon so aussah, als würden die zwei aufeinander losgehen, trat Patrick zwischen die beiden und brachte Peter mit meiner Hilfe aus Craigs Wohnung. Dann fuhren wir Peter mit Patricks Auto nach Hause. Er kochte immer noch vor Wut, also zog er furchtbar über Craig her. So erfuhr ich auch den Rest der Geschichte, die ich dir geschrieben habe. Schließlich setzten wir Peter ab und er bat uns, dafür zu sorgen, dass Mary Elizabeth nicht auf die Idee käme, er würde ihr auch fremdgehen. Es könnte ja sein, dass sie nun glaube, er wäre sozusagen ein Mittäter gewesen, was aber auf keinen Fall stimmen würde, wie er uns versicherte.

Wir versprachen es ihm und er ging in seine Wohnung.

Patrick und ich hatten keine Ahnung, wie viel Craig Sam wirklich erzählt hatte. Wir beide hofften, dass er ihr eine abgemilderte Version der Wahrheit serviert hatte. Genug, damit sie gehen würde. Aber nicht so viel, dass sie nun an allem und jedem zweifeln würde. Oder vielleicht ist es doch besser, die ganze Wahrheit zu wissen. Ich weiß es wirklich nicht.

Jedenfalls beschlossen wir, ihr nichts zu erzählen, es sei denn, Craig hätte so getan, als sei es bloß ein Ausrutscher gewesen, den Sam ihm zu verzeihen bereit wäre. Ich hoffe nicht, dass es so weit kommt. Hoffentlich hat Craig ihr genug gesagt, damit sie sich von ihm fernhält.

Wir fuhren überallhin, wo wir glaubten, dass die Mädchen sich aufhalten könnten. Aber wir fanden sie nicht. Patrick meinte schließlich, dass sie vielleicht einfach nur ein bisschen herumfuhren, damit Sam sich etwas beruhigen konnte.

Also setzte Patrick mich schließlich zu Hause ab. Er sagte, dass er mich morgen anrufen würde, wenn er irgendwas wüsste.

Ich weiß noch, dass ich mich gestern Abend hinlegte und mir plötzlich etwas auffiel. Etwas, das ich für wichtig halte. Mir fiel auf, dass ich während des ganzen Abends kein einziges Mal froh darüber war, dass Sam und Craig sich getrennt hatten. Ganz und gar nicht.

Ich dachte nicht ein einziges Mal daran, dass Sam sich jetzt vielleicht in mich verlieben könnte. Das Einzige, was mich interessierte, war die Tatsache, dass Sam furchtbar litt. Und in diesem Moment begriff ich, dass ich sie wirklich liebe. Ich hatte nichts zu gewinnen, aber das war ganz egal.

Es fiel mir schwer, die Treppe zu Bills Haus in der Stadt hochzugehen, denn ich hatte den ganzen Morgen noch nichts von Patrick gehört. Ich machte mir solche Sorgen um Sam. Ich hatte versucht, bei ihnen anzurufen, aber es ging niemand dran.

Bill sieht ohne Anzug ganz anders aus. Er trug sein altes Schulabschluss-T-Shirt. Seine Freundin trug Sandalen und ein schönes geblümtes Kleid. Und sie hatte tatsächlich Haare unter den Armen! Sie schienen beide sehr glücklich miteinander und ich freute mich für Bill.

In ihrem Haus standen nicht besonders viele Möbel, aber es wirkte sehr gemütlich. Sie hatten sehr viele Bücher, über die ich sie bestimmt eine halbe Stunde ausfragte. Und ich sah auch ein Foto aus ihrer College-Zeit, auf dem Bill ziemlich lange Haare hatte.

Bills Freundin kochte das Mittagessen, während Bill den Salat zubereitete. Ich saß einfach nur in der Küche, trank ein Ginger Ale und sah ihnen zu. Es gab Spaghetti mit Soße, da Bills Freundin kein Fleisch isst und Bill jetzt auch nicht mehr. Aber im Salat war eine Art Speckersatz, weil krosser Speck das Einzige ist, was beide vermissen.

Die beiden hatten viele Jazz-Platten, von denen einige während des Essens liefen. Nach einer Weile machten sie eine Flasche Weißwein auf und gaben mir noch ein Ginger Ale. Dann fingen wir an, uns zu unterhalten.

Bill fragte mich nach *Der ewige Quell* und ich antwortete, wobei ich mir Mühe gab, ein Filter zu sein.

Dann fragte er mich, wie mir mein erstes Jahr auf der High School gefallen habe, und ich sagte es ihm, wobei ich darauf achtete, ihm alle Geschichten zu erzählen, bei denen ich »teilgenommen« hatte.

Dann wollte er etwas über Mädchen wissen und ich erzählte ihm von Sam und dass ich sie wirklich liebe. Und dass ich gerne gewusst hätte, was die Autorin von *Der ewige Quell* wohl dazu sagen würde, wodurch mir klar geworden ist, dass ich Sam wirklich liebe.

Als ich fertig war, sagte Bill eine Weile gar nichts. Dann räusperte er sich.

»Charlie … ich wollte dir danken.«

»Wofür?«

»Weil es eine tolle Erfahrung war, dein Lehrer zu sein.«

»Oh … das freut mich.« Ich wusste nicht, was ich sonst sagen sollte.

Bill schwieg lange Zeit und als er wieder sprach, klang seine Stimme wie die von meinem Vater, wenn er mit mir ein ernsthaftes Gespräch führen will.

»Charlie«, sagte Bill, »weißt du, warum ich dir all diese Extra-Hausaufgaben gegeben habe?«

Ich schüttelte den Kopf. Es war sein Gesichtsausdruck. Er machte mich stumm.

»Charlie, weißt du eigentlich, wie clever du bist?«

Ich schüttelte wieder den Kopf. Er meinte es ernst. Es war echt seltsam.

»Charlie, du bist einer der begabtesten Menschen, die ich je kennen gelernt habe. Und ich meine nicht im Vergleich zu meinen anderen Schülern. Ich meine verglichen mit jedem, der mir je begegnet ist. Deswegen habe ich dir all diese Extra-Arbeit aufgegeben. Bist du dir darüber im Klaren?«

»Ich glaube schon. Ich weiß nicht.« Ich fühlte mich wirklich komisch. Ich hatte keine Ahnung, was das alles sollte. Ich hatte doch nur ein paar Aufsätze geschrieben.

»Charlie, bitte versteh das nicht falsch. Ich habe nicht die Absicht, dich in Verlegenheit zu bringen. Du sollst bloß wissen, dass du etwas ganz Besonderes bist … und ich sage dir das auch nur deshalb, weil ich nicht weiß, ob dir das schon mal jemand gesagt hat!«

Ich sah ihn an. Und fühlte mich plötzlich nicht mehr komisch. Ich wollte nur noch heulen. Er war so nett zu mir und die Art und Weise, wie seine Freundin ihn ansah, verriet mir, dass es ihm sehr viel bedeutete. Aber ich hatte keine Ahnung, warum.

»Und obwohl das Schuljahr nun vorbei ist und ich nicht mehr dein Lehrer bin, sollst du immer zu mir kommen können. Ob du nun etwas brauchst oder etwas über Bücher wissen oder mir irgendwas, das du geschrieben hast, zeigen willst – bitte wende dich als Freund an mich. Denn *ich* betrachte dich als einen Freund, Charlie.«

In diesem Moment fing ich wirklich ein bisschen an zu heulen. Und ich glaube, seine Freundin auch. Bill nicht. Er wirkte sehr gefasst. Ich wollte ihn gerne umarmen und an mich drücken. Aber ich hatte das noch nie getan, jedenfalls nicht, wenn man Familie, Patrick und Mädchen nicht mitzählt, und ich denke, das ist was anderes. Eine ganze Weile sagte ich nichts, weil ich nicht wusste, was.

Also meinte ich schließlich nur: »Sie sind der beste Lehrer, den ich je hatte.«

Und er bedankte sich.

Und das war alles. Bill versuchte nicht, mir das Versprechen abzunehmen, dass ich zu ihm kommen würde, wenn ich wirklich etwas brauchte. Er fragte mich nicht, warum ich weinte. Er ließ mich einfach das, was er mir gesagt hatte, auf meine eigene Art und Weise verarbeiten und wartete ab. Und das war wahrscheinlich das Beste an der ganzen Sache.

Nach ein paar Minuten musste ich gehen. Ich weiß nicht, wer so etwas entscheidet. Es passiert einfach.

Also gingen wir zur Tür und Bills Freundin umarmte mich zum Abschied, was ich in Anbetracht der Tatsache, dass sie mich ja erst gerade kennen gelernt hatte, sehr lieb fand. Dann streckte mir Bill seine Hand entgegen und ich schüttelte sie. Ich schaffte es sogar, ihn noch ganz kurz an mich zu drücken, bevor ich mich wirklich verabschiedete.

Als ich nach Hause fuhr, dachte ich über das Wort »besonders« nach. Die Letzte, die so was zu mir gesagt hatte, war Tante Helen gewesen. Ich war sehr froh, dass ich es noch einmal gehört hatte. Denn ich denke, dass wir das alle manchmal vergessen. Und ich finde, dass jeder auf seine Art etwas Besonderes ist. Wirklich.

Heute Abend kommt mein Bruder nach Hause. Und morgen ist die Abschlussfeier. Patrick hat immer noch nicht angerufen. Ich habe es bei ihm versucht, aber es war wieder keiner da. Also habe ich beschlossen, loszugehen und die Abschlussgeschenke zu kaufen. Bisher hatte ich dazu nämlich noch keine Zeit.

Dein Charlie

16. Juni 1992

Lieber Freund,
heute bin ich mit dem Bus nach Hause gefahren. Es war mein letzter Schultag und es regnete. Wenn ich mit dem Bus fahre, setze ich mich immer irgendwo in die Mitte, weil ich gehört habe, dass vorne nur Streber sitzen und hinten die Spinner. Ich weiß nicht, ob man das in anderen Schulen auch so sagt.

Jedenfalls setzte ich mich heute trotzdem nach vorne und legte meine Beine über die Bank, sodass ich mit dem Rücken gegen das Fenster lehnte. Auf diese Weise konnte ich die anderen im Bus beobachten. Ich bin froh, dass Schulbusse keine Gurte haben, denn dann hätte ich mich nicht so setzen können.

Was mir auffiel, war, wie anders die Leute aussahen. Als wir noch klein waren, sangen wir an unserem letzten Schultag immer Lieder auf der Heimfahrt. Unser Lieblingslied war, wie ich später rausfand, von Pink Floyd und hieß »Another Brick in the Wall, Part II«. Aber es gab noch eins, das wir fast noch lieber sangen, weil es besonders gehässig ist:

Bücher weg und Hefte weg, die Lehrer kümmern uns 'n Dreck.
Und wenn es dann zum Schulschluss schellt, gibt es nichts,
was uns noch hält.

Wenn wir fertig waren, guckten wir immer etwas ängstlich zum Fahrer, doch dann lachten wir alle, weil wir wussten, dass allein unsere Anzahl ihn davon abhalten würde, uns irgendwie zu bestrafen. Wir waren zu jung, um zu wissen, dass sich der Busfahrer überhaupt nicht um unsere Lieder kümmerte. Dass er bloß endlich nach Hause wollte. Um vielleicht den kleinen Rausch vom Bier zum Mittagessen ausschlafen zu können. Das alles war uns damals nicht bewusst. Und die Streber und die Spinner waren vereint.

Am Samstagabend kam mein Bruder nach Hause. Und er sah,

verglichen mit dem Anfang des Jahres, noch viel veränderter aus als die Leute im Bus. Er hatte sogar einen Bart! Ich war total glücklich! Außerdem lächelte er anders und war viel »höflicher«. Wir setzten uns alle an den Abendbrottisch und fragten ihn über sein College-Leben aus. Dad fragte nach Football. Mom nach den Kursen. Ich fragte nach witzigen Storys. Und meine Schwester stellte nervös Fragen danach, wie das Leben im College denn wirklich sei. Und ob sie die »Anfänger-Fünfzehn« zulegen würde. Ich weiß nicht, was das ist, aber ich nehme an, dass es was mit dicker werden zu tun hat.

Ich hatte erwartet, dass mein Bruder die ganze Zeit nur über sich selbst reden würde. Bisher hatte er das immer getan, aber diesmal schien er ernsthaft wissen zu wollen, wie es uns ergangen war, insbesondere meiner Schwester mit ihrem Schulabschluss.

Während wir uns also unterhielten, fiel mir plötzlich wieder der TV-Sportmoderator ein und das, was er über meinen Bruder gesagt hatte. Aufgeregt erzählte ich es meiner Familie. Und Folgendes passierte, als ich davon anfing:

Mein Dad: »Hey! Das ist ja ’n Ding.«

Mein Bruder: »Wirklich?«

Ich: »Ja. Ich hab mich mit ihm unterhalten.«

Mein Bruder: »Hat er irgendwas Nettes gesagt?«

Mein Vater: »Presse ist immer gut, egal, ob nett oder nicht.« Ich weiß nicht, woher mein Vater immer diese Weisheiten nimmt.

Mein Bruder noch mal: »Was hat er gesagt?«

Ich: »Ich glaube, er meinte, dass der Collegesport die Studenten sehr unter Druck setzen würde.« Mein Bruder nickte. »Aber dass das den Charakter festige. Und dass Pennsylvania ziemlich gute Leute habe. Er erwähnte deinen Namen.«

Mein Dad: »Hey! Das ist ja ’n Ding!«

Mein Bruder: »Wirklich?«

Ich: »Ja. Ich hab doch mit ihm gesprochen.«

Mein Bruder: »Wann hast du denn mit ihm gesprochen?«

Ich: »Vor ein paar Wochen.«

Und dann fiel mir siedend heiß der ganze Rest ein. Die Tatsache, dass ich ihn spät abends in diesem Park getroffen hatte. Und die Tatsache, dass er eine Zigarette von mir wollte. Und die Tatsache, dass er mich aufreißen wollte. Ich saß nur da und hoffte, dass es irgendwann vorbei sein würde. Aber dem war nicht so.

»Wo hast du ihn denn getroffen, Schatz?«, fragte meine Mutter.

Es wurde totenstill in unserem Zimmer. Und ich gab mir alle Mühe, den Eindruck zu machen, als könnte ich mich gerade im Moment überhaupt nicht erinnern. Und währenddessen ging mir Folgendes im Kopf herum:

Okay ... er war bei uns in der Schule, um sich mit uns zu unterhalten ... nein, meine Schwester weiß, dass das nicht stimmt ... ich habe ihn im Big Boy getroffen ... er war mit seiner Familie da ... nein, Dad würde mit mir schimpfen, weil ich den »armen Mann« belästigt habe ... er hat es mal in einer Sendung gesagt ... aber ich habe eben schon gesagt, dass ich mit ihm gesprochen habe ... Moment ...

»Im Park. Ich war mit Patrick unterwegs«, sagte ich.

»War er mit seiner Familie da?«, fragte mein Vater. »Du hast den armen Mann doch nicht belästigt?«

»Nein, er war allein.«

Das reichte meinem Vater offensichtlich und den anderen auch und ich hatte nicht einmal lügen müssen. Zum Glück wandte sich die Aufmerksamkeit nun meiner Mutter zu, denn sie sagte das, was sie immer sagt, wenn wir alle zusammen sind:

»Wer hat Lust auf Eis?«

Das hatten wir alle, bis auf meine Schwester. Ich denke, sie machte sich Sorgen über die »Anfänger-Fünfzehn«.

Am nächsten Morgen standen wir schon früh auf. Ich hatte immer noch nichts von Patrick oder Sam gehört, aber weil ich wusste, dass ich sie alle bei der Abschlussfeier sehen würde, versuchte ich, mir nicht allzu viele Sorgen zu machen. Alle Verwandten, sogar Dads Familie aus Ohio, trafen gegen zehn bei uns ein. Die beiden Familien mögen sich überhaupt nicht, nur wir jüngeren Cousins und Cousinen haben noch keinen Grund dazu, sodass wir uns ganz gut verstehen.

Wir hatten einen Brunch mit Sekt vorbereitet und genau wie letztes Jahr bei der Abschlussfeier meines Bruders gab meine Mutter ihrem Vater (meinem Großvater) ein Glas Apfelschorle, weil sie nicht wollte, dass er sich betrank und eine Szene machte. Und er sagte auch dasselbe wie letztes Jahr dazu.

»Das ist aber ein guter Sekt.«

Ich glaube nicht, dass er das beurteilen kann, weil er ein Biertrinker ist. Whiskey auch manchmal.

Gegen halb eins waren wir mit dem Essen fertig. Meine Cousins verteilten sich auf die Autos, denn die Erwachsenen hatten etwas zu viel getrunken. Alle, bis auf meinen Vater, der zu beschäftigt damit gewesen war, alles und jeden mit der Videokamera, die er sich in einem Fotogeschäft geliehen hatte, aufzunehmen.

»Warum eine Kamera kaufen, wenn du sie nur dreimal im Jahr brauchst?«

Also mussten mein Bruder, meine Schwester, meine Mutter und mein Vater alle in verschiedene Autos steigen, damit auch alle den Weg fanden. Ich stieg bei meinen Ohio-Cousins ein, die prompt einen Joint drehten und ihn rumgehen ließen. Ich wollte nicht, weil ich nicht in der Stimmung dazu war, und sie sagten, was sie immer sagten.

»Charlie, du bist so ein Weichei.«

Schließlich hielten alle Autos auf dem Parkplatz und wir stiegen aus. Meine Schwester brüllte meinen Cousin Mike an, weil er beim Fahren das Fenster runtergekurbelt hatte und ihre Frisur nun völlig durcheinander war.

»Ich hab eine Zigarette geraucht«, war seine Antwort.

»Hätte das nicht zehn Minuten warten können?«, fragte meine Schwester.

»Aber das Lied war so toll.«

Während mein Dad die Kamera aus dem Kofferraum holte und mein Bruder sich mit ein paar Mädchen unterhielt, die ein Jahr älter als meine Schwester waren, suchte meine Schwester meine Mom und Moms Handtasche. Das Tolle an Moms Tasche ist nämlich, dass immer das drin ist, was man gerade braucht. Als ich klein war, nannte ich die Tasche immer »Erste-Hilfe-Kasten«, weil immer das drin war, was wir gerade brauchten. Jedenfalls weiß ich immer noch nicht, wie meine Mutter das macht.

Nachdem sie sich hastig wieder zurechtgemacht hatte, folgte meine Schwester der Reihe von schwarzen Hüten zu ihrem Platz, und wir anderen bahnten uns einen Weg zu den Bänken. Ich setzte mich zwischen meinen Bruder und meine Mutter, weil mein Vater herumlief und eine bessere Stelle zum Filmen suchte. Und Mom schimpfte zischend mit meinem Opa, der lautstark darüber klagte, wie viele Schwarze auf unserer Schule seien.

Da sie ihn nicht zum Schweigen bringen konnte, erwähnte meine Mutter schließlich die Geschichte mit dem TV-Moderator, die ich ihnen erzählt hatte. Sofort winkte mein Großvater meinen Bruder zu sich, um mit ihm darüber zu reden. Das war ein kluger Schachzug von meiner Mutter, denn mein Bruder ist der einzige Mensch, der in der Lage ist, meinen Opa davon abzuhalten, peinlich zu werden. Nachdem sie über die Geschichte mit dem Sportmoderator geredet hatten, ging es so weiter:

»Mein Gott, guck dir das mal an. Diese ganzen Neger da drüben –«

»Okay, Opa, ich mache dir folgenden Vorschlag: Wenn du noch einmal was tust, das uns hier in Verlegenheit bringt, dann fahr ich dich sofort in dein Altenheim. Was bedeutet, dass du die Rede deiner Enkelin nicht mehr hören kannst.« Mein Bruder kann wirklich knallhart sein.

»Aber dann hörst du sie auch nicht, du Schlaukopf.« Mein Opa ist auch nicht ohne.

»Stimmt, aber mein Vater nimmt die Feier ja auf. Ich kann mir das Video angucken, du nicht.«

Mein Großvater hat manchmal ein ganz eigentümliches Lächeln.

Besonders dann, wenn jemand anders gewinnt. Er sagte nichts mehr zu diesem Thema. Er fing an, über Football zu reden, ohne sich darüber auszulassen, dass mein Bruder mit Schwarzen in einem Team war. Ich kann dir gar nicht sagen, wie übel es letztes Jahr gewesen ist, denn da war mein Bruder da draußen auf dem Feld, um seine Urkunde abzuholen, und niemand konnte meinen Opa im Publikum zum Schweigen bringen.

Während sie sich also über Football unterhielten, suchte ich nach Sam und Patrick, aber alles, was ich sah, waren die ganzen schwarzen Hüte in der Ferne. Dann fing die Musik an und die Hüte bewegten sich in Richtung der Klappstühle, die auf dem Feld aufgestellt worden waren. Und da sah ich endlich Sam, die hinter Patrick herging. Ich war so erleichtert! Ich konnte nicht erkennen, ob es ihr gut ging oder nicht, aber sie war immerhin da und das war gut zu wissen.

Als alle saßen, hörte die Musik auf. Mr. Small stand auf und begann seine Rede. Er betonte, was für ein großartiger Jahrgang dies gewesen sei, listete ein paar Erfolge der Schule auf und wies darauf hin, wie dringend sie finanzielle Unterstützung bräuchten, um ihr neues Labor einrichten zu können. Anschließend stellte er die Stufensprecherin vor, die eine Rede hielt. Ich weiß nicht, welche Funktion Stufensprecher haben, aber das Mädchen hielt eine wirklich gute Rede.

Dann war es Zeit für die Reden der fünf Ehrenschüler. Das ist an unserer Schule Tradition. Meine Schwester war die Zweitbeste in ihrer Jahrgangsstufe, also hielt sie die vierte Rede. Die Beste ist immer zuletzt dran. Danach händigten Mr. Small und sein Stellvertreter – Patrick schwört, dass er schwul sei – die Urkunden aus.

Die ersten drei Reden waren sich sehr ähnlich. In jeder wurden Textzeilen aus Popsongs zitiert, die irgendwas mit der Zukunft zu tun hatten. Und während all dieser Reden sah ich die Hände meiner Mutter. Sie hielt sie fest verschränkt und krampfte sie immer fester zusammen.

Als der Name meiner Schwester angekündigt wurde, entknotete meine Mutter sie, um zu klatschen. Es war toll zu sehen, wie meine

Schwester auf das Podium stieg. Mein Bruder war der 223. seines Jahrgangs gewesen und hatte folglich keine Rede halten dürfen. Und vielleicht bin ich nicht objektiv, aber als meine Schwester einen Popsong zitierte und über die Zukunft redete, klang es einfach toll. Wir mussten beide grinsen. Dann schauten wir meine Mutter an, die leise weinte. Also nahmen mein Bruder und ich jeweils eine ihrer Hände. Sie sah uns an, lächelte und weinte noch mehr. Mein Bruder und ich legten unsere Köpfe an ihre Schulter, wodurch sie noch heftiger weinen musste. Aber sie drückte unsere Hände und sagte ganz leise »Meine Jungs«, bevor sie weiterschluchzte. Ich liebe meine Mom so sehr! Und es ist mir auch egal, ob es kitschig ist, so was zu sagen. Ich glaube, ich werde ihr zu meinem nächsten Geburtstag ein Geschenk kaufen. Ich finde, so etwas sollte Tradition werden. Schließlich war sie ja bei meiner Geburt dabei.

Als meine Schwester ihre Rede beendet hatte, klatschten und jubelten wir alle, aber niemand klatschte und jubelte so laut wie mein Großvater. Niemand.

Ich kann mich nicht mehr erinnern, was die letzte Rednerin sagte, ich weiß nur noch, dass sie Henry David Thoreau statt eines Popsongs zitierte.

Dann stand Mr. Small auf und bat darum, dass niemand applaudierte, bis alle Namen verlesen und jeder sein Diplom ausgehändigt bekommen hatte. Das hat aber letztes Jahr auch nicht funktioniert.

Dann sah ich meine Schwester, wie sie ihr Diplom bekam, und meine Mutter fing wieder an zu weinen. Und dann sah ich Mary Elizabeth. Und Alice. Und ich sah Patrick. Und Sam. Es war ein herrlicher Tag. Sogar als ich Brad sah. Auch das war irgendwie okay.

Wir trafen meine Schwester auf dem Parkplatz und der Erste, der sie umarmte, war mein Großvater. Alle versicherten, wie gut ihnen die Rede meiner Schwester gefallen habe, auch wenn es vielleicht nicht bei allen stimmte. Dann sahen wir, wie mein Vater über den Parkplatz auf uns zukam und die Videokamera triumphierend über seinem Kopf hielt. Ich glaube, keiner hat meine Schwester so lange im

Arm gehalten wie mein Vater. Ich sah mich nach Sam und Patrick um, konnte sie aber nirgendwo entdecken.

Auf dem Weg nach Hause, wo die Party stattfinden sollte, zündeten sich meine Ohio-Cousins wieder einen Joint an. Diesmal nahm ich einen Zug, aber sie nannten mich trotzdem Weichei. Warum auch immer. Vielleicht fiel ihnen einfach nichts Besseres ein. Außer Witzen vielleicht.

»Was hat zweiunddreißig Beine und einen Zahn?«

»Was denn?«, fragten wir anderen.

»Die Schlange vor dem Arbeitsamt in West Virginia.«

Solche Sachen eben.

Als wir zu Hause ankamen, gingen meine Ohio-Cousins direkt zur Bar, denn Schulabschlüsse sind offenbar *die* Gelegenheit, sich zu betrinken. Jedenfalls war es letztes Jahr so. Ich bin gespannt, wie meine Abschlussfeier werden wird. Sie ist noch so weit weg.

Meine Schwester verbrachte die erste halbe Stunde damit, ihre Geschenke auszupacken, und ihr Lächeln wurde mit jedem Scheck, Sweatshirt und 50-Dollar-Schein breiter. In unserer Familie ist keiner reich, aber für solche Anlässe scheint jeder etwas beiseite zu legen. Und dann tun wir einen Tag lang so, als würden wir im Luxus schwelgen.

Die Einzigen, die meiner Schwester kein Geld und kein Sweatshirt schenkten, waren mein Bruder und ich. Mein Bruder versprach ihr, mit ihr loszufahren, damit sie bestimmte Dinge wie Seife und so fürs College kaufen könne, die er dann bezahlen würde. Und ich hatte ihr ein kleines, aus Stein gemeißeltes und bemaltes Häuschen aus England gekauft. Es sollte ihr helfen, sich zu Hause zu fühlen, selbst wenn sie weit von zu Hause entfernt war. Nachdem ich ihr das gesagt hatte, gab sie mir sogar einen Kuss dafür.

Aber das Schönste passierte, als meine Mutter zu mir kam und meinte, da sei ein Anruf für mich. Ich ging ans Telefon.

»Ja?«

»Charlie?«

»Sam!«

»Wann kommst du rüber?«

»Jetzt!«, sagte ich.

Aber mein Vater, der gerade an einem Whiskey Sour trank, knurrte: »Du gehst nirgendwohin, solange deine Verwandten noch hier sind. Hast du verstanden?«

»Äh, Sam ... ich muss warten, bis meine Verwandten weg sind«, sagte ich.

»Okay ... wir sind bis etwa sieben Uhr hier. Dann melden wir uns von wo immer wir gerade sind.« Sam klang sehr glücklich.

»Okay, Sam. Und herzlichen Glückwunsch.«

»Danke, Charlie. Bis dann.«

»Bis dann.«

Ich legte auf.

Ich schwöre dir, ich dachte, meine Verwandten würden *niemals* gehen! Die ganzen Geschichten, die sie erzählten. Die vielen Frikadellen, die sie aßen. Die vielen Fotos, die sie sich ansahen, und die vielen Male, die ich mir »als du so klein warst« (begleitet von der entsprechenden Geste) anhören musste. Es war, als bliebe die Zeit stehen. Nicht dass ich was gegen die Geschichten gehabt hätte. Und die Frikadellen waren wirklich lecker. Aber ich wollte doch unbedingt zu Sam.

Gegen halb zehn waren alle pappsatt und nüchtern. Um Viertel vor zehn hatten sich alle noch mal geküsst und umarmt. Um zehn vor zehn war die Auffahrt frei. Mein Vater gab mir zwanzig Dollar und die Schlüssel und sagte: »Danke, dass du bei der Familie geblieben bist. Es hat mir viel bedeutet.« Er war angesäuselt, meinte es aber trotzdem ernst. Sam hatte mir erzählt, dass sie in eine Disco in der Stadt gehen wollten. Also lud ich alle Geschenke in den Kofferraum, stieg in den Wagen und fuhr los.

Es ist etwas Besonderes an dem Tunnel, der zur Stadt runterführt. Nachts ist er einfach wunderbar. Man befindet sich auf der einen Seite des Berges, es ist dunkel und das Radio dudelt laut. Wenn man in den Tunnel reinfährt, wird der Wind abgesaugt und man blinzelt gegen die grelle Beleuchtung von oben. Sobald man sich an das helle Licht gewöhnt hat, sieht man den Ausgang in der Ferne, während der Sound des Radios verebbt und schließlich verstummt, weil die Wellen nicht bis in den Tunnel dringen. Dann befindet man sich in der Mitte des Tunnels und alles ist still wie im Traum. Man sieht die Öffnung auf der anderen Seite näher kommen und kann nicht schnell genug darauf zufahren. Und endlich, als man schon denkt, dass man niemals hinkommt, ist der Ausgang direkt vor dir. Die Musik kehrt zurück, und zwar lauter, als du in Erinnerung hattest. Und der Wind wartet. Und du fliegst aus dem Tunnel hinaus auf die Brücke. Und da ist sie. Die Stadt. Millionen blitzender und funkelnder Lichter und es ist jedes Mal so aufregend wie das erste Mal, als du sie gesehen hast. Ein toller Auftritt.

Nachdem ich in der Disco fast eine halbe Stunde gesucht hatte, sah ich endlich Mary Elizabeth und Peter. Sie tranken beide Scotch mit Soda, wofür Peter gesorgt hatte, weil er älter ist. Ich gratulierte Mary Elizabeth und fragte, wo die anderen seien. Sie meinte, dass Alice sich auf der Damentoilette zukiffe, während Sam und Patrick tanzten. Sie meinte, ich solle mich zu ihnen setzen, weil sie keine Ahnung hatte, wo die beiden nun genau steckten, also setzte ich mich und hörte zu, wie Peter und Mary Elizabeth über die Kandidaten der Demokraten diskutierten. Wieder schien die Zeit stehen zu bleiben. Ich wollte doch so unbedingt Sam sehen.

Nach drei Songs kamen Sam und Patrick schweißgebadet zurück.

»Charlie!«

Ich stand auf und wir drei umarmten uns, als hätten wir uns Monate nicht gesehen. Und wenn man bedenkt, was alles passiert war, stimmte es auch irgendwie. Nachdem wir uns losgelassen hatten, legte sich Patrick über Peter und Mary Elizabeth, als ob sie eine Couch wären. Dann nahm er Mary Elizabeth den Drink aus der Hand und kippte ihn aus. »Hey, du Arschloch«, war ihre Reaktion. Ich glaube,

Patrick war blau, obwohl er ja in letzter Zeit keinen Alkohol mehr getrunken hat, aber Patrick macht so was auch, wenn er nüchtern ist, also kann man es wirklich schwer sagen.

In diesem Moment nahm Sam meine Hand. »Ich liebe dieses Lied!«

Sie zog mich zur Tanzfläche und wir fingen an zu tanzen. Es war ein schnelles Lied, also tanzte ich nicht sehr gut, aber Sam schien das nicht zu stören. Wir tanzten und das reichte. Das Lied hörte auf und ein langsames setzte ein. Sie sah mich an. Ich sah sie an. Dann nahm sie meine Hand und zog mich an sich. Ich kann auch nicht sehr gut langsam tanzen, aber ich kann wenigstens mit den Hüften hin und her schaukeln.

Ihr Atem roch nach Beerensaft und Wodka.

»Ich habe heute Mittag auf dem Parkplatz nach dir gesucht.«

Ich hoffte, mein Atem würde noch immer nach Zahnpasta riechen.

»Ich auch nach dir.«

Dann sagten wir nichts mehr, bis das Lied aufhörte. Sie zog mich etwas näher an sich und ich sie an mich. Und wir tanzten weiter. Und diesmal wünschte ich mir, die Zeit würde stehen bleiben. Und dass es einfach noch lange so weitergehen würde.

Nachher gingen wir in Peters Wohnung und ich gab jedem sein Geschenk zum Schulabschluss. Ich schenkte Alice ein Filmbuch über *Die Nacht der lebenden Toten,* einen Film, den sie gerne mochte, und Mary Elizabeth ein Video von *Mein Leben als Hund* mit Untertiteln, den sie so toll findet.

Dann waren Sam und Patrick dran. Ich hatte ihre Geschenke in die Witzseiten unserer Tageszeitung eingepackt, weil die so bunt sind. Patrick riss seines einfach auf, aber Sam beschädigte das Papier so wenig wie möglich. Sie zupfte sorgfältig die Klebestreifen ab. Und dann guckten beide in die Schachteln.

Für Patrick hatte ich *Unterwegs, Naked Lunch, Der Fremde, Diesseits des Paradieses, Peter Pan* und *In diesem Land* eingepackt.

Sam bekam *Wer die Nachtigall stört, Der Fänger im Roggen, Der Große Gatsby, Hamlet, Walden* und *Der ewige Quell.*

Unter den Büchern lag eine Karte, die ich auf meiner Schreibmaschine getippt hatte. Darauf stand, dass es alles Exemplare meiner Lieblingsbücher seien und dass ich sie Sam und Patrick schenken wollte, weil sie für mich die liebsten Menschen auf der Welt seien.

Als sie beide zu Ende gelesen hatten und wieder aufschauten, schwiegen sie. Niemand lächelte oder weinte oder sonst was. Jeder war einfach offen für den anderen und wir sahen uns an. Sie wussten, dass ich es ernst gemeint hatte. Und ich wusste, dass es ihnen viel bedeutete.

»Was steht auf den Karten?«, wollte Mary Elizabeth wissen.

»Darf ich, Charlie?«, fragte Patrick.

Ich nickte und beide lasen die Karten vor, während ich ging, um mir Rotwein in meine Kaffeetasse zu füllen.

Als ich zurückkam, sahen mich alle an und ich sagte: »Ich werde euch alle schrecklich vermissen. Hoffentlich habt ihr viel Spaß auf dem College.« Und dann fing ich an zu weinen, weil mir plötzlich mit aller Macht klar wurde, dass sie alle weggehen würden. Ich glaube, Peter hält mich für etwas komisch. Sam stand auf und brachte mich in die Küche, während sie mir auf dem Weg dorthin sagte, dass alles »okay« sei. Als wir die Küche erreichten, hatte ich mich ein bisschen beruhigt.

»Du weißt, dass ich in einer Woche abreise, Charlie?«, fragte Sam.

»Ja, weiß ich.«

»Fang nicht wieder an zu weinen.«

»Okay.«

»Ich will, dass du mir zuhörst.«

»Okay.«

»Ich habe schreckliche Angst davor, allein aufs College zu gehen.«

»Ehrlich?« Auf diese Idee war ich nie gekommen.

»Genauso, wie du schrecklich Angst davor hast, hier allein zu sein.«

»Okay.« Ich nickte.

»Also mach ich dir einen Vorschlag. Wenn ich es auf dem College einfach nicht mehr aushalte, dann rufe ich dich an. Und wenn du es hier nicht mehr aushälst, rufst du mich an.«

»Können wir uns auch Briefe schreiben?«

»Natürlich«, sagte sie.

Dann fing ich wieder an zu weinen. Ich bin manchmal wirklich sehr gefühlsbetont. Aber Sam wartete geduldig ab.

»Charlie, ich werde am Ende des Sommers wiederkommen, aber bevor wir daran denken, lass uns einfach noch diese letzte Woche zusammen genießen. Wir alle. Okay?«

Ich nickte und beruhigte mich.

Den Rest des Abends tranken und redeten wir und hörten Musik, wie wir es immer taten, aber diesmal war es insofern besser, als Peter eine bessere Musikauswahl als Craig hatte. Es war gegen ein Uhr morgens, als mir plötzlich etwas einfiel.

»Oh, mein Gott!«, sagte ich.

»Was ist denn jetzt los?«

»Ich muss morgen in die Schule.«

Damit hatte ich für den Lacher des Abends gesorgt.

Peter machte mir in der Küche Kaffee, damit ich etwas nüchterner wurde. Ich trank etwa acht Tassen hintereinander, bis ich mich schließlich auf den Weg machte. Zu Hause angekommen, war ich derart wach, dass ich nicht mehr einschlafen konnte. Und als ich schließlich zur Schule musste, fühlte ich mich hundeelend. Zum Glück hatte ich alle Prüfungen hinter mir und wir taten den ganzen Tag nichts anderes, als uns Filme anzusehen. Ich glaube, ich habe noch nie besser geschlafen. Und das tat doppelt gut, denn ohne meine Freunde ist es wirklich ziemlich einsam in der Schule.

Heute habe ich in der Schule nicht geschlafen, aber ich habe gestern Abend auch weder Sam noch Patrick gesehen, denn sie sind mit ihren Eltern essen gegangen. Mein Bruder war mit einem der älteren Mädchen von der Abschlussfeier verabredet und meine Schwester traf sich mit ihrem Freund. Meine Eltern waren noch immer geschafft von der Feier.

Die meisten Lehrer ließen uns heute einfach nur rumsitzen und reden, nachdem wir alle unsere Bücher abgegeben hatten. Ich kannte so gut wie niemanden, außer vielleicht Susan, aber nach diesem einen Mal im Flur mied sie mich umso gründlicher. Also unterhielt ich mich nicht im eigentlichen Sinne. Die beste Stunde war Bills Kurs, weil ich wenigstens noch mit Bill reden konnte. Es war hart, sich von ihm zu verabschieden, nachdem die Stunde vorbei war, aber er meinte, es sei ja kein Abschied. Ich könne ihn den Sommer über immer anrufen, wenn ich reden oder ein Buch ausleihen wolle, und das beruhigte mich ein wenig.

Ein Typ aus dem Kurs, der total schiefe Zähne hat – er heißt Leonard –, fing mich auf dem Flur ab und nannte mich »Streber«. Mir war es egal, denn ich glaube, dass er einfach nichts begriffen hat.

Ich setzte mich draußen auf die Bank, wo wir immer alle geraucht hatten, aß mein Mittagessen und zündete mir eine Zigarette an. Irgendwie hoffte ich, dass mich irgendjemand um eine Zigarette anschnorren würde, aber es kam keiner.

Als die letzte Stunde vorbei war, waren alle total happy und machten Pläne, wer sich wann diesen Sommer über treffen würde. Und alle räumten ihre Spinde leer, indem sie ihre Bücher und Hefte auf den Boden warfen. Als ich zu meinem Schließfach kam, sah ich den dünnen Typen, der seinen Spind neben mir hatte. Ich hatte noch nie mit ihm geredet.

Ich räusperte mich. »Hey, ich heiße Charlie.«

»Ich weiß«, war alles, was er sagte.

Dann schloss er seinen Spind ab und ging.

Also machte ich meinen auf, packte meine Sachen in meinen Rucksack und stieg über den ganzen Müll auf dem Flurboden, um zum Parkplatz zu gehen. Dann nahm ich den Bus nach Hause und begann mit diesem Brief hier an dich.

Ich bin wirklich froh, dass das Schuljahr vorbei ist. Ich möchte so viel Zeit wie möglich mit den anderen verbringen, bevor sie weg sind. Besonders mit Sam natürlich.

Übrigens habe ich das ganze Jahr nur A's bekommen. Meine Mutter ist unglaublich stolz auf mich und hat mein Zeugnis an den Kühlschrank geklebt.

Dein Charlie

22. Juni 1992

Lieber Freund,
die Woche, die Sam noch hier war, verging rasend schnell. Sam war furchtbar hektisch, weil sie nicht nur möglichst viel Zeit mit uns verbringen wollte, sondern sich auch reisefertig machen musste. Einkaufen, packen. Solche Dinge eben.

Jeden Abend trafen wir uns, nachdem Sam sich von irgendeinem Onkel verabschiedet hatte, mit den Eltern essen gewesen war oder noch verschiedene Einkäufe erledigt hatte. Sie hatte Angst und beruhigte sich immer erst, wenn sie einen Schluck von dem, was in unseren Gläsern war, getrunken oder einen Zug von dem, was wir gerade rauchten, genommen hatte. Dann war sie wieder Sam, wie wir sie kannten.

Was ihr in dieser Woche wirklich half, war das Treffen mit Craig. Sie hatte gesagt, dass sie ihn sehen wolle, um die Sache irgendwie »abschließen zu können«, und Craig war nett genug, ihr zu sagen, dass sie zu Recht mit ihm Schluss gemacht habe. Und dass sie ein ganz besonderer Mensch sei. Und dass es ihm Leid täte und er ihr alles Gute wünsche. Schon komisch, welchen Zeitpunkt sich manche Leute aussuchen, um nett und freundlich zu werden.

Das Beste war aber, dass Sam ihn nicht gefragt hat, mit welchen Mädchen er fremdgegangen war, obwohl sie es gerne gewusst hätte. Sie war nicht verbittert. Nur traurig. Aber auf eine Art und Weise, die hoffen lässt. Die nur ein wenig Zeit braucht.

Am Abend, bevor sie ging, trafen wir uns alle im Haus von Sams und Patricks Eltern. Bob, Alice, Mary Elizabeth (ohne Peter) und ich. Wir saßen auf dem Teppich im Billardzimmer und erinnerten uns.

Wisst ihr noch, als Patrick in der Show ... oder als Bob bei der Party ... oder Charlie ... oder Mary Elizabeth ... oder Alice ... oder Sam ...

Die Insiderwitze waren keine mehr. Jetzt waren es Geschichten. Niemand fing von schlechten Zeiten oder Personen an. Und niemand war traurig, solange wir das Morgen mit nostalgischen Erinnerungen aufschieben konnten.

Mary Elizabeth, Bob und Alice gingen nach einer Weile. Sie wollten morgen früh wiederkommen, um Sam zum Abschied zu winken. Also blieben nur noch Sam, Patrick und ich. Wir saßen einfach da. Redeten nicht viel. Bis wir unser eigenes »Weißt du noch« begannen.

Wisst ihr noch, als Charlie beim Footballspiel auftauchte ... und wisst ihr noch, wie Charlie die Luft aus Daves Reifen ließ ... und das Gedicht ... und die Kassette ... und Punk Rocky in Farbe ... und wisst ihr noch, als wir uns unendlich fühlten ...

Nachdem ich das gesagt hatte, verstummten wir alle traurig. In der Stille erinnerte ich mich an das eine Mal, von dem ich bisher niemandem erzählt hatte. Als wir über die Straße gingen. Nur wir drei. Und ich ging in der Mitte. Ich weiß nicht mehr, woher wir kamen oder wohin wir wollten. Ich weiß nicht mal, ob es im Sommer oder Winter war. Ich weiß nur noch, dass ich zwischen ihnen ging und das erste Mal das Gefühl hatte, dass ich irgendwo hingehörte.

Schließlich stand Patrick auf.

»Ich bin müde, Kinder. Gute Nacht.«

Dann wuschelte er uns beiden durchs Haar und ging in sein Zimmer. Sam wandte sich zu mir.

»Ich muss noch ein paar Sachen packen, Charlie. Bleibst du noch ein bisschen?«

Ich nickte und wir gingen rauf.

Als wir ihr Zimmer betraten, stellte ich fest, dass es ganz anders aussah als an dem Abend, als Sam mich geküsst hatte. Sie hatte die Bilder abgenommen und die Schränke leer geräumt und alles auf dem Bett gestapelt. Ich sagte mir, dass ich keinesfalls zu weinen anfangen würde, denn ich wollte Sam nicht noch nervöser machen, als sie sowieso schon war.

Also sah ich einfach nur beim Packen zu und gab mir Mühe, so viele Einzelheiten wie möglich zu speichern. Ihre langen Haare, ihre schmalen Handgelenke, ihre grünen Augen. Ich wollte mich an alles erinnern können. Vor allem an den Klang ihrer Stimme.

Sam redete über Verschiedenes, um sich abzulenken. Sie erzählte mir, dass sie morgen eine lange Fahrt vor sich haben würde und dass ihre Eltern einen Transporter gemietet hatten. Sie überlegte, wie ihr die Kurse wohl gefallen würden und auf was sie sich letztendlich spezialisieren würde. Sie meinte, dass sie keiner Schwesternschaft beitreten wolle, sich aber auf die Footballspiele freuen würde. Sie wurde trotzdem immer trauriger. Schließlich drehte sie sich zu mir um.

»Warum wolltest du dich nicht mit mir verabreden, nachdem die Sache mit Craig passiert ist?«

Ich saß einfach nur da. Wusste nicht, was ich antworten sollte. Und sie redete mit leiser Stimme weiter.

»Charlie ... nach dieser Geschichte mit Mary Elizabeth auf der Party ... und wie wir zusammen getanzt haben letztens und so ...«

Ich wusste nicht, was ich sagen sollte. Ernsthaft – ich war völlig verloren.

»Okay, Charlie, ich bin mal direkt. Was dachtest du, als die Sache mit Craig passierte?« Sie wollte es wirklich wissen.

»Na ja, einiges«, sagte ich. »Aber vor allem, dass die Tatsache, dass du so traurig warst, wichtiger war als die, dass Craig nicht mehr dein Freund war. Ich wollte, dass du glücklich bist, auch wenn es bedeutet, dass ich niemals auf diese Art und Weise an dich denken kann. Und da habe ich begriffen, dass ich dich wirklich liebe.«

Sie setzte sich zu mir auf den Boden. Ihre Stimme war ruhig.

»Charlie, verstehst du es denn nicht? Ich kann es nicht *fühlen*. Was du sagst, ist süß und lieb, aber manchmal kommt es einem vor, als wärst du gar nicht da. Es ist toll, dass du zuhören kannst und jedem, der es braucht, die Schulter zum Ausweinen hinhältst, aber was, wenn gerade keiner eine Schulter braucht? Was, wenn jemand gerade deine Arme braucht oder so was? Du kannst nicht einfach dasitzen, allen anderen den Vortritt lassen und denken, dass das als Liebe durchgeht. Das funktioniert nicht. Du musst auch etwas *tun!*«

»Was denn?«, fragte ich. Mein Mund war trocken.

»Ich weiß nicht. Vielleicht könntest du zur Abwechslung mal die Hand deines Tanzpartners nehmen, wenn ein langsames Lied kommt. Oder jemanden fragen, ob er sich mit dir verabreden will. Oder den Leuten sagen, was du willst und brauchst. Als wir getanzt haben, zum Beispiel. Wolltest du mich da küssen?«

»Ja.«

»Und warum hast du's dann nicht getan?«, fragte sie mich sehr ernst.

»Weil ich dachte, dass du es nicht willst.«

»Und wie bist du darauf gekommen?«

»Durch das, was du gesagt hast.«

»Was ich vor neun Monaten gesagt habe? Dass du nicht auf diese Art und Weise an mich denken solltest?«

Ich nickte.

»Charlie. Ich habe auch gemeint, dass du Mary Elizabeth nicht sagen solltest, sie wäre hübsch. Und dass du ihr viele Fragen stellen und sie nicht unterbrechen solltest. Jetzt ist sie mit einem Typen zusammen, der genau das Gegenteil tut. Und es klappt, weil Peter sich so gibt, wie er ist. Er selbst. Und er *tut* etwas.«

»Aber ich war nicht verliebt in Mary Elizabeth.«

»Charlie, du verstehst nicht, worum es mir geht. Ich denke, dass du auch nicht anders gehandelt hättest, wenn du in sie verliebt gewesen wärst. Weißt du, du kommst Patrick zu Hilfe, als ein paar Typen ihn verprügeln wollen, aber was tust du, wenn Patrick sich selbst etwas antut? Zum Beispiel, als ihr zwei im Park wart? Oder als er dich geküsst hat? Wolltest du, dass er dich küsst?«

Ich schüttelte den Kopf.

»Warum hast du ihn dann gelassen?«

»Weil ich ein Freund sein wollte«, antwortete ich.

»Aber das warst du nicht, Charlie. In diesem Moment warst du überhaupt nicht sein Freund. Weil du nicht ehrlich zu ihm warst.«

Ich saß da und regte mich nicht. Ich starrte auf den Boden. Und fühlte mich ziemlich unwohl.

»Charlie, ich habe dir das vor neun Monaten aus demselben Grund gesagt wie das, was ich dir jetzt sage. Nicht wegen Craig. Nicht, weil ich dich nicht für was Besonderes hielt. Ich will bloß nicht, dass jemand mich anhimmelt. Wenn jemand mich mag, soll er mein wirkliches Ich mögen und nicht das, wofür er mich hält. Und ich will nicht, dass er es in seinem Innern mit sich herumträgt. Ich will, dass er es mir zeigt, damit ich es auch spüren kann. Ich will, dass er in meiner Nähe tut, was immer er gerade tun will. Und wenn er etwas tut, was mir nicht passt, dann sag ich es ihm schon.«

Sie weinte jetzt ein bisschen, aber nicht, weil sie traurig war.

»Wusstest du, dass ich Craig vorgeworfen habe, er würde mich daran hindern, bestimmte Dinge zu tun? Und weißt du, wie blöd das aus heutiger Sicht war? Vielleicht hat er mich wirklich nicht gerade zu gewissen Dingen gedrängt, aber er hat mich bestimmt auch nicht davon abgehalten. Aber ich, ich habe gewisse Dinge einfach nicht mehr gemacht, weil ich Angst hatte, dass er dann anders über mich denkt. Aber im Grunde genommen war ich bloß nicht ehrlich. Ich meine, warum mir Sorgen machen, ob er mich liebt oder nicht, wenn er mich nicht mal richtig kennen kann?«

Ich schaute zu ihr auf. Sie hatte aufgehört zu weinen.

»Morgen fahre ich also weg. Und ich werde nicht zulassen, dass mir so was noch einmal passiert. Ich werde tun, was immer ich tun will. Ich werde sein, wer ich wirklich bin. Und ich werde rausfinden, wer genau ich bin. Aber jetzt im Moment bin ich hier bei dir. Und ich will wissen, wo du bist, was du willst und was du tun möchtest.«

Sie wartete geduldig auf meine Antwort. Aber nach allem, was sie gesagt hatte, fand ich, dass ich vermutlich einfach *tun* sollte, was ich tun wollte. Nicht darüber nachdenken. Es nicht laut aussprechen. Und wenn es ihr nicht gefiel, konnte sie es ja immer noch sagen, dann würden wir eben weiter packen.

Also küsste ich sie. Und sie küsste mich. Und wir legten uns auf den Boden und küssten uns weiter. Es war so weich. Und wir seufzten leise. Und sagten nichts. Wir gingen zum Bett und legten uns auf all die Sachen, die noch nicht eingepackt waren. Und wir berührten einander von der Taille aufwärts durch die Kleidung. Und dann unter der Kleidung. Und dann ohne Kleidung. Und es war so schön. Sie war so schön. Sie nahm meine Hand und schob sie in ihre Hose. Und ich berührte sie. Ich konnte es einfach nicht glauben. Es war, als würde plötzlich alles zusammenpassen. Bis sie ihre Hand in meine Hose schob und mich berührte.

In diesem Moment hielt ich sie auf.

»Was ist los?«, fragte sie. »Hab ich dir wehgetan?«

Ich schüttelte den Kopf. Ich fühlte mich eigentlich ziemlich gut. Ich wusste auch nicht, was los war.

»Es tut mir Leid. Ich wollte dir nicht –«

»Nein, es muss dir nicht Leid tun«, sagte ich.

»Aber ich fühle mich schlecht«, sagte sie.

»Bitte tu das nicht. Es war sehr schön«, sagte ich. Ich spürte, wie ich langsam die Fassung verlor.

»Du bist noch nicht so weit?«, fragte sie.

Ich nickte. Aber das war es nicht. Ich weiß nicht, was es war.

»Es ist nicht schlimm, dass du noch nicht so weit bist.« Sie war wirklich sehr lieb, aber ich fühlte mich immer elender.

»Charlie, willst du nach Hause?«

Ich muss wohl genickt haben, denn sie half mir beim Anziehen, dann zog sie sich ihr Hemd über. Und ich hätte mich am liebsten getreten, weil ich so eine Mimose war. Ich liebte Sam doch. Und wir waren zusammen. Und nun machte ich alles kaputt. Alles. Es war so schrecklich. Ich fühlte mich so schrecklich.

Sie brachte mich nach draußen.

»Soll ich dich fahren?«, fragte sie. Ich hatte den Wagen meines Vaters dabei. Ich war nicht betrunken. Aber sie sah mich ängstlich an.

»Nein, danke.«

»Charlie, ich lasse dich nicht in diesem Zustand fahren.«

»Es tut mir Leid. Dann geh ich zu Fuß.«

»Es ist zwei Uhr morgens. Ich fahre dich nach Hause.«

Sie ging, um die Autoschlüssel zu holen. Ich stand einfach nur im Flur herum und wollte sterben.

»Du bist leichenblass, Charlie. Willst du ein Glas Wasser?«

»Nein. Ich weiß nicht.« Ich fing furchtbar an zu weinen.

»Hier. Leg dich einen Moment auf die Couch«, sagte sie.

Sie drückte mich auf das Sofa und hatte plötzlich einen feuchten Lappen in der Hand, den sie mir auf die Stirn hielt.

»Du kannst heute Nacht hier schlafen, okay?«

»Okay.«

»Und jetzt beruhig dich ein bisschen. Hol ein paar Mal tief Luft.«

Ich tat, was sie mir gesagt hatte. Kurz bevor ich einschlief, sagte ich etwas.

»Ich kann das einfach nicht mehr. Es tut mir Leid.«

»Ist schon gut, Charlie. Schlaf jetzt.«

Aber ich redete schon gar nicht mehr mit Sam. Ich redete mit jemand anderem.

Als ich einschlief, hatte ich einen Traum. Mein Bruder und meine Schwester und ich sahen mit Tante Helen fern. Alles lief in Zeitlupe. Die Geräusche waren verzerrt. Und sie tat, was Sam getan hatte. Und dann wachte ich auf. Und ich hatte keine Ahnung, was überhaupt los war. Sam und Patrick standen vor der Couch und sahen auf mich herunter. Patrick fragte, ob ich frühstücken wolle, und ich glaube, ich nickte. Also gingen wir frühstücken. Patrick sah ganz normal aus, Sam schien immer noch besorgt. Wir saßen am Tisch, aßen mit ihren Eltern Eier und Schinken und plauderten belangloses Zeug. Ich weiß auch nicht, warum ich dir das mit den Eiern und dem Schinken erzähle. Es ist unwichtig. Total unwichtig. Dann kamen Mary Elizabeth und die anderen, und während Sams Mutter immer wieder nachsah, ob auch alles da war, traten wir alle auf die Einfahrt hinaus. Sams und Patricks Eltern stiegen in den Transporter. Patrick kletterte auf den Fahrersitz von Sams Pick-up und meinte, dass er in ein paar Tagen wieder zurück sei. Dann umarmte Sam alle zum Abschied. Da sie am Ende des Sommers für ein paar Tage wiederkommen würde, war es nicht so sehr ein Abschied als ein »Bis dann«.

Ich war der Letzte. Sam hielt mich einen lange Zeit im Arm. Schließlich flüsterte sie mir was ins Ohr. Sie sagte einen Haufen schöner Dinge, sagte, dass das gestern nicht weiter schlimm gewesen wäre und dass sie mich vermissen würde. Und dass ich auf mich aufpassen solle.

»Du bist mein bester Freund«, war alles, was ich herausbrachte.

Sie lächelte und küsste mich auf die Wange, und einen Moment war es, als wäre das Unangenehme von gestern Nacht verschwunden. Trotzdem fühlte es sich eher nach einem Abschied als nach einem »Bis dann« an. Komisch war, dass ich nicht weinte. Ich wusste selbst nicht, was ich fühlte.

Schließlich stieg Sam ins Auto und Patrick drehte den Zündschlüssel. Das Kassettendeck spielte einen ihrer Lieblingssongs. Und alle lächelten. Ich eingeschlossen. Aber ich war schon nicht mehr da.

Erst als ich die beiden Wagen nicht mehr sehen konnte, kam ich wieder zurück. Und fühlte mich schlimmer denn je. Mary Elizabeth und die anderen weinten jetzt und als sie sich etwas beruhigt hatten, fragten sie mich, ob ich Lust habe, ins Big Boy oder sonstwo hinzugehen. Aber ich schüttelte den Kopf, sagte danke, ich würde lieber nach Hause gehen.

»Bist du okay, Charlie?«, fragte Mary Elizabeth. Wahrscheinlich sah ich schon wieder so schlecht aus, denn sie wirkte ziemlich besorgt.

»Alles okay, ich bin nur müde«, log ich. Ich stieg in den Wagen meines Vaters und fuhr los. Ich hörte den ganzen Songs im Radio zu, aber das Radio war nicht an. Und als ich auf der Auffahrt hielt, vergaß ich, glaube ich, den Motor auszumachen. Ich ging einfach zu der Couch in dem Zimmer, in dem der Fernseher steht. Und ich guckte die ganzen Serien hintereinander, aber der Fernseher war nicht an.

Ich weiß nicht, was mit mir los ist. Ich kann irgendwie nur diesen ganzen Quatsch aufschreiben, damit ich nicht auseinander breche. Sam ist weg. Und Patrick kommt erst in ein paar Tagen wieder. Und ich kann nicht mit meiner Familie oder Mary Elizabeth oder sonst wem darüber reden. Vielleicht hätte ich es mit Tante Helen gekonnt. Aber sie ist weg. Und selbst wenn sie noch da wäre, hätte ich wohl doch nicht mit ihr reden können. Weil ich langsam das Gefühl habe, dass das, was ich gestern geträumt habe, der Wahrheit entspricht. Und dass mein Psychiater doch keine so seltsamen Fragen gestellt hat.

Ich weiß nicht, was ich jetzt tun soll. Ich weiß, dass es manchen Leuten viel schlechter geht als mir. Ich weiß es ja, aber trotzdem bricht alles um mich herum zusammen und ich kann einfach nicht aufhören, daran zu denken, dass der kleine Junge, der mit seiner Mutter im Einkaufszentrum Fritten gegessen hat, eines Tages erwachsen ist und meine Schwester schlägt. Ich würde alles tun, um diesen Gedanken zu vergessen. Ich weiß, ich denke schon wieder viel zu schnell, aber es ist alles da, in meinem Kopf, und es geht nicht weg. Die ganze Zeit sehe ich, wie er meine Schwester schlägt, und er hört nicht auf und ich will ihn aufhalten, weil ich glaube, dass er es nicht wirklich böse meint, aber er hört einfach nicht zu und ich weiß nicht, was ich tun soll.

Es tut mir Leid, aber ich muss jetzt mit dem Schreiben aufhören.

Aber vorher möchte ich dir noch dafür danken, dass du ein Mensch bist, der einfach zuhört und versteht und nicht mit allen möglichen Leuten ins Bett geht, obwohl er die Chance dazu hätte. Ich meine es wirklich ernst und es tut mir Leid, dass ich dir das alles zugemutet habe, obwohl du nicht einmal weißt, wer ich bin, und wir uns nie kennen gelernt haben. Aber ich kann dir nicht sagen, wer ich bin, weil ich versprochen habe, all diese kleinen Geheimnisse für mich zu behalten. Aber du sollst nicht denken, dass ich deinen Namen aus dem Telefonbuch habe. Ich fände es furchtbar, wenn du das denken würdest. Also glaub mir bitte, wenn ich dir sage, dass es mir nach Michaels Tod ziemlich dreckig ging und ich zufällig ein Mädchen aus einem meiner Kurse mit einer Freundin über dich reden hörte. Und obwohl ich dich nicht kannte, hatte ich den Eindruck, als wäre es doch so. Es klang, als seist du wirklich ein toller Mensch. Ein Mensch, dem es nichts ausmachen würde, Briefe von einem Fremden zu kriegen. Einer, der verstehen würde, dass Briefe besser als Tagebücher sind, weil man Tagebücher finden kann. Ich will nur nicht, dass du dir Sorgen wegen mir machst oder überlegst, ob du mich doch vielleicht irgendwo getroffen hast, oder überhaupt noch mehr Zeit vergeudest. Es tut mir schrecklich Leid, dass ich deine Zeit so in Anspruch genommen habe, denn du bedeutest mir wirklich viel und ich hoffe nur, dass du ein schönes Leben hast, weil du es nämlich wirklich verdienst. Das meine ich ernst. Wirklich. Also dann. Mach's gut.

Dein Charlie

Epilog

23. August 1992

Lieber Freund,
die letzten zwei Monate habe ich in einer Klinik verbracht. Man hat mich gestern entlassen. Man sagte mir, dass meine Eltern mich auf der Couch im Wohnzimmer gefunden haben. Ich war vollkommen nackt und sah fern, obwohl der Fernseher nicht eingeschaltet war. Ich redete nicht und reagierte nicht. Mein Vater soll mich sogar geohrfeigt haben, obwohl er uns niemals schlägt, wie ich dir ja schon erzählt habe. Doch auch das nützte nichts. Also brachten sie mich in die Klinik, in der ich auch damals nach dem Tod meiner Tante Helen gewesen war. Eine Woche lang habe ich kein Wort gesprochen und niemanden wahrgenommen. Nicht einmal Patrick, der mich wohl in der Zeit besucht hat. Eine erschreckende Vorstellung, finde ich.

Ich weiß nur noch, dass ich den Brief eingeworfen habe. Im nächsten Moment saß ich auch schon im Sprechzimmer eines Arztes, wo mir als Erstes Tante Helen einfiel. Und da fing ich an zu weinen. Und der Arzt, der eine sehr nette Ärztin war, fing an, mir Fragen zu stellen. Die ich auch beantwortete.

Ich möchte eigentlich nicht über die Fragen und meine Antworten reden. Jedenfalls fand ich langsam, aber sicher heraus, dass das, was ich von meiner Tante Helen geträumt hatte, wahr war. Und etwas später begriff ich auch, dass es jeden Samstag passiert war, wenn wir Fernsehen geguckt haben.

Die ersten Wochen in der Klinik waren sehr hart.

Am schlimmsten aber war es, im Sprechzimmer der Ärztin zu sitzen, während sie meinen Eltern erzählte, was passiert war. Ich habe meine Mutter noch nie so weinen sehen. Oder meinen Vater so wütend. Weil sie beide nichts davon geahnt hatten.

Aber seitdem habe ich mit Hilfe der Ärztin ziemlich viel gelernt und herausgefunden. Über Tante Helen. Über meine Familie. Und meine Freunde. Und mich. Es gibt eine Menge Stadien, die man bei so was durchlaufen muss, und die Ärztin war in jeder einzelnen Phase wirklich super.

Aber was mir am meisten geholfen hat, waren die Besuche. Meine Eltern und meine Geschwister kamen jeden Tag, bis mein Bruder wieder zum College zurückmusste. Danach kamen meine Eltern und meine Schwester allein und mein Bruder schrieb mir Karten. Auf seiner letzten stand, dass er meinen Aufsatz über *Walden* gelesen hat und ihn ganz toll fand. Das hat mir sehr gut getan. Genau wie das erste Mal, dass ich Patrick wieder sah. Das Angenehme an Patrick ist, dass er sich nicht anders benimmt, nur weil man in einer Klinik ist. Er reißt einfach weiter Witze, um einen aufzumuntern, anstatt Fragen zu stellen, die einen runterziehen. Einmal brachte er mir sogar einen Brief von Sam mit, in dem sie schrieb, dass sie Ende August nach Hause kommen würde. Wenn es mir dann besser ginge, würden Patrick und sie und ich in den Tunnel fahren. Und wenn ich wolle, könne ich diesmal hinten auf der Ladefläche des Pick-ups stehen. Solche Dinge halfen mir mehr als alles andere.

Die Tage, an denen ich Post bekam, taten mir auch gut. Mein Opa schickte mir einen sehr netten Brief. Ebenso meine Großtante. Außerdem bekam ich liebe Briefe von meiner Oma und Großonkel Phil. Tante Rebecca schickte mir sogar Blumen, an denen eine Karte hing, auf der alle Ohio-Cousins unterschrieben hatten. Es tat gut zu wissen, dass alle an mich dachten.

Einmal brachte Patrick Mary Elizabeth und Alice und Bob und sogar Craig und Peter mit. Anscheinend sind sie wieder Freunde. Und ich war froh, dass es so war. Genauso, wie ich froh war, dass Mary Elizabeth die meiste Zeit redete. Denn dadurch hatte ich das Gefühl, dass es immer noch Dinge gab, die ganz normal waren. Mary Elizabeth blieb sogar noch ein bisschen länger als die anderen. Und ich war froh, dass ich noch einmal mit ihr allein reden konnte, bevor sie nach Berkeley abreiste. Auch Bill und seine Freundin kamen mich vor zwei Wochen besuchen. Sie werden im November heiraten und wollen, dass ich zu ihrer Hochzeit komme. Es ist schön, etwas zu haben, auf das man sich freuen kann.

Irgendwann im Juli fing ich an, das Gefühl zu haben, dass alles wieder in Ordnung kommen würde. Es war, als meine Geschwister länger blieben als meine Eltern. Sie stellten mir eine Menge Fragen über Tante Helen, weil ihnen vermutlich nicht dasselbe passiert war. Mein Bruder wirkte sehr traurig, meine Schwester war unglaublich wütend. Aber nach diesem Gespräch wurde alles etwas klarer, weil niemand mehr blieb, den man hassen musste. Mir war nämlich klar geworden, dass auch meine Geschwister wahrscheinlich irgendwann ein Onkel und eine Tante sein würden. Genau wie ich. Genau wie meine Mutter und Tante Helen Schwestern waren.

Und natürlich können wir dann alle herumsitzen und anderen gegenüber ein schlechtes Gewissen haben und alle möglichen Leute für etwas beschuldigen, das sie getan oder nicht getan oder nicht gewusst haben. Ich weiß nicht. Es gibt wohl immer jemanden, dem man die Schuld zuschieben kann. Vielleicht wäre meine Mutter heute nicht so still, wenn mein Großvater sie damals nicht geschlagen hätte. Und vielleicht hätte sie dann nicht meinen Vater geheiratet, der niemals schlägt. Vielleicht wäre ich dann gar nicht geboren worden. Aber ich bin sehr froh, dass ich geboren wurde, also weiß ich auch nicht, was ich dazu sagen soll, insbesondere, da meine Mutter mit ihrem Leben zufrieden zu sein scheint, und ich nicht weiß, was man sich sonst noch wünschen kann.

Und wenn ich meiner Tante Helen Schuld geben wollte, müsste ich ihren Vater verantwortlich machen, weil er sie geschlagen hat, und auch den Freund der Familie, der sie missbraucht hat. Und die Person, die *ihn* missbraucht hat. Und Gott, weil er so etwas und Schlimmeres nicht verhindert. Eine Weile habe ich das getan, aber schließlich ging es nicht mehr. Weil es nirgendwo hinführt. Und weil es eigentlich darum nicht geht.

Es ist nicht wegen Tante Helen, dass ich so bin, wie ich bin. Das war es, was ich begriff, als das Chaos sich ordnete. Und ich denke, dass das eine wichtige Erkenntnis ist. Dadurch erscheinen mir die Dinge klarer, zusammenhängender. Versteh mich nicht falsch. Ich weiß, dass das, was passiert ist, eine Bedeutung hat. Und dass ich mich erinnern musste. Aber meine Ärztin hat mir das Beispiel von den zwei Brüdern erzählt, deren Vater Alkoholiker war. Ein Bruder wurde ein erfolgreicher Zimmermann, der keinen Tropfen Alkohol trank. Der andere wurde genauso ein Trinker wie sein Vater. Als man den ersten Bruder fragte, warum er nicht trank, sagte er, dass sein Vater ihm ein abschreckendes Beispiel gegeben habe. Der andere meinte, er habe den Alkohol ja schon mit der Flasche eingesogen. Daraus schließe ich, dass wir aus vielen Gründen so sind, wie wir sind. Und vielleicht werden wir uns über die meisten niemals klar werden. Aber selbst wenn wir keinen Einfluss darauf haben, woher wir gekommen sind, bleibt uns auf jeden Fall die Möglichkeit zu wählen, wohin wir gehen. Wir können etwas unternehmen. Wir können Dinge tun. Und wir können mit dem, was wir tun, zufrieden sein.

Wenn ich einmal Kinder habe und sie aus irgendwelchen Gründen deprimiert sind, dann werde ich ihnen nicht erzählen, dass in China Kinder hungern müssen oder so was in der Art, weil es nichts an der Tatsache ändert, dass sie deprimiert sind. Und selbst wenn es anderen Leuten schlechter geht als dir, ändert es nichts an deinem eigenen Zustand. Ob er nun gut ist oder schlecht. Meine Schwester meinte bei einem Besuch in der Klinik, dass sie richtige Angst habe, aufs College zu gehen, aber wenn sie daran dächte, was ich gerade durchmachen müsse, käme sie sich total albern vor. Aber ich weiß nicht, wieso sie sich albern vorkommt. Wenn ich an ihrer Stelle wäre, hätte ich auch Angst. Und ehrlich gesagt finde ich nicht, dass es mir irgendwie besser oder schlechter geht als ihr. Ich weiß nicht. Es geht mir einfach anders. Vielleicht ist es gut, die Dinge immer in Relation zu setzen, aber manchmal denke ich, dass es nur darauf ankommt, wirklich da zu sein. Wie Sam es gesagt hat. Weil es in Ordnung ist, etwas zu fühlen. Und dabei man selbst zu sein.

Als ich gestern entlassen wurde, holte Mom mich ab. Es war am Nachmittag und sie fragte mich, ob ich Hunger habe. Ich sagte ja. Dann wollte sie wissen, wo ich hinwolle, und ich bat sie, mit mir zu McDonald's zu fahren wie früher, wenn ich krank war und nicht in die Schule gehen konnte. Also fuhren wir dorthin. Und es war so schön, dort mit meiner Mutter zu sitzen und Fritten zu essen. Und am Abend saßen wir um den Esstisch herum und alles war wie immer. Ich glaube, das war das Erstaunlichste. Das Leben geht einfach weiter. Wir redeten weder über belangloses Zeug noch über irgendwas Wichtiges. Wir waren einfach nur zusammen. Und das war genug.

Heute ist mein Vater dann zur Arbeit gegangen. Und meine Mutter und ich fuhren mit meiner Schwester los, um die letzten Besorgungen für ihre Abreise in ein paar Tagen zu machen. Als wir zurückkamen, rief ich bei Patrick an, weil er mir gesagt hatte, dass Sam etwa um diese Zeit zurück sein würde. Sam ging ans Telefon. Es war so schön, ihre Stimme zu hören.

Später kamen sie in Sams Pick-up rüber. Und wir fuhren wie früher zum Big Boy. Sam erzählte von ihrem Leben am College und es klang ziemlich spannend. Und ich erzählte ihr von meinem Leben in der Klinik, was nicht ganz so spannend war. Und Patrick riss Witze, damit wir bei Laune blieben. Schließlich stiegen wir wieder in Sams Pick-up und fuhren zum Tunnel, wie Sam es mir in ihrem Brief versprochen hatte.

Etwa eine halbe Meile vor dem Tunnel hielt Sam den Wagen an und ich kletterte auf die Ladefläche. Patrick drehte das Radio richtig auf, damit ich es hinten hören konnte, und als wir uns dem Tunnel näherten, hörte ich der Musik zu und dachte an all das, was die Leute im vergangenen Jahr zu mir gesagt hatten. Bill hatte mir gesagt, dass ich etwas Besonderes sei. Meine Schwester hatte gesagt, dass sie mich liebe. Und meine Mom auch. Und sogar mein Vater und mein Bruder, als sie mich in der Klinik besuchten. Ich dachte daran, wie Patrick mich seinen Freund genannt hatte. Und wie Sam mir gesagt hatte, dass ich etwas tun müsse. Wirklich da sein. Und ich war glücklich, Freunde und Familie zu haben.

Als wir in den Tunnel fuhren, breitete ich nicht meine Arme aus, als würde ich fliegen. Ich spürte einfach den Wind in meinem Gesicht. Und ich fing an zu weinen, obwohl ich gleichzeitig lächeln musste. Weil ich meine Tante einfach immer noch so sehr dafür liebte, dass sie mir zwei Geschenke gekauft hatte. Und weil ich unbedingt wollte, dass das Geschenk, das ich meiner Mutter zu meinem Geburtstag geben wollte, etwas ganz, ganz Besonderes werden würde. Und weil ich mir so dringend wünschte, dass mein Bruder und meine Schwester und Sam und Patrick glücklich werden würden.

Aber hauptsächlich weinte ich, weil mir plötzlich bewusst wurde, dass ich es war, der da auf der Ladefläche stand und sich den Wind ins Gesicht wehen ließ. Ohne darauf zu warten, dass gleich die Stadt zu sehen sein würde. Ohne überhaupt daran zu denken. Weil ich in diesem Tunnel stand. Und wirklich da war. Und das war genug, um mir das Gefühl zu geben, unendlich zu sein.

Morgen beginnt mein zweites Jahr auf der High School. Und ob du es glaubst oder nicht, ich habe jetzt nicht mal so große Angst davor. Ich weiß nicht genau, ob ich noch Zeit haben werde, Briefe zu schreiben, denn vielleicht habe ich zu viel damit zu tun, »am Leben teilzunehmen«.

Falls dies hier also mein letzter Brief sein sollte, dann geh bitte davon aus, dass mit mir alles in Ordnung ist. Und selbst, wenn das auch mal nicht der Fall ist, dann wird es das doch bald wieder sein.

Und ich gehe davon aus, dass es bei dir genauso ist.

Dein Charlie

Danksagung

Ohne die Personen, die ich im Folgenden aufliste, gäbe es das Buch nicht. Ich möchte ihnen allen von ganzem Herzen danken.

Greer Kessel Hendricks
Heather Neely
Lea, Fred und Stacy Chbosky
Robbie Thompson
Christopher McQuarrie
Margaret Mehring
Stewart Stern
Kate Degenhart
Mark McClain Wilson
David Wilcox
Kate Ward
Tim Perell
Jack Horner
Eduardo Braniff

Dank außerdem an …
Dr. Earl Reum für sein wunderschönes Gedicht
und Patrick Comeaux, der sich im Alter von 14 Jahren falsch daran erinnerte.

www.tvspielfilm.c
Wir lesen was,
was Du nicht liest!
TV SPIELFILM holen. Nur das Beste sehen.
TV SPIELFILM
14 Tage
Alle Filme